이가인법첩

야마다 후타로 지음

김소연 옮김

AK

일러두기

1. 제목 『이가인법첩(伊賀忍法帖)』은 '이가 닌자술 이야기가 적힌 문서'라는 의미이다.
    '伊賀(이가)'는 현재의 미에현 북서부를 가리키는 일본의 옛 지명이며, '인법(忍法)'은 닌자
    가 신체나 도구를 이용하여 발휘하는 기술을 말한다.

2. 일본 고유명사는 국립국어원 외래어 표기법에 따랐으며, '고가(甲賀)'만 예외로 '코가'로
    표기하였다.

3. 본문 하단의 각주는 모두 역자 주석이다.

목차

전국(戰國)의
메피스토펠레스

1

태어난 곳도 모른다. 태어난 해도 확실하지 않다. 본명이 무엇이 었는지도 모른다.

전국 시대에 가신(果心) 거사(居士)라는 인물이 있었다. 다만 나라(奈良)에 사는 사람이라고 하며, 자주 나라 원흥사(元興寺)의 오층탑 꼭대기에 걸터앉아 부채질을 하면서 사방을 조망하는 모습을 본 자가 있다고 한다. ——환술사다.

그의 환술에 대해 『다마바하키(玉箒木)』라는 책에 이런 이야기가 실려 있다.

어느 날, 가신 거사가 사루사와노이케[주1] 연못 부근을 지나다가 몇 사람의 지인을 만나 환술을 보여 달라는 부탁을 받았다. 그래서 거사가 물가의 조릿대 잎을 따서 연못의 수면에 뿌리자, 조릿대 잎은 모두 물고기가 되어 은색 비늘을 반짝이며 헤엄치기 시작했다고 한다.

또 어느 날 밤, 나라의 어느 집에서 술자리를 열었는데 손님 중에 거사와 친한 자가 있어 거사의 환술에 대해 여러 가지 이야기를 들려주었다. 그에 따르면 그는 외씨를 뿌려 숨을 한 번이나 두 번 쉬는 사이에 덩굴을 뻗고, 꽃을 피우고, 외를 열리게 하였는데, 이것을 '생화(生花)의 술'이라고 불렀다고 한다. 또한 자신의 몸을 직접 검으

주1) 猿沢の池(사루사와노이케), 나라시 흥복사(興福寺) 남문 앞에 있는 연못. 둘레는 약 340미터로, 인도에 있는 미후의 연못을 모방하여 만들었다고 한다.

로 조각조각 해체하였다가 나중에 이어 붙여 되살아나는데, 이것을 '도인육마(屠人戮馬)의 술'이라고 불렀다고 한다. ——그러자 다른 한 손님이 의심스러운 듯한 표정으로, 설마 그런 일이 이 세상에 있을 것이라고는 생각되지 않는다. 만일 사실이라면 한 번 보고 싶다고 말했다. 그러자 이야기한 손님은 고개를 끄덕이며, 보시기 전에는 누구라도 그렇게 말씀하신다. 다행히 거사는 오늘 밤 이 근처의 집에 와 계시니 꼭 이곳으로 모셔 보여드리겠다고 말했다.

이윽고 부르러 간 그 손님을 따라, 가신 거사가 들어왔다. 그리고 조용히 자리에 앉아 이야기를 듣더니, 심심풀이로 바라시는 바에 응하겠다고 말했다.

아까 그 회의론자가 앞으로 나서서, 저는 지혜가 얕고 편견이 있는 사람이라 아직 괴이나 불가사의를 본 적이 없다, 바라건대 지금 제게 이변을 일으켜 보여 달라고 말했다.

가신 거사는 엷게 웃었다. 귀하가 모르신다고 하여 세상에 신변(神變)이 있는 것을 의심하지 마시오, 라고 말하며 자리에 있던 이쑤시개를 집어 그 남자의 이를 오른쪽에서 왼쪽으로 스윽 쓸자 순식간에 그 이는 하나도 남김없이 흔들흔들 들떠, 당장이라도 빠질 것만 같아졌다. 남자가 깜짝 놀라 비명을 지르자 거사는 이제 아셨소이까, 라고 말하며 다시 이쑤시개로 그 이를 왼쪽에서 오른쪽으로 스윽 쓸었다. 그러자 들떠 있던 이는 단단히 굳어져 원래대로 되었다.

그 자리에 있던 사람들은 어안이 벙벙하여 이것을 보고 있었으나 또 한 사람이 앞으로 나서며, 이거 재미있군, 그렇다면 차라리 조금 더 무서운 환술을 보여주시오, 하고 청하였다. 거사는 쉬운 일이지요, 하며 고개를 끄덕이고 입 속으로 무언가 주문을 외면서 손에 들고 있던 부채로 안쪽을 향해 손짓해 불렀다.

그러자 병풍 뒤에서 한줄기의 물이 졸졸 흘러나오는가 싶더니 눈 깜짝할 사이에 강처럼 되고, 천장에서 벽에서 폭포처럼 물이 쏟아져 내리기 시작하여, 방 안에 있던 온갖 도구들이 둥둥 떴다. 사람들은 모두 일어서서 도망치려고 했으나 거센 흐름이 그 발을 낚아채 순식간에 키보다도 물이 높아지고 그 소용돌이 속에서 모두 실신했다.

부르는 소리에 정신이 들어보니 방에는 물이라곤 없었다. 도구들은 그대로이고, 어디에도 젖은 자국이 없었다. 그리고 가신 거사의 모습도 이미 그곳에 없었다고 한다.

또한『다이고 수필』이라는 책에 다음과 같은 이야기가 실려 있다.

가신 거사는 마쓰나가 단조 히사히데[주2]와 친교가 있었다. 어느 달 밝은 밤, 단조가 농담으로, 나는 몇 번인가 전쟁터를 왕래하며 적과 칼을 겨룬 적도 있지만 별로 무섭다고 생각한 적이 없다. 귀하는 나를 무섭게 만들 수 있겠는가, 하고 거사에게 물었다.

거사는, 그럼 근신(近臣)을 물리고 등불을 끄라고 말했다. 단조는 그대로 했다. 잠시 한가로이 앉아 있다가, 거사는 조용히 몸을 일으키더니 넓은 툇마루 쪽으로 걸어갔다. 지금까지 밝았던 달빛이 어

주2) 松永久秀(마쓰나가 히사히데), 1508~1577. 전국 시대, 아즈치 모모야마 시대의 무장이며 야마토 지방의 영주.

느새 어두워진 것을 단조가 깨달았을 때, 정원에는 보슬비까지 보슬보슬 내리기 시작했다. 그때, 그 어두운 툇마루에 누군가 흐릿하게 앉아 있는 자가 있었다. 거사인가 하고 자세히 보니 머리카락을 길게 늘어뜨리고 창백한 얼굴을 한 웬 여인 같았다. 누구냐, 하고 물으니 가느다란 목소리로 오랜만입니다, 단조 님, 오늘 밤에는 혼자 거기에 계시니 참으로 무료하고 쓸쓸해 보이십니다, 그리로 가서 안기고 싶은데 싫으십니까, 하고 말했다. 쳐든 그 얼굴이 전에 죽은 몇 번째인가의 아내인 것을 알자 너무나도 무서워, 어지간한 단조도 일어서서 벽에 등을 붙이고는, 가신 거사, 그만두시오, 하고 쥐어 짜내듯이 말했다.

——그러자 어두운 정원의 비가 점차 사라지고 순식간에 달빛이 밝게 비쳐들어, 그곳의 넓은 툇마루에 고요히 웃으며 앉아 있는 가신 거사의 모습이 떠올랐다고 한다.

또한 『허실잡담집』이라는 책에 이와 비슷한 이야기가 있다.

어느 날 태합[주3]이 가신 거사를 불러, 무언가 신기한 술법을 보여주게, 하고 말했다. 가신 거사가 알겠습니다, 라고 말함과 동시에 대낮은 순식간에 해 질 녘이 되고 어두운 밤이 되었다.

도키치로[주4] 님, 하고 부르는 자가 있어 돌아본 태합은 깜짝 놀랐다. 그것은 바로 그가 도키치로 시절에 인연을 맺었다가 그 후에 버린 여자였다. 그 여자가 그곳에 나타나 끝도 없이 푸념을 늘어놓는

주3) 太閤(태합), 섭정이나 태정대신을 높여 부르는 말. 도요토미 히데요시를 높여 부르는 호칭이기도 하다.
주4) 기노시타 도키치로(木下藤吉郎), 도요토미 히데요시의 원래 이름.

다. 그 원망의 말 중에, 여자는 그 무렵의 짧은 그의 생활을 떠올리게 하고 또한 출세를 위한 악랄함이라고도 할 수 있는 그의 술수를 폭로했다.

태합의 신음에 여자는 사라지고, 밤은 낮으로 돌아오고, 가신 거사의 웃는 얼굴이 나타났지만, 태합의 안색은 원래대로 돌아오지 않았다. 자신의 가장 큰 아픔인 비밀을 똑똑히 알고 있는 자가 있다는 불쾌함 때문이었다. 그는 갑자기 근신을 불러, 여럿이 합세하여 가신 거사를 붙잡게 했다. 그리고 시조가와라[주5]에서 책형에 처할 것을 명령했다.

시조가와라에서 형리가 창을 움켜쥐고 전진했을 때, 형틀에 묶인 가신 거사의 몸은 순식간에 작아져 밧줄에서 빠져나갔다. 앗 하며 걸음을 멈춘 형리들의 눈앞에서 거사의 모습이 홀연히 사라지고, 오직 한 마리의 쥐가 형틀 기둥 위로 달려 올라가는 것이 보였다. 이때 하늘에 날갯짓 소리가 일어나고 한 마리의 솔개가 내려오더니 순식간에 솔개는 그 쥐를 발에 움켜쥐고 구름 저편으로 날아가 버렸다고 한다.

이것을 『허실잡담집』의 저자는 솔개의 출현이 가신 거사에게 의외의 일이었다며 가신 거사의 최후라고 해석했지만, 그러나 위와 같은 예측할 수 없는 환술을 행하는 인간이 하늘에서 솔개 정도를 부르지 못하리라는 법은 없다. 그는 솔개에게 몸을 맡겨 도망쳤다고 생각하는 편이 앞뒤가 맞는다. ──어쨌든 이 사건을 마지막으

주5) 四條磧(시조가와라), 교토 가모가와강의 시조대교(四條大橋) 부근의 지명.

로, 가신 거사의 소식은 그 후 일본에서 뚝 끊기고 말았다.

그리고 위와 같은 수많은 기술(記述)에서 이 기괴한 인물의 성격을 상상하자면 한 가지 생각나는 것이 있다.

그것은 이 대환술사가 꽤나 심술궂고, 비아냥거리기를 좋아하고, 그리고 터무니없이 장난을 좋아하는 인간이었던 것 같다는 사실이다.

2

1562년 봄의 일이다.

센노 소에키는 야마토^{주6)} 지방의 시기산(信貴山)에 있는 마쓰나가 단조 히사히데의 성을 찾았다.

1562년이라고 하면 오케하자마의 싸움^{주7)}으로부터 2년 후이고, 노부나가는 도카이 지방의 일개 호족으로서 미노^{주8)}의 사이토 다쓰오키^{주9)} 등과 악전고투하고 있는 시대로 아직 교토로 올라가기에는

주6) 大和(야마토), 현재의 나라현을 가리키는 옛 지명.

주7) 桶狭間の戰い(오케하자마의 싸움), 1560년 6월 12일에 오와리(현재의 아이치현 서부)에 있는 오케하자마에서 오다 노부나가 군과 이마가와 요시모토 군이 벌인 전투. 2만 5천의 대군을 이끌고 쳐들어온 이마가와 요시모토에 대하여 오와리의 오다 노부나가가 본진을 기습하여 물리쳤다. 이 싸움으로 도카이 지방(아이치현, 기후현, 미에현, 시즈오카현)을 차지하고 있던 이마가와가가 몰락하고, 오다 노부나가가 오와리를 완전히 통일하게 되었다.

주8) 美濃(미노), 현재의 기후현 남부를 가리키는 옛 지명.

주9) 斎藤龍興(사이토 다쓰오키), 1547(1548?)~1573. 미노 지방의 영주.

멀고, 세상은 어지러운 전국(戰國)의 한가운데다.

소에키는 올해 마흔둘이었지만 사카이[주10]의 호상(豪商), 소위 말하는 나야슈[주11]로서보다도 다도의 대종사로서 이미 이름이 알려져 있었다.

그가 시기산성을 찾은 것은 이번에 단조가 성내에 만든 다실을 공개한다 하여 초대받은 것인데, 동시에 이전부터 단조가 군침을 흘리던 히라구모 다관[주12]을 선물하기 위해서이기도 했다. 물론 그것을 위해 단조로부터 수십 명의 호위병이 파견되어 소에키와 이 명기(名器)를 지키며 시기산으로 맞아들였다.

일행이 도착한 것은 성의 천수각에 봄의 으스름달이 걸려 있는 시각이었다. 마중을 나온 가신이, 지금 영주님은 천수각의 고란(高欄)에서 손님과 달구경을 하는 연회를 열고 계시는데, 히라구모 다관은 한시라도 빨리 보고 싶다고 하시니 그쪽으로 가주시겠습니까, 라고 했다. 소에키는 시동의 안내를 받아 천수각으로 올라갔다.

그는 지금까지 몇 번 이 성에 초대를 받아 온 적이 있다. 실제로 이번 다실도 설계는 그의 손으로 이루어진 것이다. 그러나 몇 번을 와도, 이 성의 천수각에서 바라보는 풍경은 절경이라고 생각한다. 해발 1500자[주13]의 산 동쪽 중턱에 지어진 성은 옛날에 쇼토쿠 태

주10) 堺(사카이), 오사카부(府)에 있는 시.

주11) 納屋衆(나야슈), 무로마치 시대에 나야(納屋), 즉 해안의 창고를 가지고 있던 부유한 상인. 사카이에서는 그중에서 뽑힌 36명이 에고슈(会合衆)라 불리며 시정을 맡았다.

주12) 平蜘蛛の茶釜(히라구모 다관), 입이 넓고 바닥이 얕은 모양의 다관. 그 모양이 엎드린 왜납거미(히라구모, 平蜘蛛)의 모습을 연상시키는 것 때문에 이런 이름이 붙었다고 한다.

주13) 약 450m.

자[14]가 창립한 시기산 환희원(歡喜院) 조호손자사(朝護孫子寺)의 흔적이라고 하는데, 곤고(金剛), 후타카미(二上), 가쓰라기(葛城) 등의 산들을 지적에 두고 야마토 평야를 한눈에 내려다볼 수 있어, 쇼토쿠 태자가 보시기에 어울리는 평화로운 풍경이다.

거기에 마쓰나가 단조가 성을 쌓았다. 몇 년 전의 일이다. 지금의 시점에서는 우선 천하제일의 실력자인 인간의 거성이다. 그러나 아직 왕성 진호(鎭護)의 상징이라고는 말할 수 없어, 1년에 몇 번 단조는 나찰처럼 대군을 이끌고 출진한다. 성 자체에도 혈흔이 드문드문 배어 있는 듯하다. 조망은 아름답지만 성은 아름답다고는 말할 수 없다. 성주가 무서울 정도로 구두쇠라 곶감의 꼬치는 버리지 않고 벽 밑에 쓰고, 술통의 통도 버리지 않고 담장 판자로 쓴다는 식이다 보니, 성은 오히려 조잡하고 무서운 인상을 준다.

그 반면 축성술에 있어서는 천재적이라고도 할 수 있고, 특히 천수각이라는 것은 일본이 시작된 이래 이 마쓰다가 단조의 독창적인 작품이다. ——그리고 다시 말하지만 그곳에서 바라보는 풍경은 장대했다. 그 고란에서 내려다보면 지금 올라온 시기산의 벚꽃이 달빛을 받아 지상의 구름처럼 나부끼고 있을 것이다.

"——그런데 손님이란 누구일까."

소에키는 고개를 갸웃거리며 천수각에 올라 그 고란으로 안내되었다.

주14) 聖德太子(쇼토쿠 태자), 574~622. 요메이(用明) 천황의 왕자. 학문에 능하고 불심이 깊었다. 스이코(推古) 천황이 즉위한 후 섭정으로서 정치를 하면서 헌법 17조를 제정하였고, 불교의 융성에 힘써 많은 사원을 건립했다.

단조는 정말로 손님과 술자리를 벌이고 있었다. 손님은 아홉 명이었다. 단조는 소에키에게 우선 마주하고 있는 두 명의 손님을 소개했다.

"소에키, 알고 있나. 이 사람은 같은 야마토 지방 야규노쇼[주15]의 주인, 신자에몬일세."

야규 신자에몬은 경의에 가득 찬 미소를 띠며 묵례했다. 서른대여섯의 침착한 풍모를 한 무사지만, 소에키는 모르는 자다.

"이쪽은 나라에 사는 가신 거사."

"──호."

소에키는 저도 모르게 숨을 삼키며 그 손님을 지켜보았다.

"이름만은 들어 알고 있습니다만."

"한 번 뵙고 싶다고 생각하고 있었소."

하며 가신 거사도 웃는 얼굴로 고개를 끄덕였다.

휘파람새 색깔의 도복을 입은 노인이다. 머리카락을 뒤로 넘겨 묶었다. 학처럼 야위었고, 얼굴은 몹시 길다. 그 입의 양끝에 미꾸라지 같은 수염이 두 개 축 늘어져 있다. 상당한 노령이라는 것은 알 수 있지만 머리카락은 새까맣고, 대체 몇 살 정도의 인물인지 짐작이 가지 않는다.

"저것은 내 제자들이오."

하고 거사는 벽 쪽에 나란히 있는 일곱 개의 그림자에 턱짓을 했다. 그것은 모두 검게 물들인 옷을 걸친 승려 차림이었지만, 이상하

주15) 柳生の庄(야규노쇼), 쇼(庄)는 옛날의 '장원(莊園, 쇼엔)'이었던 지역이나 땅의 지명에 붙는 말이다.

게도 머리는 이 또한 모두 야마부시^{주16)}처럼 뒤로 넘겨 묶었다.

"본래 네고로데라^{주17)}에 있던 자들이지요."

하고 거사는 말했다.

기슈^{주18)} 네고로데라라고 하면 날쌔고 사납기 그지없는 승병을 거느리고 있는 것으로 유명한 절이니, 아마 승병 출신일 것이다. —— 소에키의 이름을 듣고도 이들은 별로 아무런 감동도 없는지, 희미하게 묵례를 했을 뿐 태연하게 시녀들이 따라 주는 술을 받으며 커다란 술잔을 기울이고 있다. 그중에는 한 마리의 검은 고양이를 무릎에 안고, 아이에게 주듯이 생선을 먹이고 있는 자도 있었다.

"어쨌든 다관을 보여주게."

하고 단조는 재촉했다.

소에키가 가져온 히라구모 다관을 꺼내 보여주자,

"오오, 명기로군."

우선 가신 거사가 장탄(長歎)의 신음을 흘렸다.

그야 그럴 것이다. 그 히라구모 다관은 사카이에 있는 소에키의 곳간에 가득 차 있는 엄청나게 많은 다도 도구 중에서도 둘째가라면 서러운 명기다. 사실을 말하면, 소에키는 이것을 단조에게 선물하는 것이 뼈를 하나 빼앗기는 것 같을 정도로 슬펐다. 그것을 큰마

주16) 山伏(야마부시), 불도를 수행하기 위해 산야에서 기거하는 중. 또는 수험도를 수행하는 사람을 이르기도 한다.

주17) 根来寺(네고로데라), 와카야마현 이와타시(市)에 있는 절로, 신의진언종(新義真言宗)의 총본산. 1130년에 고야산(高野山)에 창건되었다가 1288년에 현재의 장소로 옮겨졌다. 오다 노부나가와 도요토미 히데요시에게 저항하다가 1585년에 화공을 당했으나, 후에 아사노(浅野) 씨에 의해 재흥되었다.

주18) 紀州(기슈), 기이(紀伊) 지방. 현재의 와카야마현 대부분과 미에현의 일부를 가리키는 옛 지명.

음 먹고 헌상할 결심을 한 것은 단조의 지금의 위세와 굶주린 늑대 같은 물욕을 알아보고 체념했기 때문도 있지만, 그러나 그것뿐이라면 더 저항할 강인함을 이 다인(茶人)은 가지고 있었다. 다만 그것 이외에 이 간웅이라고도 할 수 있는 영주에게 한 줄기 기괴한 예술 감상력이 있는 것을 느끼고, 그 점 때문에 이 희대의 명기 히라구모 다관을 맡길 마음이 든 것이었다.

잠시 차 이야기로 시간이 흘렀다. 소에키는 이 가신 거사가 실로 다도의 절묘한 경지에 오른 인물이라는 것을 알고, 어느새 그가 수수께끼의 환술사인 것도 잊고 있었을 정도였다.

그것을 떠올린 것은 거사가 갑자기 침묵하며 물끄러미 자신을 응시하고 있는 것을 깨달았을 때다.

"왜 그러시오?"

"──잠시, 움직이지 마시오."

하고 가신 거사가 말했다. 얼어붙을 듯한 목소리로, 이윽고 또 말했다.

"소에키 님의 별."

소에키는 돌아보았다. 뒤에는 온 하늘에 떼를 지은 꿀벌과도 같은 봄의 별자리가 있었다.

"제 별이라고요?"

"지금 당신의 별을 점쳤소."

가신 거사는 왠지 몹시 흥분한 것 같았다.

"호오, 별점, 뭐라고 나왔습니까?"

"이야기해도 되겠소?"

"꼭 듣고 싶습니다."

"당신이라면 놀라지 않겠지요. 당신의 목숨은 앞으로 30년이면 다할 것이고, 그 별에 검기(劍氣)가 있소——."

"제게 검기? 그거 이상하군요. 저는 일개 다인입니다. 그건 그렇고, 호오, 저는 30년이나 더 삽니까?"

"30년 후에 목숨이 끝나는 사람을 앞에 두고, 지금 제게는 30년 후의 별자리가 보입니다."

가신 거사의 눈은 더 이상 소에키를 보고 있지 않았다. 깊은 무한의 밤하늘에 요사스럽기만 한 눈빛을 쏟으며 헛소리처럼 말했다.

"1, 2년은 아닐지도 모르오. 그러나 그 무렵, 선생을 덮은 같은 별의 검기가 바다를 건너 대명(大明)을 덮칠 것이오……. 그것이 누구인지, 아직 나는 알 수 없소."

"거사, 무슨 알 수 없는 말을 그리 중얼거리고 있는 거요?"

하고 단조가 말했다.

가신 거사는 제정신으로 돌아왔다. 그러나 단조를 바라본 눈에는 여전히 지금 별자리를 보고 있었을 때와 똑같은 요광(妖光)이 있었다.

"그런데 영주님, 아까 이야기하신 우쿄 다유[주19] 님 말인데."

왠지 단조는 소에키를 힐끗 보며 크게 당황했다. 가신 거사는 거리낌 없이 말했다.

주19) 太夫(다유), 다이부라고도 읽는다. 품계 5품 벼슬을 통칭하는 말, 또는 영주가의 살림살이를 총괄하여 맡아보는 사람을 가리키는 말이지만, 고급 유녀를 가리키는 말로도 쓰였다.

"그분을 영주님의 것으로 만들 방법이 있습니다."

"그 방법이 무엇이오?"

단조는 재촉했다. 그 한순간에, 소에키의 존재도 잊은 듯하다. ― 소에키는 우쿄 다유란 단조의 주군 미요시 조케이[20]의 아들 요시오키의 아내이며, 절세의 미인으로 유명한 여인의 이름이라는 것을 알고 있었다.

3
―――

소위 반골을 품은 자는 그만큼 권력에 민감한 자이다. 센노 소에키는 대권력자를 뜬구름처럼 덧없고 허무한 것으로 보는 한편으로, 동물적인 후각으로 시대의 지배자를 냄새 맡고 접근하는 빈틈없는 면도 가지고 있었다. 사카이 상인으로서의 만만치 않은 재능일 것이다. ――그래서 마쓰나가 단조에게도 이렇게 접근하고 있지만, 사실은 이 인물을 별로 좋아하지 않는다.

하기야 이 세상에 이 인물을 좋아하는 자는 별로 없을 것이다.

그는 내력도 알 수 없는 출신이지만, 본래 상인이었다는 소문도

―――――――――

주20) 三好長慶(미요시 조케이), 미요시 나가요시(1522~1564). 전국 시대의 무장이자 기나이(畿內) 및 아와 지방의 영주. 호소카와 정권을 사실상 붕괴시키고 무로마치 막부의 쇼군 아시카가 요시하루(足利義晴), 아시카가 요시테루(足利義輝)를 모두 교토에서 쫓아낸 후 미요시 정권을 수립하였다.

있다. 그런데 어느새 아와[주21]의 호족 미요시가에 들어가 가로[주22]의 자리까지 올랐다. ——아시카가가 쇼군의 허명만을 쫓다가 실권이 간레이[주23] 호소카와에게 옮겨 간 지 이미 오래, 게다가 그 권세는 호소카와의 하급 무사 미요시씨에게 옮겨 갔다. 그리고 그 당주 미요시 조케이도 이 무렵 자주 앓아누워 이제 이 마쓰나가 단조가 긴키[주24] 일대, 즉 천하의 패자(霸者)가 되었다.

상인 출신이라는 소문에도 불구하고 그가 싸우는 모습은 사나웠다. 그가 병법에도 일가견이 있었던 것은 일본 성곽사에 신기원을 그은 천수각을 창조한 것에서도 알 수 있다. 그리고 그의 사나움은 전쟁 자체보다 전쟁 후에 더욱더 발휘되었다. 그 약탈의 모습은 나찰처럼 잔인했다. 당시의 선교사의 평에도 '그 성미는 혹독하고 간활하며 욕심 사나웠다'고 되어 있다.

물욕뿐만 아니라 여자에 대한 욕망도 강렬하고 변태적이었다.

그가 장막을 내리고 그 안에서 몇 명의 시녀와 마음껏 음란한 짓을 하면서, 틈만 나면 가신을 불러 장막 바깥으로 얼굴만 내밀고 명령을 내렸다는 기록은 유명하다. 방약무인하다기보다 사람을 우습게 본다고 하는 편이 맞을 것이다. 게다가 이렇게 야비하고 뻔뻔스러운 데가 있는가 하면, 한편으로 아름다움에 대해 무시무시한 감

주21) 阿波(아와), 현재의 도쿠시마현을 가리키는 옛 지명.
주22) 家老(가로), 에도 시대에 영주의 중신(重臣)으로 영주의 가신(家臣) 무사들을 통솔하고 집안의 일들을 총괄하던 지위. 하나의 영지에 여러 명이 있었고 대개 자식에게 세습되었다.
주23) 管領(간레이), 무로마치 시대의 관직명. 쇼군을 보좌하며 막부의 정무를 총괄하였다.
주24) 近畿(긴키), 교토, 오사카, 시가현, 효고현, 나라현, 와카야마현, 미에현을 일컫는 지명.

성이 있었다. 그것은 천수각을 창안한 자였던 것에 나타나 있지만, 그 손자 중에 유명한 시인 마쓰나가 데이토쿠[주25]가 나온 것에서도 그의 핏속에 일종의 기괴한 예술가가 살고 있었던 것을 알 수 있다.

——소에키는 후에 노부나가라는 인간을 알게 되는데, 노부나가와 단조에게 기분 나쁠 정도의 공통점을 느낄 때가 종종 있었다. 다만 노부나가에게는 스스로 선교사에게 '하늘의 마왕'이라고 큰소리치는 훌륭한 기품이 있었으나, 단조는 실로 땅 밑에서 기어 올라온 마장(魔將)이라고밖에 말할 수 없는 사내였다.

"거사, 우쿄 다유 님을 내 것으로 만들 방법이 뭐요?"

지금 그는 눈에 불을 켜고 연보라색의 입술을 핥으며 말한다. ——게 같은 밉상이지만 그 피부는 쉰셋이라는 나이를 생각나지 않게 할 정도로 번질거린다.

옆에서 듣고 있는 센노 소에키나 야규 신자에몬이라는 무사를 의식하고 있는 것으로도 보이지 않는 것은 타고난 방약무인함이거나, 아니면 두려움을 모르는 실권자로서의 자신감 때문이겠지만, 또한 그 여인에 대한 갈망의 격렬함을 말해주는 것이리라.

그래도 말은 이렇게 했다.

"어쨌든, 주군의 아드님의 정실일세."

"그것은 아십니까."

가신 거사는 엷게 웃었다. 단조는 얼굴을 찌푸리며 말한다.

주25) 松永貞德(마쓰나가 데이토쿠), 1571~1653. 교토 출신의 시인. 일본 고유의 시가인 와카(和歌), 가학(歌學) 등을 일반 서민들에게 가르쳤으며, 풍자시에 있어서도 제일가는 작가 중 하나로 손꼽힌다.

"게다가 요시오키 님은 젊지만 만만치 않은 분일세. 나는 지금 그분과 싸우는 것을 바라지 않아."

그 아내를 원한다고 상의해놓고, 뻔뻔스럽게 말한다.

"하지만 아까도 말했다시피, 그 우쿄 다유 님을 그리며 이대로 울적하게 시간을 보낸다면, 나는 미쳐서 이 고란에서 뛰어내릴지도 모르네."

"——이 일곱 덴구^{주26)}를 빌려드리지요. 쓰십시오."

"일곱 덴구."

단조는 술을 마시고 있는 일곱 명의 승려를 돌아보고, 경멸하듯이 입술을 휘었다.

"이 전국 시대에, 평상시에도 수백 수천의 병사가 지키고 있는 미요시가를 겨우 이 일곱 명의 중들이 어찌하겠다는 것인가."

"바람 덴구."

하고 가신 거사가 또 턱짓을 했다. 부름을 듣고 가장 왼쪽에 있던 법사가 몸을 일으켰다. 왼손에 금강장을 들고 있다. 키가 훌쩍 크지만 채찍처럼 나긋나긋한 체구다.

"여러분께 낫 되돌리기의 닌자술을 보여드려라."

가신이 명령하기도 전에 그 법사의 오른쪽 소매에서 은색 섬광이 허공에 흩날렸다.

그는 무언가를 고란에서 일직선으로 공중에 던졌다. ——그것은

주26) 天狗(덴구), 깊은 산속에 산다는 상상 속의 괴물. 사람의 모습이지만 얼굴이 붉고 코가 높으며 날개가 있다. 신통력이 있으며 자유자재로 날아다닌다고 한다.

부웅 하고 대기를 태우는 듯한 음향을 내며 은색 실을 끌고 저 멀리 사라지는 듯 보였으나, 순식간에 윙윙거리는 소리를 내며 돌아와 그의 손 안에 들어왔다.

"……오오!"

신음 소리를 낸 것은 야규 신자에몬이라는 무사다. 그의 눈은 크게 부릅뜨여 바람 덴구의 손에 쥐어진 한 자루의 낫을 보고 있었다.

"……밧줄이라도 있는 것인가."

"아무것도 없소."

하며 가신 거사는 웃었다.

"목표로 하는 것에 맞지 않으면 다시 돌아오지요."

──호주 원주민의 독창적인 수렵용 무기 중에서 부메랑이라는 것이 있다. 이것을 던지면 날카로운 커브를 그리고 회전하면서 날아가 사냥감을 쓰러뜨리고, 명중하지 않으면 다시 손으로 돌아온다고 하는, 석 자 정도 되는 신기한 곤봉이다. 그것을 알 리 없는 사람의 눈에는──아니, 설령 알고 있어도 자신의 시각을 의심하지 않을 수 없는 무서운 낫이었다.

"바람 덴구, 낫에 사슬이 달려 있지 않다는 증거를 보여드리랴."

"핫."

그것은 응답이라기보다 무시무시한 기합이었다. 동시에 바람 덴구는 금강장을 겨드랑이에 낀 채 긴 몸을 낫처럼 구부려 고란을 박찼다.

"──아앗!"

시녀들이 깜짝 놀란 듯 비명을 질렀다. 단조도 소에키도 저도 모르게 일어서고 있었다.

바람 덴구는 고란에서 바닥이 없어 보이는 하늘로 뛰어내린 것이다. 그 검게 물들인 옷이 박쥐의 날개처럼 펼쳐졌다. ——심지어 그는 아래로 떨어지지 않는다!

"닌자술 고엽(枯葉) 되돌리기!"

괴조 같은 절규가 허공에서 아직 사라지기도 전에, 이 인간 부메랑은 고란으로 다시 돌아와 탕 하고 소리 높이 금강장을 짚으며 우뚝 서 있었다.

"……으음."

야규 신자에몬은 또 신음했다.

"야규 님, 야규 님."

가신 거사가 놀리듯이 말을 걸었다.

"귀공은 야규노쇼에서 밤낮으로 검술에 정진하고 계신다고 들었는데 어떻소, 이 까마귀 덴구[주27]를 상대로 이길 자신이 있으시오?"

"……아니, 도저히."

하고 야규 신자에몬은 납빛의 안색으로 길게 탄식했다.

단조는 어정쩡한 자세가 되어 있었다.

"가신. ……그 일곱 명의 법사는 모두 방금 그 술법을 쓰는가?"

"아니요, 내가 가르친 술법은 각각 다릅니다. ——다만 단조 님을 위해 빌려드릴 도구가 큰길에서 파는 물건과는 다르다, 라는 증거

주27) 까마귀 덴구, 까마귀처럼 부리나 날개를 가지고 있다고 상상되었던 덴구.

로 보여드렸을 뿐. 이 이상 보여드릴 것까지는 없겠지요."

"그, 그 일곱 명을 모두 내게 빌려줄 텐가."

"지금 말씀드린 대로입니다. ……단, 이 일곱 사람은 우쿄 다유 님을 납치하는 데에는 쓰지 않을 것입니다."

"──그럼?"

"아무리 연모하더라도, 아니 연모하는 여인이니 더더욱, 억지로 납치하고 욕보이는 것은 이 가신의 취미가 아닙니다."

그렇게 말하더니, 이 나이도 알 수 없는 늙은 환술사는 듬성듬성 난 콧수염을 쓰다듬으며 입을 오므리고 웃었다.

음석(淫石)

1

"단조 님."

하고 가신 거사가 말한다.

"당신의 여인에 대한 집착이 어떤지는 전부터 들었습니다만, 소문에 따르면 다도 도구에 대한 집착과 조금도 다르지 않다고 하더군요. 갖고 싶어하실 때는 어린아이처럼 이치에 맞건 안 맞건 개의치 않고, 질리면 산산이 부순다고요. ——여인은 도구가 아닙니다."

"가신, 그대의 설교만은 되도록 듣기로 했지만, 나는 아직 다도 도구를 부순 적은 없네."

"그럼 부수는 것은 여인뿐인가요, 그래서야 도구 이하의 취급이로군요. 애초에……."

"알았네, 알았어."

단조는 손을 저었다. 이마에 불쾌함의 바늘이 불끈 새겨지려 했으나 곧 사라지고, 질린 표정이 되었다. 이 인물을 향해서 이렇게 거침없이 말을 하는 인간은 달리 없겠으나, 그래도 단조가 참는 것은 그를 자제하게 하는 무언가가 이 노인에게는 있기 때문으로 보인다.

"그대의 말이 맞네. 확실히, 싫어하는 여자를 억지로 욕보이고 싶지는 않아. 적어도 그 우쿄 다유 님만은 진심으로 내게 마음을 주게 하고 싶네. 뿐만 아니라, 만일 이 성에 와주신다면 나는 향을 피우고 예배를 하고 싶어——."

센노 소에키는 마쓰나가 단조가 여자에 대해서 이런 말을 하는 것을 지금까지 들은 적이 없다. 게 같은 밉상에는 이때 오히려 귀기마저 느꼈지만──마주하고 나란히 선 일곱 까마귀 덴구는 흰 이를 보이며 씩 웃었다.

"허나 그분은 억지로 무슨 짓을 하려 하면 혀를 깨물고 돌아가실지도 모르네, 그래서 나는 고민하고 있는 것이야."

단조는 일곱 승려의 실소 따위는 눈치채지 못한다. ──다만 악몽에서 퍼뜩 현실로 돌아온 듯이,

"아니, 그런 것보다 우선 우쿄 다유 님을 손에 넣어야지. 거기 일곱 사람, 인간이라고는 생각되지 않는 술법을 가지고 있다고 하는데──그것을 내게 쓰게 해주지는 않겠다는 것이지. 하지만 가신, 그렇다면 내게 왜 지금 그 술법을 보여주었나?"

"우쿄 다유 님을 납치하는 데에는 쓰지 않을 것입니다. 허나 빌려 드리겠다고는 말씀드렸습니다."

"거기에 쓰지 않고 무엇에 쓴단 말인가."

"다른 여자를 납치하는 데 쓸 것입니다."

"다른 여자? 다른 여자는 필요 없네. 또 우쿄 다유 님 이외의 여자라면, 그대의 손을 빌릴 것까지도 없어."

"우쿄 다유 님의 마음을 손에 넣기 위해 다른 여자를 납치하는 것입니다."

"──가신."

단조는 눈에 힘을 주며 억누른 듯한 목소리로 말했다.

"이야기해보게."

가신 거사는 담담하게 말하기 시작했다.

"지금도 말씀드렸다시피, 이 일곱 명의 네고로 승려의 술법은 각각 다릅니다. 다만 모두 똑같이 가지고 있는 술법은——여자를 범했을 때."

"흠."

"일을 치른 후, 그 여자로 하여금 애액을 흘리게 하는 것입니다."

"애액을."

"당사자도 멈추려야 멈추지 않는 유출은 우선 저기 있는 큰 잔을 채울 정도로 계속되지요."

"……여자는 어찌 되나."

"그동안의 쾌락과 황홀감 때문에 열 명 중 다섯 명은 숨이 끊어집니다. 살아남은 자도, 우선 광인이나 폐인과 마찬가지가 되지요."

멍하니 듣고 있던 마쓰나가 단조는 갑자기 이때 불안한 듯한 표정이 되었다. 그런 술법을 체득한 일당을 빌렸다가는 무슨 일이 일어날지 알 수 없다는 사실에, 새삼 공황을 일으킨 듯하다.

"——그래서?"

"그 애액을 가장 훌륭한 내력을 가진 솥에 바짝 졸이는 것입니다. 물론 큰 잔에 가득한 애액도 바짝 졸이면 우선 귀이개의 절반 정도 되는 하얀 앙금이 되는데."

단조의 눈은 다시 호기심으로 빛나기 시작했다.

"이것에 또 새로운 여자의 애액을 더해 졸입니다. 되풀이하고, 또 되풀이하다 보면 처음의 앙금을 핵으로 삼아 다음에 이것이 겹쳐지고 커져, 이윽고 박리된 백운모 한 조각 같은 것이 되고요."

"으음……."

"이것을 음석(淫石)이라 합니다."

"음석."

"여자가 목숨이 다할 때 흘린 애액의 정(精)이지요. ……또 한 가지, 이 음석을 갈아 차를 끓일 때는, 이것을 마신 여인은 처음 눈이 마주친 사내에 대해 제정신을 잃고 한 마리의 음탕한 짐승이 됩니다."

마쓰나가 단조는 신음 소리조차 내지 못하고 침묵하고 말았다. 그제야 가신 거사가 말하려는 것이 짐작되기 시작한 모양이다.

거사가 지금 '우쿄 다유 님의 마음을 손에 넣기 위해'라고 말한 의미가, 소에키도 비로소 이해되었다. 이 환술사는 우쿄 다유 님의 마음을 녹이는 마(魔)의 차를 만드는 법을 가르쳐주고 있는 것이다.

여인의 애액의 결정——음석.

그런 것이 세상에 있을 수 있을까, 보통 같으면 애초에 믿기 어렵지만 바로 조금 전, 그의 제자 승려의 '고엽 되돌리기'라 칭하는, 실로 떨어진 고엽이 다시 가지로 돌아오는 듯한 뛰어난 술법을 본 후에는 이 환술사가 어떤 기상천외한 말을 해도 일소에 부칠 수가 없을 듯한 기분이 든다. ——그런 만큼, 듣고 있으면 한층 더 구역질을 부추길 것 같은 기분 나쁜 데가 있다.

——그리고 정신이 들어보니 그 야규 신자에몬이라는 무사도 가만히 팔짱을 끼고 단조와 가신의 문답을 듣고 있는 듯한데, 그 눈에

형용하기 어려운 불쾌한 빛이 있다. 재촉하면 자리를 박차고 일어서지 않을까, 하고 소에키에게는 생각되었다. 그러나 소에키는 참았다. 이곳의 성주에 대해 조심스러워하는 마음 이외에, 혐오감 이상의 호기심에 사로잡힌 것이다. 다도라는 적막한 정취의 모든 것을 창조한 이 대(大)스승에게는 한편으로 청탁(淸濁)을 한꺼번에 마시는, 그런 강인한 면이 있었다.

"음석을 만드는 방법——그리고 그 효용에 대해서는 이걸로 아셨을 테지만."

가신 거사는 말을 이었다.

"여기에는 두 가지 조건이 있습니다."

"무엇인가."

"첫째로 그 애액을 흘릴 여자는, 이 세상의 아무 여자면 된다는 것은 아닙니다. 원래 그 정도의 애액을 흘릴 만큼 정이 깊은 여인, 또 애초에 미녀가 아니면 덴구들의 마음에 들지 않지요. 그것은 이자들이 고르는 것에 맡겨주셨으면 합니다."

그러고 나서 얼굴을 돌리며 말했다.

"나찰방. 금강방. ……이곳에 있는 여자들 중에 마음에 든 자가 있는가."

나란히 있는 일곱 명의 네고로 승려들 중에서, 이번에는 오른쪽 끝에 있는 두 사람이 주위를 진득하게 둘러보았다. ——그곳에 나와 술을 따르고 있던 열 명 남짓의 시녀를 말이다.

"그렇습니다."

나찰방은 거무스름하고 두꺼운 입술을 핥으며 턱짓을 했다.

"우선 두 명, ——저자와, 저 여인, 금강방, 어떤가?"

"그러하네."

금강방이라고 불린 승려는 고개를 끄덕였다. 그 눈은 벌써 이상한 요광(妖光)을 띠며, 지명당한 두 명의 몹시 아름다운 시녀를 그대로 꼼짝달싹 못 하게 만들어버린 듯하다.

"쓰바키와 지도리인가."

단조의 얼굴에 동요가 스친 것을 보면, 어쩌면 그 두 사람은 그가 총애하는 여자였을지도 모른다. ——단조는 조급하게 말했다.

"가신, 나머지 하나는?"

"두 번째로는——그 차를 달일 솥이."

처음으로 소에키의 등에 냉기가 스쳤다. 가신의 눈이 히라구모 다관에 쏟아지고 있는 것을 깨달았기 때문이다. 가신은 말했다.

"싸구려로는 순수한 음석이 만들어지지 않습니다. 천하의 명기이면 명기일수록 좋지요……."

어지간한 소에키도, 저도 모르게 일어서 있었다. 더 이상 이 늙은 환술사의 패륜의 말을 듣고 싶지 않았기 때문이다.

뼈 한 조각을 뽑아내는 심정으로 가져온 히라구모 다관으로 여인의 애액을 달이다니! 너무나도 심한 말에 머리가 혼란스러워져 그는 잠시 크게 가슴을 들썩이고 있었으나, 간신히 말했다.

"단조 님, 저는 한시라도 빨리 다실을 보고 싶습니다."

"저도 잠시 이 자리를 물러나고 싶습니다. ——조금 지나치게 취한 것 같아서."

야규 신자에몬도 몸을 일으켰다.

"기다리시오."

가신은 얼굴을 들며 말했다. 두 사람의 마음을 꿰뚫어 본 듯이, 푹 팬 눈이 장난스럽게 웃고 있다.

"지금 이 두 미녀를 빌려, 그 애액을 흘리는 모습을 보여드리지요."

"뭣──지금 여기에서?"

단조도 깜짝 놀란 듯하다. 가신의 웃는 목소리가 돌아왔다.

"하루라도 빨리 우쿄 다유 님을 원하지 않으십니까."

"나는 그런 것을 보고 싶지는 않소."

결국 야규 신자에몬은 분연한 목소리로 소리치며,

"소에키 님, 가시지요."

하고 걷기 시작했다. 단조는 허둥거리며 시동을 돌아보고,

"가는가, 나도 곧 갈 테니 여봐라, 마쓰카제(松風)^{주1)}의 방에서 기다리게 하여라."

하고 명령했을 뿐 별로 제지도 하지 않았다. 가신과 그 제자가 지금부터 전개하여 보여주려고 하는 광경을 소에키와 신자에몬에게 지켜보라고는, 역시 말하지 못하는 듯했다.

"아하, 싫으십니까? 아깝지만 어쩔 수 없지요. ──그렇다 해도 야규 님께 좀 보여드리고 싶은 것이 있소. 나찰방, 금강방."

가신은 불렀다.

___
주1) 솔바람, 또는 다도에서 차관에 물이 끓는 소리를 일컫는다.

"그 두 여인의 다리를 보여라."

두 마리의 까마귀 덴구가 날아올랐다. 아까부터 기절한 듯이 꼼짝 않고 서 있던 쓰바키, 지도리라는 시녀는 단풍새처럼 손을 덥석 움켜잡혔다. 그리고 순식간에——다리를 보이라는 명령을 받았음에는 틀림없지만, 눈 깜짝할 사이에 두 사람 다 그 옷자락이 배까지 걷어올려진 것이다.

"두 사람의 다리에 어딘가 다른 점은 없소?"

으스름달 아래에 상아처럼 빛나는 네 개의 다리를, 가신 거사는 아무렇게나 응시했다.

"오, 있다, 있어, 다행히 있군. ——이쪽 여인의 허벅지에 꽃잎 같은 점이 있소."

그리고 너무 놀라 멍하니 돌아보며 입을 벌리고 있는 소에키와 신자에몬을 올려다보며, 늙은 환술사는 올빼미처럼 웃었다.

"야규 님, 이것을 잘 기억해두시오. 그럼, 나중에 또 뵙지요."

시동의 안내를 받으며, 소에키와 신자에몬은 떠났다.

그 모습을 지켜보며 고개를 갸웃거리던 가신은 중얼거렸다.

"단조 님, 괜찮겠습니까."

"무엇이."

"저 두 사람, 반골입니다."

"그것은 알고 있네. 그 정도의 놈이 아니라면 부리는 보람이 없고, 재미도 없지."

단조는 처음으로 그답게 배짱 좋게 일소했다. 과연, 그러고 보니 이 마쓰나가 단조라는 인물이 반골의 화신 같은 남자다.

"그 히라구모 다관은 전부터 미요시가에서도 원하셨던 명기일세. 그것을 내 쪽으로 가져왔다는 것은 소에키가 얼마나 보는 눈이 있는 남자인가 하는 것이지. 또 야규는 이 야마토에서 손바닥만 한 땅의 주인일세. 내 마음을 등지면 순식간에 망할 것은 이미 알고 있을 터. 그러니 내게 신하의 예를 취하고, 내가 부르면 저렇게 오는 것일세. 두 사람 다 바보가 아니라면 이 단조를 배신할 걱정은 없어."

"아니, 노파심에서 말씀드렸을 뿐입니다. ──만약을 위해 아까 바람 덴구의 술법으로 깜짝 놀라게 하였고, 또 지금 그 두 여인으로 더욱 간담을 서늘하게 해두었으니 우선 그런 걱정은 없을 테지요. 후읏, 후읏, 후읏."

가신 거사는 올빼미처럼 또 웃더니, 여자를 붙잡고 있던 두 명의 제자 승려를 재촉했다.

"그럼 시작해라."

2

소에키가 설계한 다정(茶亭)은 아니지만, 한 층 아래에 있는 그 마쓰카제의 방도 역시 다실로 되어 있었다. 그러나 물론 차를 마시는 곳은 아니다.

소에키와 야규 신자에몬은 그곳에 쓴물을 삼킨 듯한 얼굴로 마주 앉아 있었다.

　천하의 명기를 저런 음란한 일에 사용하게 되었다는 수치도 있다. 그것조차 견뎌야 한다는 분함도 있다――아무래도, 이유가 다르기는 하지만 신자에몬 쪽도 무시무시한 기력으로 자기 자신을 억누르고 있는 기색이다.

　어쨌든 소에키는 입을 열려고 했지만, 무슨 말을 하면 좋을지 알 수가 없었다. 이 야규라는 무사의 정체를 아직 확실히 알지 못하기 때문이다. 야규노쇼라는 지명은 이전에도 들은 적이 있다. 아무래도 그곳의 성주인 듯하지만, 요란스럽게 성주라고 해도 될지 어떨지 의문으로 여겨질 정도로 산속에 있는 작은 지방이 아닐까. 물론 지금은 마쓰나가 단조의 지배 아래에 있을 것이다. 단조 밑에 있는 부장(部將)이라고나 해야 할 인물에게 섣부른 말을 할 수는 없다.

　――그러자,

　"소에키 님, 참으십시오."

　하고 상대 쪽에서 말을 걸어왔다. 자신을 완전히 억눌렀는지, 눈이 웃고 있다.

　"지금은 참지 않으면 목이 위험하오. ――허나, 하늘의 도(道)는."

　신자에몬은 거기까지 말하고 입을 다물었다. 소에키가, 방 바깥에 시동이 앉아 있는 당지문 쪽을 힐끗 바라보며 눈으로 제지했기 때문이다.

　그러나 거기에서 두 사람의 입이 풀렸다.

신자에몬이 말했다. ──야규가(家)는 헤이안 때부터 야규 계곡의 호족이었으나, 후지와라, 다이라, 미나모토, 호조로 세상이 바뀜에 따라 어떨 때는 여기에 붙고, 어떨 때는 저기에 붙고, 때로는 땅을 잃고, 다시 돌아가고, 작은 지방의 비운을 골고루 맛보면서 살아남아 왔다. 가깝게는 자신이 아직 소년이었을 때인 1544년, 야마토의 호족 쓰쓰이 씨 때문에 한 번은 망국의 난에 빠졌다가 2년 전, 겨우 마쓰나가 단조에 속하며 이를 회복한 것이다.

이런 것을 담담하게 이야기했다. 그러나 아까부터 눈치채고 있었던 것이지만, 이 신자에몬이라는 남자에게는 그런 흥망의 신산(辛酸)을 겪어온 작은 성주다운 비굴한 그림자가 조금도 없다. 당당하고, 오히려 대담무쌍한 정신마저 엿보이며, 오직 체험에서 온 사려가 거기에 침착한 인상을 더하고 있다.

그렇게 생각하면서 소에키는 전혀 다른 상념에 시달리고 있었다. 그것은 아까부터 들려오는 위층에서의 어떤 목소리였다.

이 방을 마쓰카제의 방이라고 한다고 한다. 그러나, ──가늘고 길게 흘러오는 것은 솔바람이 아니라 흐느껴 우는 듯한 여자의 목소리다. 한 명이 아니다. 분명히 두 여자가 목을 헐떡이는 선율이 서로 얽히고 설키며 소에키의 귀를 쥐어뜯는다.

"당신은 차를 하십니까?"

애써 거기에 귀를 막으며, 소에키는 물었다.

"아니, 저는 검밖에 모르는 사내입니다. 차는 하지 않는 것은 아니지만 완전히 야인의 손장난이라, 소에키 님 앞에서는 얼굴이 붉어질 뿐이지요. 오히려 소에키 님의 고명함은 일찍이 들어 알고 있는 바, 이것을 인연으로 부디 가르침을 받고 싶습니다."

위층의 여자 목소리는 점차 처절한 울림을 띠기 시작했다. 고란에서 무슨 일이 벌어지고 있는 것일까. ——아까 가신이 한 말을 떠올릴 것까지도 없이 상상하는 것만으로도 피가 역류하는 것 같다.

"호오, 검밖에 모르신다고요. 무인으로서 당연한 말씀이지만—— 하지만 당신은, 실례지만 다도 쪽에서도 상당한 경지에 다다르신 분으로 보입니다. 그것은 검 쪽에서 이르신 것일까요."

"당치도 않습니다."

야규 신자에몬은 고개를 크게 저었다. 그도 저 목소리는 듣고 있을 텐데 안색도 바꾸지 않는다.

그는 이런 말을 꺼냈다. 이번에 마쓰나가 님께 불려 온 것은 다른 용무지만, 자신이 이 시기산성에 오는 데에는 한 가지 즐거움이 있다. 그것은 이세 태수 가미이즈미 노부쓰나 님과 재회할 수 있지 않을까 하는 기대다——.

"오오, 이세 태수 가미이즈미 님."

소에키는 외쳤다. 그는 아직 한 번도 만난 적은 없지만, 꽤 전부터 여러 지방을 떠돌고 있는 이 당대의 검성(劍聖)의 이름은 들었다. 2년쯤 전, 교토의 쇼군께서 그의 검술을 보시고 "가미이즈미 검술은 고금에 유례를 찾아볼 수 없다"는 감상을 말씀하셨다는 소문도, 그 무렵 들었다.

지금 야규 신자에몬이 말하는 바에 따르면, 그때 이세 태수는 이 시기산성에도 왔었다. 우연히 그곳에 있던 신자에몬이 흥분에 몸을 떨며 이자에게 시합을 청했다.

이세 태수는 우선 제자인 히키타 고하쿠와 겨루게 했다. 고하쿠는 신자에몬의 자세를 보고 "그것은 나쁘지 않소"라고 말하자마자 매섭게 쳤다. "다시 한 번" 하고 신자에몬이 외치며 자세를 잡자, "그것도 나쁘지 않소" 하고 마치 신자에몬의 목검이 없는 것처럼 내리쳤다. 세 번 겨루고, 그는 세 번 졌다.

그래도 고집이 센 그가 굳이 이세 태수 자신에게 시합을 청하자,

"그럼 그 칼을 받아 가겠네."

하고 말하자마자, 그는 갓난아기처럼 노부쓰나에게 목검을 빼앗겼다고 한다.

그러나 이세 태수는 신자에몬의 칼 쓰는 법에 가능성이 있다고 하였고 오직 그 고집을 타이르며,

검술은 돌로 된 배와 같아 뜨지는 않으나 썩지도 않으니 이름을 후세에 남기리

라는 시 한 수를 주고는, 또 2, 3년 후에 다시 이 시기산성으로 돌아올 생각이니 그때 만나, 신자에몬의 성취에 따라서는 한 지방에서 한 명한테만 주는 신카게류[주2]의 인가장(印可狀)을 전해 주겠다고

___

주2) 신카게류(新陰流), 전국 시대에 가미이즈미 히데쓰나(上泉秀綱)가 가게류(陰流)라는 검술 유파에서 배워 창시한 검술 유파의 하나.

약속하고 표연히 떠났다는 것이었다.

　이 이야기를 하고 있는 동안에 야규 신자에몬의 눈은 반짝반짝 빛을 내뿜기 시작하여, 그가 이 시기산성에 묶여 있는 것은 야규노쇼를 평안하게 지키기 위한 와신상담의 마음도 있지만, 그것보다 그 검성과의 재회를 기대하고 있기 때문이 아닐까 하고, 소에키에게는 생각되었을 정도였다.

　"그 후, 저는 우둔하나마 단련을 거듭해 이세 태수님을 뵐 날을 기대하며──그것을 살아 있는 단 하나의 의미라고까지 생각하고 있었는데──세상은 넓더군요. 아까 그 네고로 승려의 술법은 참으로 무섭습니다."

　갑자기 그는 길게 탄식했다.

　"그렇게 사심(邪心)으로 가득 찬 환술, 그것조차──저는 그것을 깰 방법을 모르겠어요."

　위층의 목소리는 이제 짐승이 울부짖는 듯한 것으로 바뀌어 있었다. 게다가 분명히 여자의 목소리임에 틀림도 없다. ──결국 신자에몬은 한쪽 무릎을 일으키며 칼을 움켜쥐었다.

　"예. 이제 견딜 수가 없습니다."

　냉정해 보이지만 그도 듣고 있었던 것이다. 아니, 들리지 않을 리는 없다. 그래도 방금 "참으십시오, 참지 않으면 목이 위험하오"라고 남에게 충고한 당사자가 눈을 부릅뜨고 일어서려고 하니, 소에키는 그 소매를 붙들었다.

　"야규 님, 그 까마귀 덴구에게는 당해낼 수 없다고, 방금 말씀하신

참이 아니십니까."

"하지만 저런 무참한 짓을 두고 볼 수는."

"돌로 된 배, 돌로 된 배."

하고 소에키는 다급하게 말했다. 돌로 된 배처럼, 가라앉아 견디라고 말한 것이다.

"저것은 우리와는 인연이 없는——수라의 세계의 일이라고 생각하십시오. 무엇보다 가신 거사는 인간이 아닙니다."

"저 늙은 환술사, 소문으로 듣기는 했지만 만난 것은 처음입니다. 소에키 님, 저자는 대체 무엇일까요?"

"——적어도 일본 사람은 아닙니다."

"뭐라고요?"

야규 신자에몬이 깜짝 놀라 내려다보자 소에키는 그 소매에서 뗀 손으로 팔짱을 끼며 가라앉은 눈을 하고 있었다.

"저도 그 노인의 내력을 모르는 것은 마찬가지입니다. 하지만 아까부터 그 가신의 말을 듣고 있노라니 말하는 내용의 무시무시함은 제쳐 두더라도, 아무래도 마음에 걸리는 것이 두 가지 있었습니다. 그중 하나가 그 음운——그것은 사카이에 오가는 당인[주3]의 음운과 아무래도 비슷한 데가 있습니다."

"가신 거사는 당인이란 말이오?"

"이것은 추측입니다. 거기에 또 하나——이것은 아직 알 수 없지

주3) 당인(唐人), 당나라 사람, 에도 시대의 중국은 명나라 시대지만, 일본에서는 중국인을 가리켜 당인이라 불렀다.

만, 가신이 갑자기 음석이라는 말을 꺼낸 그 계기."

"오오, 그러고 보니 가신은 그때——."

"이 소에키를 온 하늘의 별빛에 띄우고 점쳐, 30년 후의 별자리가 보인다고 외치고는 왠지 몹시 놀란 기색이었습니다."

그때, 갑자기 위층의 목소리가 그쳤다. 그리고 오히려 귀가 아플 정도의 정적이 떨어졌다.

형용하기 어려운 공포에 휩싸여, 아까 신자에몬을 말렸던 소에키가 흠칫하며 일어섰다. 이번에는 그 소매를 신자에몬이 붙들었다.

"보지 마시고, 듣지 마십시오."

그는 눈을 감고 침통한 신음을 흘렸다.

"그보다 당인의——당인일 가능성이 있는 가신이, 무엇 때문에 그런 생각을 마쓰나가 님께 불어넣은 것일까요. 생각해봅시다. 그때 가신은——30년 후의 별자리, 그 무렵 선생을 덮고 있는 같은 별의 검기가 바다를 건너 대명을 덮칠 것이다——라고 했지요. 소에키 님, 차분하게 생각해봅시다."

그러나 소에키로서는 대답할 수 없는 일이다. 그는 이제 한시라도 빨리 이 성에서 도망쳐 나가고 싶었다.

"사정에 따라서는 이 신자에몬, 사력을 쥐어짜 그 환술사를 죽여야 할 것이오."

"그만두십시오, 야규 님. 그자는 염라천의 괴물입니다."

——정적 속에 희미한 소리가 울렸다. 찰박찰박 하고, 누군가가 계단을 내려와 복도를 걸어온다. 갑자기 방 밖에서 시동의 심상치

않은 비명이 들렸다.

　야규 신자에몬은 칼을 움켜쥐고 벌떡 일어나, 단숨에 당지문을 당겨 열었다.

　거기에 두 여자가 휘청거리며 서 있었다. 눈을 크게 부릅뜨고 있는 시동을 거들떠보지도 않고, 두 여자는 떠돌듯이 방으로 들어왔다. 둘 다 실오라기 하나 걸치지 않은 전라의 모습이다.

　머리카락은 흐트러져 새하얀 어깨와 유방에 달라붙어 있고 분명히 광인의 공허한 눈을 하고 있었지만, 틀림없이 아까 그 쓰바키, 지도리라는 시녀인 것을 보고, ——뒷걸음질을 치면서 뚫어져라 그 몸을 응시하고 있던 소에키가 갑자기 "오!" 하고 목에 쇠구슬이라도 틀어막힌 듯한 목소리를 냈다.

　"야규 님——."

　"왜 그러시오."

　"다, 다리를 보십시오. ——점이, 다른 여자에게 옮겨 가 있습니다——."

　정말로 아까 분명히 쓰바키라는 시녀의 허벅지에 있던 꽃잎 비슷한 점은 깨끗이 사라지고, 대신 같은 점이 지도리의 허벅지에 떠올라 보인다.

　"그게, 어쨌다는 거요?"

　라고 말하다가 야규 신자에몬도 숨을 삼켰다. 그것은 두 시녀의 비단 같은 몸에서 붉은 비단실을 감은 듯한 한 줄의 선을 발견했기 때문이다.

"후옷, 후옷, 후옷, 눈치채셨소이까."

갑자기 복도에서 홍소라기에는 너무나도 그늘에 틀어박힌 웃음소리가 들렸다. 가신 거사가 거드름을 피우며 서 있었다.

"기분 전환으로 하나 더 다른 술법을 보여드렸소, ──두 사람의 몸통 위아래를 바꾸었지요. 후옷, 후옷. 후옷."

이가의 남녀 한 쌍

1

——그 이튿날, 일찌감치 시기산성을 떠난 센노 소에키는 그 후에 일어난 일을 모른다.

아니, 그 후로 30년 동안——천지에 불어닥친 전란의 폭풍 속에서 미요시가의 멸망이나 우쿄 다유의 운명, 마쓰나가 단조의 말로(末路), 야규 신자에몬의 변화 등——소에키는 그 귀로 들었고 똑똑히 그 눈으로 본 바 있지만, 그것은 제각각이고 띄엄띄엄 끊어져 있어, 이때의 가신 거사라는 괴이한 환술사가 던진 돌 하나에서 퍼진 파문의 전모는 알지 못한다.

그때까지는 난세에는 이런 효웅(梟雄)도 천하의 지배자가 될 수 있는가, 라고 판단하고 굳이 가까이 다가갔던 소에키였으나, 이때부터 "——어차피 그 그릇이 못 된다"고 보고 마쓰나가 단조에게서 교묘하게 몸을 떼었기 때문이다.

그러나 타고난 본성은 쇳조각이 자석에 이끌리듯이 그를 노부나가에게, 그리고 히데요시에게 가까이 가게 했다. 그리고 그를 파멸의 운명으로 몰아넣었다.

센노 소에키——훗날 개명하여 센노 리큐가 된 그가 히데요시가 몹시 싫어하는 것을 건드려 사카이에서 할복을 명령받은 것은 1591년 2월의 일이다. 죽던 날 새벽 전, 정좌하고 묵상하고 있던 그는 갑자기 어떤 목소리가 귀에 되살아나는 것을 들었다.

"——당신의 목숨은 앞으로 30년이면 다할 것이오. 그 별에 검기

(劍氣)가 있소."

리큐는 창백해졌다. 그해인 1591년이 1562년으로부터 정확히 30년째라는 것을 깨달은 것이다.

"──30년 후에 목숨이 끝나는 사람을 앞에 두고, 30년 후의 별자리가 보입니다."

올빼미 같은 웃음소리가 섞였다.

"──그 무렵, 선생을 덮은 같은 별의 검기가 바다를 건너 대명(大明)을 덮칠 것이오……."

리큐의 귀에는 또 하나의──이것은 현실의 무시무시한 음향이 들리고 있었다. 그것은 사카이 항구에서 배 목수들이 명을 정벌하기 위한 엄청난 수의 배를 만드느라 밤을 새우고 있는 울림이었다.

그 늙은 환술사의 별점은 맞았다, 하며 리큐는 마음속으로 신음했다. 그리고 그때, 가신은 당인이 아닐까? 하고 자신이 의심했던 것을 홀연히 떠올렸다.

역시 가신 거사는 당인이었다. 그럼 그가 무엇 때문에 마쓰나가 단조에게 접근한 것일까. 아마 단조가 난세의 영웅이라고 본 것뿐만 아니라, 단조가 살아 있는 한 난세가 계속되리라 보았던 것이 아닐까. 가신은 30년 후의 별자리를 바꾸려고 했다. 대명을 덮칠 일본의 통일자의 출현을 두려워했다. 그것을 위해 마쓰나가 단조라는 패륜의 마왕에게 활력을 불어넣을 필요가 있다. 그가 가장 갖고 싶어하는 것은 설령 천상의 진주라 해도 던져 줄 필요가 있다……이리하여 음석 제조의 비법이 전수된 것이다.

리큐는 이렇게 이해했다. 그리고 그 무렵부터 갑자기 가신 거사의 소문이 끊긴 것을 떠올렸다. 그는 바다 저편으로 간 것일까. 아니면 당시 이미 상당한 노인으로 보였으니, 이미 이 세상을 떠난 것일까. ──아니, 그 괴물은 그렇게 쉽게는 죽지 않을 것이다. 일본 어딘가에 아직 있을지도 모른다. 오오, 지금 들린 올빼미 같은 목소리는 환청이 아니라 진짜 가신의 웃음소리가 아니었을까?

리큐는 깜짝 놀라 다실 안을 둘러보았으나, 들창에는 그의 눈에는 마지막이 될 새벽의 빛이 희푸르게 비쳐 들고 있을 뿐이었다…….

센노 리큐의 이 추정이 과연 맞았을지 어떨지, 작자는 모른다. 그러나 여러 가지로 수상쩍은 점이 있다. 30년 후에 죽을 운명인 인간을 매체로 하여, 배후의 별자리로 30년 후의 지상의 상(相)을 점친다. 이 별점은 우선 있을 수 있는 것이라 치더라도, 도요토미 히데요시가 명나라를 정벌하기 위한 병사를 일으킨 것은 리큐가 죽은 이듬해, 1592년의 일로 1년의 차이가 있다. 그러나 이 정도의 장기 예보쯤 되면, 그 정도의 오차는 용인해야 할지도 모른다.

또 그 정도의 예언의 괴력을 갖고 있다면, 왜 노부나가나 히데요시의 출현 자체를 막지 못한 것일까. 아니, 어쩌면 혼노지에서 채찍을 든 아케치 미쓰히데의 배후에 가신의 올빼미 같은 웃음소리가 들렸을지도 모르지만, 그렇다면 가신이 태연하게 히데요시를 만나 여자의 망령을 내보내 놀렸다가 책형에 처해질 뻔했다는, 이 이야기의 시작 부분에 소개한 『허실잡담집』의 기술은 어떻게 해석할 것인가.

애초에 허실잡담집이라는 이름대로 이것은 허실을 섞어 넣은 야사류이니 제대로 믿을 만한 것은 못 되지만, 만일 사실이라면 그것은 리큐가 죽은 후의 일이고, 또한 어지간한 환술사도 무지개 같은 도요토미 히데요시의 장대한 계획 앞에는 당해 내기 어려워 포기하고 그나마의 위안거리로 조롱의 반박을 한 것이리라.

어쨌든 이 가신 거사라는 인물은 철두철미하게 수수께끼다. 그 태어난 곳, 나이, 본명도 수수께끼지만 행적 자체에 예측할 수 없는 것이 있다. 그 기괴한 행적기에 한 줄기 흐르고 있는 것은 상당히 짓궂은 장난 정신이다. ——어쩌면 그는 일본 역사상에 나타난 메피스토펠레스였을지도 모른다.

어쨌거나 센노 리큐는 모른다. ——1562년 봄, 야마토 지방 시기 산성에서 이 전국(戰國)의 메피스토펠레스가 던진 돌 하나, 그 이름도 요사스러운 '음석'으로부터 퍼져 간 처절하고 무참한 피의 파문을.

2

"……저쪽에 보이는 것이 야규노소요."

하며 젊은이는 손가락을 들었다.

"저기를 지나면 곧 쓰키가세. 한 달만 빨리 돌아왔다면 산을 메우는 매화의 절경을 볼 수 있었을 텐데……."

"이가는?"

하고 젊은 여자가 물었다.

"이가는 쓰키가세에서 조금만 더 가면 되오. 하기야 쓰바가쿠레 계곡까지는 아직 조금 더 가야 하지만."

나라에서 5리 가까이 왔을까. 이가로 가는 가도——소위 말하는 이가로(伊賀路)를, 서로 얽혀드는 두 마리의 나비처럼 걸어가는 한 쌍의 남녀가 있었다.

두 마리의 나비처럼——이라고 했는데, 분명히 두 사람의 걸음걸이는 이상했다. 가도에 사람 그림자가 보이지 않으면 두 사람은 게처럼 옆으로 걷는데, 그것이 걷는다기보다 흐르는 듯 빠르다. 그런가 하면 갑자기 짚신에 아교라도 붙어 있는 것처럼 무거운 발걸음이 된다. 그럴 때는 어느 한쪽이 깊은 생각에 잠긴 얼굴이다.

이 보행의 변화는 끊임없이 감시하는 사람이 아닌 한 아무도 눈치채지 못하겠지만, 가끔 두 사람이 길가의 풀에 앉아 쉬고 있을 때 그 앞을 지나쳐 간 여행자는 대개 시선을 빼앗기고 만다.

풍채도 이상하다. 남자는 쑥대 같은 머리를 하고 있고 기모노, 닷쓰케하카마주1)도 너덜너덜하지만, 칼을 차고 있는 것을 보면 이래뵈도 무사——향사(鄕士)나 떠돌이 무사라고나 해야 할 모습이다. 하지만 지나간 것이 여자라면 저도 모르게 한숨을 쉬고 만다.

주1) たっつけ袴(닷쓰케하카마), 통은 크고 단은 좁게 만든 바지. 주로 추운 지방에서 남녀 구분 없이 입었으며, 여행용으로도 입었다.

부스스하게 드리워진 머리카락 아래의 눈동자는 여자에게 취할 듯한 사나운 빛을 찬란하게 내뿜고 있고, 그럼에도 불구하고 뺨의 선은 소년처럼 순결하고 싱그럽다. 하기야 나이도 스물을 조금 넘은 정도일 것이다. 한 마디로 말하자면 청춘미의 결정이다.

여자는, 이 또한 칠이 벗겨진 이치메가사[주2]를 쓰고, 입고 있는 옷도 비바람에 바랜 것 같지만, 그 얼굴을 한 번 본 남자라면 입 속으로 신음하고 만다.

꿈처럼 우아한 눈썹에 비해 입술은 야성과 육감에 젖어 있다. 그런 옷차림인데도 몸놀림에 이상한 요염함이 떠돌고 있는 것이다. 단, 이쪽은 남자보다 한 살이나 두 살 연상일지도 모른다.

"이가로 가는 건, 역시 저는 무서워요."

하고 여자가 말했다. 이때 그 발은 납처럼 무거워져 있었다.

"그대가 무서워할 것은 없소. 무서운 것은 내 쪽이오. ……핫토리 백부님께 크게 야단을 맞을 테지. 야단맞는 것만으로는 끝나지 않겠지만——."

남자도 문득 풀이 죽으려 했으나 곧 그 사나운 눈을 들며,

"그래도 나는 이가로 돌아가고 싶소. 아니, 돌아가야만 하오."

그리고 새하얀 이를 보이며 여자의 손을 꼭 잡았다.

"가가리비, 이제 와서 무엇을 망설이는 것이오. 본래는 유녀라도

주2) 市女笠(이치메가사), 사초나 대나무 껍질로 엮은 삿갓. 이치메(市女)는 시장에서 장사를 하는 여자를 뜻하는 것인데, 원래 이치메가 사용하던 삿갓이라 이런 이름이 붙었다고 한다. 여자뿐만 아니라 남자도 외출할 때 사용했다.

——유녀이면서도 1년 동안 요시노[주3]에 틀어박혀 잔혹할 정도의 닌자술 수행을 견딘 그대가 아니오. 이제 그대도 쓰바가쿠레의 여자로서 누구에게도 부끄러울 것이 없소. 그 수행 이야기를 들은 것만으로, 쓰바가쿠레 사람들은 모두 우리를 용서하고, 그리고 쌍수를 들고 맞이해줄 거요."

——남자는 후에후키 조타로라고 한다.

이가에 쓰바가쿠레라는 계곡이 있다. 다이라가의 후예이자 대대로 이가의 호족이었던 핫토리가의 지배하에 있는 닌자 부족이다. 그는 그곳에서 태어난 닌자였다.

1년 전, 후에후키 조타로는 일족의 수령 핫토리 한조에게 한 가지 임무를 명령받고 사카이로 갔다. 그때 그는 우연히 길을 잃고 사카이에서 이름 높은 유곽 지모리(乳守) 마을로 들어가게 되었고, 그곳에서 지모리 제일이라는 말을 듣던 유녀와 알게 되었다.

——여자는 가가리비라고 한다.

천하의 귀인, 호상(豪商), 풍류인이 모이는 사카이의 항구도시에서 그들을 포함하여 모든 남성을 뇌쇄하던 유녀와, 야생의 정(精) 같은 산악의 청년, 그 사이에 어떤 요사스러운 불꽃이 튄 것일까. ——어쨌거나 유녀 가가리비와 후에후키 조타로는 손에 손을 잡고 사랑의 도피를 했다.

지모리 마을에서 추격자가 나섰지만 두 사람은 끝내 발견되지 않

주3) 吉野(요시노), 나라현 남부의 지명. 요시노가와(吉野川)강 유역을 일컫는다. 야마토 지방의 군으로, 헤이안 시대 초기부터 수험도(修験道)의 근거지이기도 했다.

았다. 발견되지 않은 것은 당연하다. 두 사람은 요시노 마을——인적도 드문 산중에 숨어 있었던 것이다.

단순히 추격자의 눈을 속이기 위해서만은 아니다. 조타로가 가가리비의 손을 끌고 요시노 깊숙한 곳으로 숨은 데에는 달리 이유가 있었다. 그는 가가리비를 데리고 태연하게 어슬렁어슬렁 이가로 돌아갈 수는 없었다. 첫째로 그는 수령에게 명령받은 임무를 버렸다. 두 번째로, 그는 일족의 의향도 헤아리지 않고 멋대로——하필이면 유녀를 데리고 도망쳤다.

이가의 닌자——특히 쓰바가쿠레 계곡의 규율은 강철처럼 강한 것이었다. 이 규율에는 일족의 모든 사람이 혈판을 찍어 맹세했다. 이것을 '쓰바가쿠레 연판'이라고 한다.

그 규율 중에——

"쓰바가쿠레의 사람이 다른 지방 사람을 끌어들여, 이것저것 염탐하는 자가 있으면 부모 형제라 해도 군내 도신(同心)이 처벌해야 한다."

라는 명문(明文)이 있다. 다른 지방 사람과의 자유로운 혼인은 당치도 않은 일이다.

하지만 사랑의 불꽃은 두 사람 앞에서 모든 것을 태워 없앴다. 요시노의 꽃, 훈풍, 단풍, 눈에 둘러싸인 두 사람의 사랑의 모습은 한 폭의 그림 같았지만, 적어도 세상의 흔한 그림은 되지 않을 정도로, 그것은 오히려 처절하기 짝이 없는 것이었다.

여자는 사카이에서 어떤 남자라도 지옥에 떨어뜨릴 거라고 일컬어졌을 정도로 요염하기 그지없는 가가리비였다. 남자는 그때까지 동정이었지만, 스스로도 알지 못한 채 모든 여자를 미치게 하기에 충분한 마력(魔力)을 가진 젊은 닌자였다. 오히려 지옥에 떨어진 것은 가가리비 쪽이었을 것이다.

그러나 요시노의 산중에서 두 사람은 그저 사랑에 빠져 애욕에 몸을 태우고 있었던 것만은 아니다. 후에후키 조타로는 가가리비에게 닌자술을 가르쳤다.

그것은 언젠가 이가로 돌아가기 위한 준비였다. 그는 쓰바가쿠레 계곡을 잊지는 않았던 것이다. 그녀를 닌자로 만들어낸다면, 어쩌면 계곡의 일족도 가가리비를 기특한 신부로 받아들여 줄지도 모른다. 아직 어린애 같은 데가 있는 조타로가 그리던 꿈이다.

거기에 가가리비가 따랐다. 무참하다고도 할 수 있는 수행을, 상아 젓가락과 은그릇밖에 든 적이 없는 이 우아한 유녀가 견뎌냈다. 닌자의 아내가 되겠다는 일념뿐이었다.

1년이 지나, 요시노에 꽃이 피었다. 조타로는 이가로 돌아가자는 말을 꺼냈다. 가가리비의 닌자술 수행에 만족했기 때문은 아니다. 일족이 받아들여 줄 거라는 확신이 있었던 것은 아니다. 다만 어린애 같은, 이가가 그립다는 망향의 불꽃에 휩쓸려 생각한 것이다.

──그리고 지금 그들은 요시노를 내려와 봄이 한창인 야마토로를 지나, 이가로를 서둘러 걷고 있다.

아니, 서둘러 왔지만 실제로 이가에 가까워지고 보니 걸핏하면 두 사람의 발은 망설이게 된다.

무단으로 도망친 죄. 자유롭게 결혼한 죄. ——강철 같은 닌자 일족의 규율 '쓰바가쿠레 연판'.

그것을 생각하고 후에후키 조타로의 이마에 망설임의 그늘이 비치면, 가가리비의 눈동자에도 두려움의 잔물결이 흔들린다.

"조타로 님."

또 가가리비가 말했다.

"저는 걱정이 되어 죽겠어요."

"무엇을, 이제 와서."

"쓰바가쿠레에서는 정말로 저를 당신의 아내로 허락해주실까요?"

"어떤 일을 당하더라도 허락을 청하겠소. 허락을 받지 않을 수 없소."

"아뇨, 제 닌자로서의 수행을."

그리고 그녀는 힐끗 가도 한쪽을 올려다보았다.

야마토 평야도 이 부근이 되면 산이 가까워진다. 하기야 산이라기보다 완만한 구릉의 연속으로, 거기에 차밭이 있고 군데군데 산벚꽃이 피어 있다. 궁벽하기는 하지만 풍취가 있고, 기품이 있는 풍경이었다.

"조타로 님, 부탁이에요. 다시 한번 여기에서 가르쳐주세요."

"여기에서?"

"이가로 들어가기 전에, 다시 한번 제가 배운 것을 수련해보고 싶어요."

"그 마음은 알겠지만, 이제는 있는 그대로의 가가리비를 보아 달라고 할 수밖에 없소."

"하지만."

가가리비는 언덕 하나를 덮고 있는 커다란 대나무 덤불로 봉황처럼 달려 올라갔다. 어쩔 수 없이 조타로도 뒤를 쫓는다.

봄볕이 황금 얼룩처럼 떠다니는 대나무 덤불이었다. 가가리비는 그 끝에 서서 조타로를 돌아보며 씩 웃었다.

경력뿐만 아니라 사실에 있어서도 누님 같은 아내로, 평소에는 조타로 쪽이 어리광을 부리는 데가 있지만, 닌자술을 수행할 때만은 입장이 반대가 되어 세상에도 다시 없는 사랑스럽고 가련한 사람으로 생각된다. ──조타로는 저도 모르게 마주 웃으려던 것을 억누르고 엄격한 눈빛이 되었다.

가가리비는 자세를 가다듬었다. 아니, 그 자세에 아무런 이상도 없는데도, 전신의 피부가 찬바람을 맞은 것처럼 오싹해졌다.

"닌자술, 초사흘 월검(月劍)."

기도하듯이 중얼거리고, 그대로 그녀는 걷기 시작했다. 어둑어둑할 정도로 빽빽하게 자란 커다란 대나무 덤불 안으로.

보통 사람이라면 똑바로 나아가는 것은 물론, 피하려 해도 다 피할 수 없는 죽림 안을 가가리비는 초원을 걷듯이 성큼성큼 걷는다. 다만 바람이라도 불기 시작한 것처럼 쏴, 쏴, 쏴─ 하고 위쪽의 대나무가 흔들리기 시작했다.

날카로운 눈으로 나아가는 가가리비의 양팔은 축 늘어져 있는 것처럼 보이지만, 그러나 주의깊게 시선을 쏟아보면 그 두 손바닥은 바깥쪽으로 팽팽하게 젖혀져 있고 그것이 가끔 물고기 비늘처럼 빛나는 것을 알게 될 것이다. 그러면 그 앞에 있는 대나무가 살짝 기울고, 그녀의 한쪽 다리가 그 대나무를 연기처럼 가볍게 빠져나가는 것이다. 그 뒤에서 지상 3자[주4] 남짓 되는 곳에서 대나무가 가로잘려 땅에 툭 떨어진다. 그리고 위쪽의 덤불이 파도처럼 술렁거리기 시작한다.

초승달처럼 젖혀진 가가리비의 섬섬옥수가 반짝이면, 대나무는 슥 절단된다. 다른 한쪽의 가가리비의 팔이 그것을 밀어낸다. 3자 높이에 자른 단면을 보이는 대나무 위를, 그녀는 타넘어 지나간다. ──사실의 순서는 이렇지만 그녀의 속도는 보통 사람과 다르지 않아, 보고 있으면 마치 가가리비 앞의 대나무가 자신 쪽에서 몸을 피해 이 미녀의 연보(蓮步)를 기뻐하며 맞이하는 것 같았다.

닌자술 '초사흘 월검'──뱅어와 닮은 가가리비의 손바닥은 일순 예리한 수도(手刀)로 변한다. 하지만 십여 그루의 대나무를 잘랐을 때, 옅은 붉은색의 무지개가 안개처럼 뿜어져 흩어졌다. 피다.

"──그만!"

그제야 그 등 뒤에서 잘린 대나무가 좌우로 쓰러져 교차하기 시작한 아래를 날다람쥐처럼 달려 빠져나간 후에후키 조타로는, 가가리비를 따라잡고는 부러뜨릴 듯 껴안았다.

"훌륭하오. 잘했소."

안아 올리고 되돌아가면서 뺨을 비빈다. 가가리비는 웃으면서 상

주4) 약 90cm. 한 자는 약 30.3cm.

처 입은 자신의 손바닥을 조타로의 입으로 가져간다. 조타로는 그것을 핥아 피를 닦아내 준다.

그리고 두 사람은 피와 불 냄새가 나는 입맞춤을 했다. ──그것은 조타로의 발걸음이 푸른 죽림을 나올 때까지 이어졌다.

덤불을 나와 밝은 햇빛이 얼굴에 비쳤을 때, 조타로의 가슴 안에서 가가리비는 눈을 떴다.

"조타로 님."

꿈꾸는 듯한 목소리다.

"이가로 돌아가서, 만일──다른 여자와 혼인하라는 말을 듣는다면 어떻게 하실 건가요?"

"바, 바보 같으니. 그대는 그런 것을 지금까지 생각하고 있었소?"

"대답하세요."

조타로의 순결하고, 그러면서도 여자를 빨아들이는 눈이 빛났다.

"대답은 하나밖에 없소. 나에게 여자는 영원히, 온 세상에 그대 한 사람밖에 없소."

"맹세하실 수 있나요?"

가가리비의 눈도 젖은 듯한 빛을 내뿜었다.

"평생, 후에후키 조타로는 가가리비 외에 여자를 끊겠다고 맹세하실 수 있나요?"

"맹세하오!"

조타로는 크게 외치고 명랑하게 웃었다.

"나와 그대가 연판을 할까? 쓰바가쿠레 연판보다도 엄숙한, 남자와 여자의 연판!"

3

봄바람에 두 마리의 나비가 춤추듯이, 후에후키 조타로와 가가리 비는 다시 가도로 내려갔다. ――이번에는 발걸음도 가볍다.

――그리고 야규노쇼에 접어들려고 했을 때, 앞쪽에서 기묘한 무리가 나타났다.

검게 물들인 옷을 입은 일곱 명의 승려인데 그 옷 사이로 하라마키[주5]의 둔한 빛이 새어나오고, 큰 칼을 차고 있는 자도 있고, 커다란 언월도를 차고 있는 자도 있다. 그리고 무엇 때문인지, 접은 커다란 우산을 비스듬히 짊어지고 있는 자도 있다. 일곱 명 중 다섯 명이 가사 두건으로 얼굴을 감싸고 있다. 말할 것까지도 없이 승병이다.

당시, 히에이잔[주6]이나 홍복사[주7], 동대사[주8] 등은 물론이고 웬만한 절은 모두 승병을 거느리고 있었으니 이것은 별로 보기 드문 모습은 아니지만, 그렇다 해도 이 일곱 사람은 조금 이상하다. 가사 두

주5) 腹卷き(하라마키), 배에 대고 등에서 잡아매었던 갑옷의 일종. 무로마치 시대에 많이 입었다.

주6) 比叡山(히에이잔), 교토부와 시가현의 경계에 있는 산. 예로부터 왕성(王城)을 수호하는 영산으로 유명하며, 천태종의 총본산인 연력사(延曆寺)가 있다.

주7) 興福寺(홍복사), 나라에 있는 법상종(法相宗)의 대본산(大本山).

주8) 東大寺(동대사), 나라시에 있는 화엄종(華嚴宗)의 총본산. 745년에 쇼무(聖武) 천황에 의해 창건되었다.

건을 쓰고 있지 않은 자가 두 명 있었는데, 그들이 야마부시처럼 머리카락을 뒤로 넘겨 묶고 있었던 것이다. 뿐만 아니라 일곱 명 모두 왠지 모르게 처참하고 불길한, 짐승 같은 살기를 온몸에서 내뿜고 있다.

그들은 가까이 다가왔다. 조타로와 가가리비는 길가로 비켰다.

일곱 명의 이상한 법사는 우르르 앞을 지나가다가——문득, 그중 한 사람이 딱 멈추어 섰다. 한 발짝을 두고 나머지 여섯 명도 걸음을 멈추었다.

열네 개의 눈이 가가리비의 얼굴에 빨려들어가 있었다.

그리고 나서 서로 고개를 끄덕였다. 한 승려가 굵은 목소리로 말했다.

"거기 여자, 이리 와라."

두 사람이 어안이 벙벙해 있자니 그가 성큼성큼 다가와 가가리비의 손을 잡았다. 그 팔을 조타로가 또 움켜쥐었다.

"무슨 짓이오."

"데려가겠다."

나머지 여섯 명이 두 사람을 둥글게 에워쌌다.

"너는 뭐냐? 남편이냐, 동생이냐."

"무엇이든, 저항하지 않는 게 몸을 위한 길이다."

"그렇다 해도 이런 미녀를 가족으로 두고 있다니 운이 좋은 놈이군. 아니, 이것이 어느 정도의 보물인지, 너는 모를 테지."

"음석, 음석."

"이 여자 하나로 한 개의 음석을 만들 수 있을 정도의 진귀한 여자다."

뜻을 알 수 없는 말을 번갈아 던지고는 몸을 젖히다시피 하며 왁자그르르 웃었다. 웃음이 그치자 다시 가가리비를 본 눈이 이상한 불꽃으로 타오르고 있다.

"이봐, 공마방(空摩坊), 납치해 가게."

"좋아."

조타로의 손을 뿌리치고 가가리비를 끌어당기려고 한 법사의 팔이 이때, 뚜둑 소리를 냈다.

"앗, 아야!"

공마방은 비명을 지르며 광기처럼 홱 비켜났다. 그 오른팔이 크게 공중에 호를 그렸으나, 분명히 그것은 관절이 어깨에서 빠진 의지 없는 선회였다.

"──음?"

여섯 명의 승병은 둘러싸고 있던 원을 크게 넓히며 눈을 부릅뜨고 조타로를 노려보았으나,

"이놈──떠돌이 애송이 주제에 묘한 솜씨를."

"귀찮다. 베어버려."

일제히 언월도를 고쳐 들고 허리의 칼을 뽑았다.

조타로는 돌아보았다.

"마치 미치광이 까마귀 같은 놈들이오. 전부 깃털을 뽑아줄까."

가가리비는 고개를 저었다.

"아니요, 쓸데없는 일이에요. 그보다 도망치지요."

조타로는 순순히 고개를 끄덕이고는 가가리비의 손을 잡았다.

"그럼 도망칩시다!"

외침과 동시에, 두 사람은 대지를 박찼다. 그러자 순식간에 그 모습은 두 마리의 극락조처럼 7, 8자 높이를──승병들의 머리 위를 뛰어넘었다. 그 찰나, 허공에서 커다란 소리가 울리고 고드름이 부서져 흩어진 것 같았다.

"왓."

어지간한 승병들도 갑자기 모래 먼지가 피어올라 혼란에 빠졌다. 머리 위를 나는 모습을 향해 두 명의 승병이 섬광처럼 커다란 언월도를 휘둘렀으나, 그 두 자루 모두 칼날이 붙어 있는 부분이 베여 날아간 것이다. 승병들이 당황한 것은 그들이 공중에서 떨어져 내리는 자신의 무기를 가볍게도 피했기 때문이었다.

칼 한 자루를 든 채 지상에 떨어져 내린 후에후키 조타로는 가가리비의 손을 끌고 뒤도 돌아보지 않고 달렸다.

"기다려라!"

검고 사나운 흐름처럼 승병들은 고함치며 달리기 시작했지만, 금세 헛발을 디디며 뒤로 물러섰다. 서로 부딪혀 넘어진 자도 있다. 도망치는 두 사람 뒤에, 수많은 검고 작은 쇳조각이 흩어져 있다. 비틀린 못이 팔방으로 돌출되어 있는 표창이라는 무기를, 조타로가 흩뿌리고 간 것이다.

"저놈, 닌자다!"

긴 머리카락을 곤두세운 한 사람이 이를 드러내며 절규했다.

"금강방, 천선궁(天扇弓)을 날리게!"

"음!"

하고 가사 두건을 쓴 한 사람이 고개를 끄덕였다. 이 승병은 옷을 묶은 띠 사이에 수많은 부채를 줄줄이 꽂고 있었는데, 그것을 두 손에 움켜쥐더니 하늘로 휙— 던져 올린 것이다.

한 손에 다섯 개, 합해서 열 개의 부채는 열 개의 검은 화살처럼 날아가 도망치는 조타로와 가가리비 앞쪽에서 일제히 펼쳐졌다.

닌자승

1

"앗."

하늘을 올려다보고, 후에후키 조타로는 외쳤다.

확 펼쳐진 열 개의 부채의 사북에서 날카로운 바늘이 은색 빛을 내뿜고――그것이 두 사람의 앞쪽에 일제히 떨어져 내려온 것이다.

아니, 일제히라면 그나마 낫다. 뱅글뱅글 돌면서 화살처럼 낙하해오는 것이 있는가 하면, 여전히 두 사람의 움직임을 기다리듯이 공중에 떠다니고 있는 것도 있다.

헛발을 디디며 멈추어 서는 틈에, 또 새가 날갯짓을 하는 듯한 소리를 내며 부채가 펼쳐졌다. 금강방이 또 허리의 부채를 날린 것이다. 이어서 세 번째 부채의 폭죽이. ――그래도 금강방의 굵은 허리를 빽빽하게 감고 있는 부채의 띠의 절반에 지나지 않는다.

이제 하늘에 흩어진 수많은 부채의 화살은 두꺼운 바늘처럼 무시무시한 장침을 아래로 향하고 소나기처럼 쏟아져 내리고 있었다.

게다가 그 속도의 완급은 천차만별이면서도, 부채의 회전에 의한 것인지 땅에 떨어졌을 때의 바늘의 위력을 보라. 그것은 모두 바늘도 보이지 않을 정도로 흙에 깊이 푹 꽂혀간다.

――조타로는 가가리비의 손을 끌고 타타타 하고 원래의 방향으로 물러나다가, 또 우뚝 멈추어 섰다. 자신이 뿌린 표창에 길이 막힌 것이다.

"아하하하하하하."

"보았느냐, 닌자술 천선궁!"

"몰랐는데 애송이, 너도 닌자술을 배운 듯하구나."

"이가냐, 코가냐. 이거 재미있군!"

표창 맞은편에서 법사들은 왁자그르르 웃었다. 그 웃음이 아직 사라지기 전에,

"닌자라면 이걸 한번 받아봐라!"

부―웅 하고 이상한 울림을 내며 섬광의 물방아가 날아와 조타로를 덮쳤다. 조타로는 그것을 베었다. ――아니, 베었다고 생각했다. 하지만 그 칼끝에서 1치^{주1)}의 거리를 두고, 그것은 반대로 맞은편으로 튕겨 돌아가 법사의 손에 쥐어진 한 자루의 낫이 되었다.

"놀려보았을 뿐이다."

홀쭉한 그 법사는 비웃었다.

――풍천방(風天坊)이다.

"네 목을 베려고 하면 벨 수 있다. 하지만 모처럼의 닌자――죽이기는 아깝구나. 생포하고 싶다, 아니, 그보다 우선 그 여자를 내놔라."

후에후키 조타로는 꼼짝 않고 서서 이를 갈았다. 눈은 충혈되고, 그 이마에서 비지땀이 흐르기 시작했다. 그는 실로 무서운 무리의 습격을 받은 것을 그제야 안 것이다.

――대체 이자들은 뭐지?

"조타로 님."

가가리비가 창백한 얼굴로 고민에 찬 눈을 들었다.

주1) 1치는 3.03cm.

"어쨌든 싸움은 그만두세요. 저항하면 죽게 될 거예요."

"으음."

"저를 내놓으라고 하네요. 제가 가겠어요."

"무, 무슨, 바보 같은."

"저 법사들이 무엇인지도 알 수 없어요. 무엇 때문에 저를 달라고 하는 것인지도 알 수 없고요. 그걸 들어주지요."

가가리비는 가려고 했다. 조타로는 헐떡였다.

"가가리비, 하지만."

"그래도 법사예요. 걱정할 필요는 없을 거예요."

조타로는 돌아보았다. 놀랍게도 아까 하늘에 던져 올려진 부채의 화살은 아직도 팔랑거리며 날아 떨어지고 있다. 고개를 돌려 보니 일곱 명의 법사는 한 덩어리가 되어 가만히 이쪽을 응시하고 있지만, 저 부채를 던진 법사는 또 새로운 부채를 움켜쥐고 있고, 낫을 던진 법사는 다시 그 낫을 높이 쳐들고 있다.

가가리비는 길 위의 표창을 피하면서 그쪽으로 벌써 네다섯 걸음 나아가고 있다. 조타로는 몸부림치며 외쳤다.

"잠깐, 가가리비."

가가리비는 필사적인 눈으로 조타로를 노려보았다.

"살아서, 이가로 돌아가야 해요."

그리고 그녀는 처연하게 미소를 지었다.

"법사님도 남자. ……저는 지모리 제일이라는 말을 듣던 유녀인걸요."

아마 그녀는 어떤 무법자라도 상대가 남자인 이상, 달래고 녹이는 유녀로서의 온갖 속임수에 자부심을 가지고 있었을 것이다. 아니, 그 자신감을 죽을둥 살둥 불러일으키려고 했을 것이다. ──그러나 이 자부심이 얼마나 잘못되어 있었는지──이 상대가 지금 본 이상으로, 얼마나 무서운 괴물이었는지는, 그녀가 대여섯 발짝을 더 걸어갔을 때 알게 되었다.

본능적으로 공포에 사로잡혀, 조타로는 쫓으려고 했다.

"가가리비."

그 순간, 아까 낫을 던진 법사가 하늘을 날았다. 한 손에 낫을 들고, 검은 옷을 날개처럼 펼친 모습이 독수리처럼 떨어져 내리더니 다른 한쪽 팔로 가가리비를 옆으로 안았다. 그러는가 싶더니, 그 발은 땅에도 닿지 않고 다시 날갯짓을 하듯이 원래의 길 위로 날아 돌아간 것이다.

"여자는 받았다!"

순간, 이 삼차원의 역학을 무시한 마승(魔僧)은,

"음!"

하고 신음하며 몸을 비틀었다. 그 발치에 피가 확 튀었다.

공중에서 끌려가면서, 가가리비가 비수를 뽑아 그의 옆구리를 찌르려 한 것이다. 지금 이 법사들을 회유해 보이겠다고 말한 가가리비가 갑자기 이런 행동으로 나온 것은, 지금은 여기까지라고 각오했기 때문일까. 아니면 너무나도 전대미문의 재주에 마음이 흐트러졌기 때문일까.

"이놈——시건방진 짓을."

가가리비의 손목을 움켜쥔 채, 풍천방은 노려보았다. 뼈도 부서지는 아픔에 몸을 젖힌 가가리비의 얼굴에 얼굴을 눌러 대다시피 한 법사의 눈에 푸른 살기의 불꽃이 활활 타올랐다. ——가가리비가 찌른 것은 겨우 옆구리를 스친 것에 지나지 않았던 모양이다.

"자, 잠깐!"

절규하고, 조타로는 표창을 밟으며 달렸다. 애초에 그것을 피해야겠다는 판단도 하지 못했다.

이때 일곱 명의 승려는 조타로와 가가리비에게서 눈을 돌려 얼굴을 반대편 방향으로 향하고 있었다.

서쪽의——가도 저편에 흙먼지와 함께 말을 탄 무리가 나타났다.

"저것은 뭐지."

"십여 기는 되는군."

"성가시다. ——수주방(水呪坊), 정리하게."

"알았네."

번갯불 같은 대화가 나누어짐과 동시에 머리를 뒤로 늘어뜨린 법사가 다시 돌아보고, 쇄도해오는 후에후키 조타로를 향해 휙 하고 무언가를 던졌다.

그것은 몇 개의 붉은 돌멩이처럼 보였다. 붉은 돌멩이는 조타로의 눈앞에서 확 퍼져 반지[주2]만 한 크기의 종이가 되었다. 조타로의

주2) 半紙(반지), 일본 전통 종이의 일종. 본래 가로 48cm 이상의 큰 종이를 세로 방향으로 반으로 잘라 사용한 것에서 반지(半紙)라는 명칭이 나왔으나, 나중에는 세로 24~26cm, 가로 32.5~35cm 크기의 종이를 가리키게 되었다. 습자용으로 많이 사용했다.

칼이 번득이고 그것을 잘랐다고 생각했으나, 그것은 둘로 부러져 도신에 감겼다.

"오옷!"

그 칼이 허공을 가르는 사이에, 다른 몇 장이 바람을 머금고 조타로의 얼굴이며 가슴에 찰싹 달라붙었다.

조타로는 몸을 기역자로 구부렸다. 한쪽 손으로 얼굴에 달라붙은 기괴한 종이를 뜯어내려고 한다. 하지만 그것은 붉은색의 살이 붙은 가면처럼 밀착해서 떼어내는 것은 고사하고 찢어지지도 않았다. 눈도 보이지 않고 숨도 막혀, 조타로는 표창 속에 뒹굴며 괴로워했다.

"생포하려고 했는데 그것도 귀찮군."

"여자, 포기해라."

자신을 껴안는 팔에서, 몸부림치며 가가리비는 도망치려고 했다.

"앗, 조타로 님! 저 사람을 죽이지 마! 나를 죽여라!"

"그렇게는 안 되지. ……허공방(虛空坊), 넣어두게."

풍천방은 벌써 반정[주3] 정도의 거리까지 다가온 기마의 그림자를 보면서 턱짓을 했다. 그러자 또 다른——등에 엄청나게 커다란 우산을 짊어지고 있던 자가 고개를 끄덕이고는 그 우산을 어깨 너머로 뽑아 들고 확 펼쳤다.

직경이 7자[주4]에 가까운 거대한 우산이었다. 그에 비해 자루는 극

주3) 町(정), 거리의 단위. 1정은 약 109미터이다.
주4) 약 2.1m.

단적으로 짧다. ──이제 조금도 움직이지 않는 조타로를 향해 미친 듯이 몸부림치고 있던 가가리비는, 태양이 땅에 떨어진 듯한 눈부심에 저도 모르게 돌아보았다가 그대로 눈이 어두워지고 말았다. 우산 안쪽이 엄청난 빛을 발하고 있다. ──그 안에 반라가 된 자신의 모습이 있었다.

거울이다, 하고 깨달았을 때, 그 우산이 부드럽게 덮쳐오고 그녀는 실신했다.

사라진 것은 그녀의 의식만이 아니다.

"닌자술 은신 우산!"

웃는 듯한 목소리와 함께, 허공방은 그 우산을 접었다. 가가리비의 모습은 길 위에서 사라지고 없었다──이게 무슨 괴이란 말인가. 우산은 가가리비를 가둔 채, 원래대로 하나의 긴 통이 되어 가볍게 허공방의 어깨에 짊어져지고 말았던 것이다.

2

기마 일행은 속도를 높여 질주해왔다.

일곱 명의 승려는 병풍처럼 길을 가로막고 있었으니 앞쪽의 광경은 보이지 않았겠지만, 그래도 그들의 거동이 심상치 않아 보인 것은 물론이고, 게다가──실제로 길 위에 흩어져 있는 표창과 쓰러져 있는 조타로, 그리고 그 너머에 지금은 완전히 다 떨어져 땅에 심은 것처럼 꽂혀 있는 기괴한 부채——이 이상한 일을 눈치채지 못하는 자가 있을 리가 없다.

그러나 기마 일행의 선두에 선 무사는 누리가사[주5] 밑에서 한 마디도 하지 않는다. 날카롭게 내려다보는 시선에, 오히려 법사들 쪽이 길을 열었다.

십여 기의 기마는 그대로 지나갔다. 중후한, 산의 기에 둘러싸인 무리다. 편자로 표창을 흩트리며 나아가, 쓰러져 있는 후에후키 조타로 옆에서 고삐를 당겼다.

왠지 모르게, 법사들은 거북한 표정으로 차분하지 못하게 걷기 시작했다. 지금 기마 일행이 온 방향으로 십여 보 멀어지고 나서,

"뭐야, 야규 아닌가."

"신자에몬이었지. 지금 시기산성에서 돌아온 듯하네."

"우리를 모를 리는 없는데, 인사도 하지 않는군."

"오히려 파군방(破軍坊)은 명청하게, 이쪽에서 꾸벅 머리를 숙였다고."

"야규라면 단조 님의 채찍질 한 번이면 숨통도 끊기는 작은 영주 아닌가. ——엇, 화가 치미는데. 되돌아가서 한번 간담을 서늘하게 만들어줄까."

"잠깐 잠깐, 공마방과 풍천방이 다치기도 했고——야규노쇼는 바로 저기일세. 스스로 나서서 적으로 돌릴 필요도 없겠지. 저놈들,

---

주5) 塗り笠(누리가사), 얇은 판자에 종이를 바르고 옻칠을 한 삿갓.

무엇을 하고 있나?"

"시체 주위에 모여 있네."

"이제 와서 다시 살아날까?"

"에잇, 귀찮군. 가세, 가세."

그들은 그대로 요운(妖雲)이 흐르듯이 가도를 달려간다.

──1정쯤 달리고 나서 허공방이 어깨에 짚어지고 있던 우산을 다시 꺼내 확 펼쳤다. 그러자 놀랍게도 그 우산 위에 꽃다발을 걸친 듯 반라의 가가리비의 실신한 모습이 나타나, 털썩 미끄러져 떨어졌다.

"──끙차."

한 사람이 그것을 받아 들고 옆구리에 끼었다. 그러는 동안 보조도 흐트러뜨리지 않고, 날듯이 서쪽으로 사라져 갔다.

"──영주님, 기괴한 일도 다 있습니다. 이것은 얼굴 가죽이 벗겨진 것이 아닙니다."

무릎을 꿇고 있던 가신 한 사람이 놀라며 얼굴을 들었다.

"그렇다면?"

"얼굴에, 피에 적신 얇은 종이를 붙인 것 같습니다."

바닥에 엎드려 있다가 지금 하늘을 향해 눕혀져 있는 사람의 얼굴은 온통 붉은색으로 칠해져 있어, 처음에는 완전히 피부가 전부 벗겨진 것처럼 보였다.

──다만 그런 것치고는 눈도 입도 없는 것에 의아함을 느끼고,

다시 한번 찬찬히 들여다보고 있던 가신이 비로소 깨달은 것이다.

"뭣이, 피에 적신 얇은 종이?"

"이자의 피일지도 모르겠습니다만——어쨌거나 몹시 피비린내가 납니다——."

"떼어보아라."

하고 야규 신자에몬이 말한 것은 오히려 호기심 때문이다. 쓰러져 있는 인간의 맥이 멈춘 것은 확인되었으니, 구할 생각이라면 쓸모없는 일이었다.

가신은 그 붉은색 종이를 벗기기 시작했다. 마치 풀이나 아교로 붙인 것 같다. 떼어낸 종이 한 조각은 얇은 종이로밖에 보이지 않는데, 무엇으로 만든 것인지 비단처럼 질긴 데가 있었다. 게다가——전국(戰國)을 오가는 무사의 한 사람으로서 피 냄새는 익숙할 텐데, 도중에 가끔 숨이 막힐 정도로 달콤한, 묘한 냄새가 콧구멍을 찌른다.

야규 신자에몬은 종이를 손에 들고 고개를 갸웃거렸지만, 알 수 없었다.

"불가사의한 술법을 쓰는 놈들인 것은 알고 있었지만——."

하고 중얼거리며 돌아보았다. 이미 가도에 일곱 명의 괴이한 법사의 그림자는 없다.

"게다가 아까 얼핏 먼발치에서나마 분명히 여자 같은 그림자가 보인 것 같았는데, 가까이 가보니 여자는 없었지."

"저도 그것을 수상하게 생각하고 있었습니다. 하지만——지난 며칠 동안 시기산성으로 속속 납치되어오는 여인을 생각해보면——."

하고 옆의 가신이 말했을 때 지상에서 작업을 계속하고 있던 한 사람이 갑자기,

"오!"

하고 외쳤다.

"영주님. ……이자, 심장이 뛰기 시작한 것 같습니다."

"호오."

신자에몬은 들여다보았다.

"오, 보니 아직 젊은 사내로군. 다부진 자인 듯하고, 좋은 얼굴이다. 만일 여자가 납치된 것이 사실이라면 누이일까, 아내일까. ── 그건 그렇고 이자 아까 분명히 숨이 끊어져 있었지."

"그렇습니다."

"과연 닌자로군."

"닌자──이자도 닌자라는 말씀이십니까."

"그렇다네, 저 괴물들 일곱 명을 상대로 이렇게나 싸운 흔적을 보게. 혹시 이가 사람이나, 코가 사람이 아닐까."

"영주님. 점점 되살아납니다. 야규노쇼로 데리고 갈까요?"

"……아니, 기다리게."

야규 신자에몬은 잠시 망설인 후, 강한 어투로 말하며 고개를 저었다.

"그리하면 마쓰나가가와 이가 일당과의 싸움에 야규가 관여하게되어, 깊이 얽힐 위험이 생기게 되네. 그것은 아직 일러. 야규는 아직 돌로 만든 배처럼 물속에 숨어 있어야 할 때일세. 게다가 납치된

여자도 시기산성에 들어간 이상은, 이미 마신에게 바쳐진 제물이나 마찬가지. ……쓸모없는 일이니, 버리고 가세."

그러고 나서 서둘러 가신에게 휴대용 필묵과 종이를 준비하게 했다.

"다만 이자는——이 강한 정신이 드러나 있는 얼굴, 이 생명력, 하물며 이가 사람일세. 되살아난 후에 무슨 생각을 할지 알 수 없어. 지금 마쓰나가 단조에게 맞서는 것은 실로 철벽에 달걀을 던지는 것이나 마찬가지인 것을. 포기하게 해두세."

야규 신자에몬은 종이에 술술 무언가 휘갈겨 쓰고, 접어서 조타로의 품에 넣었다.

"그래도 이자가 무언가를 하려는 마음이 있다면…… 그것은 이자 마음이지."

그리고 성큼성큼 안장 옆으로 돌아가 가볍게 말 위로 몸을 띠우고는,

"가세."

채찍을 들어, 뒤도 돌아보지 않고 야규노쇼 쪽으로 달리기 시작했다. 이어진 모래 먼지가 아직 움직이지 않는 후에후키 조타로를 덮었다.

후에후키 조타로는 되살아났다.

그리고 가도에 사람 그림자도 없고, 그저 품속에 한 장의 종이만이 남아 있는 것을 알았다.

"보물은 마계의 용왕의 발톱에 붙잡혔다. 이미 사람의 힘으로 도로 빼앗을 수는 없다. 특히, 일곱 발톱과 이빨을 가진 자들은 환술사 가신 거사의 직계 애제자이다.

풍천방.

공마방.

허공방.

나찰방.

금강방.

파군방.

수주방.

모두 경천할 닌자술을 익힌 자이며, 이와 싸우는 것은 임금의 수레에 덤비는 사마귀의 낫이니, 그저 죽음이 있을 뿐임을 알아야 할 것이다."

—————
3
—————

——일찍이 시녀 여러 명과 치태를 보이며 거리낄 것도 없이 가신을 불러 명령을 내렸다고 할 정도로 방약무인했던 마쓰나가 단조지만, 지난 며칠 동안 시기산성에서 되풀이되고 있는 광경에는 이 세상의 것이 아닌 몽마를 보는 기분이었다.

일곱 명의 법사는 매일 성을 나가 여자를 납치해왔다. "……그 애액을 흘릴 여자는, 이 세상의 아무 여자면 된다는 것은 아닙니다. 원래 그 정도의 애액을 흘릴 만큼 정이 깊은 여인, 또 애초에 미녀가 아니면 덴구들의 마음에 들지 않지요. 그것은 이자들이 고르는 것에 맡겨주셨으면 합니다"라고 가신은 말했는데, 과연 그들이 납치해오는 것은 성 아래에 이 정도의 미녀가 있었나 하고 단조가 눈을 부릅뜰 정도의 여자뿐이었다.

그녀들은 모두 천수각 아래의 돌로 쌓은 방에 던져 넣어졌다. ─ 단조가 그렇게 명령한 것이다.

일곱 명의 네고로 승려가 하는 짓은 어지간한 단조도 눈을 덮고, 귀를 막고 싶을 정도였다. 처음에 단조는 그들이 납치해온 여자가 너무나도 미모의 여인들뿐이라 그들에게 먼저 맡기는 것이 아까운 얼굴을 했지만,

"순수한 음석을, 하루라도 빨리 갖고 싶지 않으십니까."

하고 냉소하듯 하는 말을 듣고 우선 손을 뗐다. 음석도 그렇지만, 그들이 어떤 짓을 할지를 보고 싶다는 호기심도 있었던 것이다.

납치해오는 여자의 수도 그날 그날 제각각이고, 그를 범하는 그들의 수도 제각각이었다. 다섯 명에게 여섯 명이 달려들 때도 있는가 하면, 세 명에게 다섯 명이 달려들 때도 있었다. 또는 한 사람에게 한 명만 달려들고, 나머지 여섯 명은 이것을 팔짱을 끼고 그저 구경하고 있을 때도 있었다.

처음에는 보통 사람과 다를 것이 없다. 너무나도 하얗고, 너무나

도 가느다란 여자의 몸을 끌어안고 짓누른 법사의 몸이 너무나도 검고, 불퉁불퉁하고, 또 털투성이인 것이 지극히 대조적으로 보일 뿐이고, 울부짖으면서 저항하고, 또는 공포가 지나친 나머지 반실 신 상태에 있는 여자들을 다루는 데에 있어 오히려 그들의 상냥함은 으스스할 정도였다.

팔손이 같은 손바닥으로 전라로 벗긴 여자의 맨살을 쓰다듬는다. 젖꼭지를 만지작거리면서 귓불을 가볍게 깨물며 뭐라고 속삭인다. 이윽고 커다란 혀를 내밀어 여자의 몸을 핥기 시작한다. 소처럼 두툼하고 까끌까끌한 혀다. ──이 정도의 일은 단조도 하는 것이지만, 다만 이 시간이 엄청나게 길다. 점차 여자의 피부가 붉어지고, 눈이 멍하니 젖기 시작한다.

술을 마시면 의지와는 상관없이 사람은 취한다. 마찬가지로 여자는 술에 취하게 된 것 같았다. 가쁜 숨을 내쉬기 위해 벌린 입을 법사는 입술과 혀로 막아버린다. 여자는 숨도 쉬지 못하고 몸부림을 치고, 서서히 호흡이 허락되면 그것은 피리 같은 울림을 띤다. 이 무렵, 여자는 이미 범해지고 있다──.

법사의 허리는 그 거대함에 어울리지 않게 마치 점체(粘體)처럼 유연했다. 그것은 여자의 허리를 파도처럼 가볍게 희롱했다. 그것이 어느 정도의 쾌락을 주는 것인지, 이 단계에서 이미 몇 번인가 또 실신하는 여자도 있었다. 그럼에도 불구하고 법사의 허리는 여자를 붙들고 놓지 않는다.

처음에는 눈을 번들거리며 구경하고 있던 단조도 점차 구역질을 느낄 정도로, 그것은 긴 시간이었다. 그러나 이 무렵부터 법사들의 행위는 짐승의 애무로 바뀐다. 그 강철 같은 허리는 채찍 같은 소리를 내고, 마찰되는 여자의 배는 피부가 벗겨져 피가 배어 나왔다.

"아앗—, 아앗—."

여자는 비명을 질렀다. 고통의 비명인지, 기쁨의 흐느낌인지 알 수 없는 목소리였다. 그래도 법사는 봐주려고는 하지 않는다.

부러뜨릴 듯이 껴안은 채, 바닥을 데굴데굴 굴러다닌다. 일어서서 걷는다. 끝내는 공중에 뛰어오르고, 함께 바닥에 굴러떨어진다. 바닥에는 뿔뿔이 털이 흩어지고, 피마저 뿜었다.

어지간한 단조도, 아무리 '음석'의 원료를 채취하기 위해서라고는 하지만 결국 질려서 이 작업장을 땅 밑의 석실로 옮겼다. 이 너무나도 끔찍한 음향과 광경을 견딜 수 없었기 때문이다.

——그사이의 쾌락과 황홀 때문에 열 명에 다섯 명은 숨이 끊어진다. 살아남은 자도 우선 폐인이나 마찬가지가 된다, 고 가신은 말했는데, 실로 그 말 그대로였다. 다만 그것이 과연 쾌락과 황홀 때문인지 어떤지는 매우 의심스럽다. 무엇보다 법사들은 끝내는 완전히 짐승으로 변한 것처럼 여자의 혀를 물어 끊고, 젖꼭지를 뜯어내고, 사지의 뼈마저 부러뜨리고 말 때가 있기 때문이다.

다만 살아남은 여자가 폐인——실로 폐인임에는 틀림없지만 보통의 미친 상태가 아니라 색정광, 육욕의 아귀라고나 해야 할 생물로 떨어지는 것을 보면, 가신의 말이 일말의 진실을 전하지 않았다고는 말할 수 없다.

그리고 마치 수인(獸人)의 장난이나 또는 학살이라고 해도 좋을 이 작업에 있어서, 법사들이 역시 하나의 목적을 잊지는 않았다고 생각하게 하는 광경이 삽입되었다.

그것은 작업 도중일 때도 있었고 사후일 때도 있었는데, 갑자기 그 흉악한 행위를 하던 자가,

"여시축생(如是畜生), 발보제심(發菩提心)!"

하고 고함치며 펄쩍 뛰어 물러난다.

그러면 그로부터 잠시 후에 여자의 몸에서 가느다란 한 줄기 액체가 뿜어 오른다. ——그것은 처음에는 분명히 피가 섞인 액체였지만, 한 호흡을 둔 두 번째에는 비처럼 투명한 것이 된다. 또 한 호흡을 둔 세 번째에는——이때, 한 개의 항아리를 들고 뛰어나온 다른 법사가 그 입으로 단단히 뚜껑을 막고, 한 방울도 흘리지 않고 그 애액을 받아넣는 것이었다.

이 동안, 그들은 다른 사람인 것처럼 엄숙한 표정이 되었다.

대체 여자에게는 모두 이 정도의 애액이 담겨 있는 것일까, 그 방면으로는 경지에 다다랐다고 생각해온 단조도 그저 놀라 눈을 부릅뜰 뿐이었다. 그러나 이 닌자승들에게는 그들만이 알고 있는 비전(秘傳)과 철칙이 있는 모양이다. 그리고 보니 여자의 수와, 그를 범하는 그들의 수 사이에도 단순히 육욕의 난무에 맡기는 것이 아니라 어떤 가능성을 계산한 관련이 있는 듯하다. 이 여자에게는 이 정도 양의 애액이 매장되어 있다거나, 몇 명이서 파야 비로소 분출된다거나.

그리고 어느 날, 단조 앞에 한 여자가 끌려나왔다.

법사들이 웃고 있었다.

"영주님, 보십시오, 이 여자를. ——이 여자에게는 혼자서 지금까지의 여자들을 모두 당해낼 정도의 애액이 있습니다."

——가가리비였다.

무참한 유성(流星)

1

가가리비는 전라였다.

길고 검은 머리카락은 어깨에서 등, 가슴까지 흐트러져 있고, 새하얀 피부 여기저기에서는 피까지 배어 나오고 있다. 거의 서 있는 것이 고작인 것 같았다. ――이곳에 끌려나오기까지의 맹렬한 저항 끝에 이런 모습이 된 것이었다.

야규노쇼와 가까운 이가로에서 기괴한 닌자승 무리와 사투하고, 그 끝에 대체 어떤 경로로 이곳에 실려 왔는지는 알 수 없었다. 후에 후키 조타로에게 닌자술의 기초를 배웠을 자신이 거의 갓난아기에 가까울 정도로 저항이 없었던 것은 분명하다.

이 성에 납치되어 와서 처음으로 실신에서 깨어난 후, 마찬가지로 납치되어 온 다른 여자에게서 이곳이 야마토의 시기산성이라는 것을 들었다. 천하에 악명 높은 마쓰나가 단조의 성이다. 그 법사들은 이 마왕이 부리는 권속이었던 모양이다. 가가리비는 절망을 느꼈다.

그래도 가가리비가 혀를 깨물고 죽지 않은 것은 조타로를 생각했기 때문이다.

조타로는 죽었다. 기괴한 붉은색 종이가 얼굴에 달라붙고, 표창속에 구르며 고통스러워하던 조타로의 모습은 아직도 또렷하게 망막에 남아 있다. "그놈은 죽었다." 법사들도 분명히 그렇게 말했다. 십중팔구까지 가가리비는 그렇게 믿었다.

그러나 나머지 하나까지 완전히 믿을 수는 없는 구석이 있었다. 아내로서의 단순한 희망만이 아니라, 후에후키 조타로라는 야생아에게 보통 사람과는 다른 야수 같은 생명력이 있다는 것을 그녀는 느끼고 있었기 때문이다.

살아 있었으면 좋겠다. 살아 있을지도 모른다. 만일 그 사람이 살아 있다면——그녀도 살고 싶었다. 어떤 일이 있어도, 그 사람과 함께 이가로 가고 싶었다. 이런 곳에서 영문도 모르고 죽고 싶지는 않았다. 그것은 여자로서 당연한, 몸부림칠 정도의 기도였다.

그리고 만일 꼭 죽어야 한다면——더 이상 자신은 유녀가 아닌, 이가의 향사 후에후키 조타로의 아내다. 그런 자신의 정조에 만일 위험이 닥칠 것 같으면, 물론 나는 죽을 생각이다. 만일 죽어야 한다면——내가 그렇게 죽었다는 것과 적의 정체를, 조타로에게 한마디 알리고 나서 죽고 싶었다.

가가리비가 지금까지 살아 있었던 것은 이 때문이다. ——지금, 그러나 그녀는 눈앞의 마왕에게 절망적인, 그러나 이상한 생명의 빛을 내뿜는 눈빛을 던졌다.

"영주님. ……영주님을 그곳으로 안내하지 않고 저희 쪽에서 이곳으로 찾아뵌 것은, 한시라도 빨리 이 여자를 보여드리고 싶었기 때문입니다."

허공방이 또 말했다. 그곳이란 평소에 여자들의 애액을 채취하는 석실을 말한다.

이곳은 천수각 위에 있는 단조의 방이었다. 이 무렵에는 어지간한 단조도 법사들의 행위에 질린 듯 그다지 그곳에 가지 않아, 법사들 쪽에서 찾아온 것으로 보인다. 그렇다 해도 성의 주인이 어느 쪽인지 알 수 없는 방약무인한 행동이다. 단조는 이사리비(漁火)라는 제일 총애하는 여자를 거느리고 술을 마시고 있던 참이었으니.

마쓰나가 단조는 물끄러미 가가리비를 응시하고 있었다.

"어떻습니까. ──미녀지요."

코를 벌름거리며 공마방이 말하자 풍천방도 말한다.

"게다가 단순히 얼굴이 아름다울 뿐인 흔한 여자가 아닙니다. 지금까지의 여자들에 필적하는 애액을 가지고 있는 여자지요."

"참으로 천하에 둘도 없는 여자입니다."

하고 나찰방이 말했다.

"이제 그것이 진실이라는 것을 보여드리지요."

나머지 네 명의 법사가 가가리비를 일으켜 세우고 걸어 나가려고 했다.

"──잠깐."

하고 단조는 외쳤다.

그렇게 외치더니, 아직도 뚫어져라 가가리비를 지켜보고 있다. 결사의 반항을 담은 눈을 향하고 있던 가가리비가 저도 모르게 시선을 피했을 정도로, 그것은 이상한 응시였다.

"우, 우쿄 다유 님?"

중얼거리며, 그는 비틀비틀 일어섰다.

"뭣, 우쿄 다유 님?"

"이것이……."

법사들은 묘한 표정으로 단조에게서 가가리비에게 눈을 옮겼으나 곧,

"아하, 그럼."

"이 여자가 우쿄 다유 님을 닮았다는 말씀이십니까."

"아닙니다. 아니에요. 이자는 이가의 닌자의 마누라입니다. ……아무래도 이자도 닌자의 재주를 조금은 배운 것 같습니다. 조로[주1] 우쿄 다유 님이라니, 당치도 않아요."

그리고 수주방이,

"여자, 거기에 누워라."

하고 크게 일갈했다.

"자, 잠깐."

단조는 또 신음하며 허우적허우적 이쪽으로 나아왔다.

"그 여자를 자네들의 뜻대로는 할 수 없네."

"──영주님, 이자는 우쿄 다유 님이 아닙니다."

"알고 있네. 그래도 좋아. ……어쨌든 그 여자는 내가 받겠네."

"과연. 하지만 영주님, 영주님의 솜씨로는 황공하지만 이쪽이 바라는 만큼의 애액은 얻을 수 없는데, 그래도 좋으십니까."

"──그래도 좋네. 그래도 상관없어."

단조는 여전히 가가리비에게 시선을 고정한 채 취한 듯이 말했다.

주1) 上臈(조로), 신분이 높은 여관(女官) 또는 왕족이나 왕족의 옷 색깔을 사용할 수 있도록 허락받은 대신(大臣)의 딸이나 손녀 등 지체 높은 여자를 가리키는 말.

"호오. ……우쿄 다유 님은 저런 얼굴을 한 분인가."

뒤에서 목소리가 들렸다. 총희(寵姫) 이사리비다.

이자도 물론 아름답다. 아름답지만, 음란한 아름다움이라고도 백치미라고도 할 수 있다. ──실은 아까 풍천방이,

'얼굴이 아름다울 뿐인 흔한 여자'라고 빈정거린 것은 바로 이 이사리비를 말한다. 하기야 그들이 정말로 그렇게 생각하고 있고, 그런 여자에게 만족하고 있는 단조를 비웃은 것인지, 아니면 그들의 무시무시한 육욕의 대상이긴 하지만 아무리 그래도 이 여자에게는 손을 댈 수 없어서 질투하여 말한 것인지, 그것은 알 수 없다. ──어쨌거나 지금은 단조가 가장 사랑하는 미녀였다.

그 이사리비가 질투로 얼굴을 일그러뜨리며 외쳤다.

"아니요, 안 됩니다, 영주님. ……우쿄 다유 님에 대해서는, 저도 이미 포기했습니다. 그렇게까지 집착하신다면 어쩔 수 없다고 생각하고 있었어요. 하지만 우쿄 다유 님이 손에 들어올 때까지는 저 외의 여자는 전부 위안거리라고 말씀하시지 않았습니까. 약속이 달라요. 그 여자는 우쿄 다유 님이 아니에요. ……여봐라, 법사들, 늘 하는 것처럼 그 여자를 붙잡아 빨리 요리하여라. 죽어도 상관없다. 미쳐도 상관없다. 실컷 괴롭혀주어라. 오늘은 나도 지켜보마."

"시끄럽다. 듣자 듣자 하니──."

여전히 황홀한 듯 가가리비를 바라보고 있던 단조는 돌아보며 질타하고, 성큼성큼 이쪽으로 다가와 가가리비의 손을 잡았다.

"이보게, 이쪽으로 오게."

막으려고 한 금강방과 파군방의 팔을, 단조는 보기 드물게 아무렇게나 쳐냈다.

"자네들, 무엄하지 않은가. 자네들은 내가 가신에게서 받은 자들일세. 가신이 찾으러 올 때까지는, 자네들의 주인은 이 나야. 물러나 있게. 오늘은 이대로 물러가게."

마쓰나가 단조에게 그 불길한 지혜와 제자를 맡긴 가신 거사는 며칠 전에 어디라고 하는 목적지도 없이 표연히 시기산성을 떠났다.

단조는 거의 야수의 눈빛이 되어, 가가리비의 손을 잡고 걸어 나가려고 했다.

"위험해!"

갑자기, 무엇을 보았는지 금강방과 파군방이 다시 달려들어 가가리비를 붙잡으려고 했다. 그 기세에 저도 모르게 단조가 손을 놓은 순간, 가가리비는 덮쳐오는 두 개의 거구 밑을 빠져나가 타타타타하고 달리기 시작했다.

――눈 깜짝할 사이였다. 보통의 여자로서는 생각할 수 없는 빠른 몸이다. 순식간에, 가가리비는 맞은편 장지문을 열었다. 푸른 하늘이 보였다.

그곳은 고란(高欄)이었다. 고란 저편은 무한의 공간이었다. 가가리비는 헛발을 디뎠다.

하지만 등 뒤에서 쇄도해오는 법사들을 보자, 그녀는 고란으로 뛰어올라 바닥을 걷어차고 그 공간으로 몸을 날렸다. 이제 만사 끝장이라고 체념하고, 그녀는 스스로 죽음을 선택한 것이다.

"그렇게는 안 되지."

제일 앞에 있던 풍천방이 그 뒤를 쫓아 공중으로 날아올랐다. 그리고 순식간에 또 전대미문의 닌자술 고엽 되돌리기를 보여, 이 마승(魔僧) 풍천방은 떨어져 가는 가가리비를 바람으로 채어 고란으로 가볍게 팅겨 돌아왔다. 물론, 가가리비를 옆에 끼고.

2

"어떻습니까."

풍천방이 방으로 돌아와 코를 벌름거렸다.

"영주님. ……지금 내버려 두었다면, 영주님의 팔의 관절이 빠질 뻔했습니다. 팔이라면 다행이지만 목이나 허리뼈도 빠질 수 있지요. 이 여자를 납치할 때, 동행하고 있던 이가 사람 때문에 공마방조차 험한 꼴을 당했습니다. 이 여자는 그 남자의 마누라인 것 같더군요. 보통내기가 아닙니다."

그렇게 말한 순간, 풍천방은 갑자기 옆에 끼고 있던 가가리비를 내던지고 털썩 한쪽 무릎을 꿇었다. 그 허벅지에서 선혈이 터져 나왔다.

"이, 이런 짓을."

내던져진 가가리비는 하얀 채찍처럼 팅겨 일어나더니 다시 다다미를 걷어찼다. 고란 쪽에는 금강방과 파군방이 버티고 서 있었기 때문에 반대 방향으로——나머지 네 명의 법사들의 머리 위를 날아간 것이다. 어지간한 법사들도, 무기는 고사하고 실오라기 하나 걸치지 않은 이 여자가 어떻게 풍천방의 허벅지에서 피가 터져나오게 한 것인지 알 수 없었다. 알 수 없지만, 사방으로 흩어져 가가리비의 퇴로를 막은 것은 번갯불보다도 신속했다.

가가리비는 공중에서 한 번 회전하고는 섰다. 그곳은 커다란 벽 앞이었다.

그리고 그 앞쪽에 흩어진 네 명의 법사는 일제히 칼을 뽑았으나, 얼굴을 마주 보고 씩 웃었다.

"나도 모르게 칼을 뽑았는데, 어른스럽지 못하군."

"하지만 만만치 않아."

"그래도 독 안에 든 쥐일세. 이제 놓치지는 않을 게야."

"자, 어떻게 붙잡을까. ……기대되기도 하는군."

"누가 덤빌 텐가?"

가가리비는 벽 아래에 서서 네 자루의 칼을 바라보며 이 문답을 듣고 있었다. 백랍처럼 무표정했다.

그녀는 도망칠 생각은 하지 않았다. 그녀는 아까 열어젖힌 장지문으로 보이는 푸른 하늘을 올려다보았다. 기도하는 듯한 눈이었다. ——그리고 자신의 오른손을 조용히 위로 들며 말했다. 하얀 손가락을 초승달처럼 팽팽하게 젖히며.

가가리비는 입 속으로 무언가 중얼거렸다.

"──앗, 안 돼!"

사납게 쇄도하는 법사들의 귀에, 맑은 목소리가 들렸다.

"닌자술 초사홀 월검!"

동시에 그 섬섬옥수가 자신의 목을 베는가 싶더니, 그 머리는 검은 머리카락과 피보라의 꼬리를 끌며 다다미로 굴러떨어지고, 이어서 머리 없는 하얀 몸뚱이가 그 피 속으로 무너져 떨어졌다.

"…………."

인간 같지 않은 법사들도, 이 처참한 파국에는 눈을 부릅뜬 채 멈추어 섰다. 아까부터 벌어진 사투에 숨을 삼키고 있던 마쓰나가 단조와 이사리비가, 이 희생자의 처절하기 짝이 없는 자결에 반쯤 실신할 뻔한 것은 당연하다.

한 호흡, 두 호흡.

"아니, 그렇게는 안 되지."

나찰방이 이를 가는 소리가 들리는가 싶더니, 갑자기 그는 박쥐처럼 날아 돌아오고──그 칼이 옆으로 한 번 번득이며 휘둘러졌다.

파삭! 하는 이상한 소리가 나고, 또 거기에 피안개가 피어 올랐다. 또 하나, 머리가 떨어졌다. ──놀랍게도, 거기에 기절한 듯이 서 있던 총희 이사리비의 머리가.

"……무, 무슨 짓인가."

마쓰나가 단조는 깜짝 놀랐다.

"자네는, 미치기라도 한 건가!"

"미치지는 않습니다. 닌자술 깨진 독을 보여드리지요."

"뭣이, 깨진 독?"

"이름은 그렇게 붙였지만, 실은 깨진 독을 이어 붙이는 것이나 마찬가지인 고행, 언젠가 지도리, 쓰바키인가 하는 시녀 둘에게 그 몸뚱이의 위아래를 바꾸어 붙였던 닌자술입니다."

그러고 나서 나찰방은 갑자기 허둥거리기 시작했다.

"하지만 저기 있는 여자의 머리는 자신의 손으로 벤 것이지요. 그게 마치 칼처럼 잘렸는데, 제가 벤 것이 아니니 잘 될지 어떨지 자신이 없군요. 서두르게, 서둘러. 에잇, 이 영주님은 거치적거리는군. 작업이 끝날 때까지 파군방, 옆방으로 옮겨 두게."

3

마쓰나가 단조는 비지땀을 흘리며 앉아 있었다.

"아직인가?"

"──잠시만 더 기다리십시오."

"둘 다 살아나지 않는 것은 아닌가?"

"──지도리와 쓰바키를 잊지는 않으셨겠지요."

"물론, 나는 보았네만."

하고 단조는 말하더니, 구역질을 누르듯이 입에 손을 댔다. 말은 그렇게 했지만, 실은 단조는 보지 않았다. 그날 밤, 지도리와 쓰바키를 눕히고 몸통을 절단해 위아래를 바꾼다는 처참하기 짝이 없는 닌자술이 이루어졌을 때, 그는 같은 고란에 있기는 했다. 그러나 두 명의 피술자와 칼을 휘두르는 나찰방의 주위를 여섯 명의 네고로 승려가 검은 병풍처럼 둘러싸고 그 일을 돕고 있었고, 두 마리의 하얀 물고기 같은 배에 칼날이 닿는 데까지 보고 단조는 얼굴을 돌리고 원래의 자리로 돌아가 버렸기 때문이다.

"하지만 그때보다도 시간이 걸리는군."

"——그것은, 나찰방이 말한 것처럼 이가의 여자는 스스로 목을 친 자이기 때문입니다."

"만일 죽었다면 어찌할 텐가?"

"——어느 쪽이 말입니까?"

"이사리비 말일세. 살아 있는 사람의 목을 일부러 치다니, 만일 저대로 죽는다면 자네들 가만두지 않겠네."

파군방은 엷게 웃었다.

그 웃음도 눈치채지 못한 듯, 단조는 옆방 쪽을 열에 들뜬 듯한 눈빛으로 바라보고 있었다. 이사리비라고 말했지만, 사실을 말하면 그 이가의 여자를 잃는 것은 그 이상으로 견딜 수 없을 것 같다.

단조는 잠시 잠자코 있다가, 침묵을 견디지 못한 듯이 또 말했다.

"나찰방은 무엇 때문에 그 이가 여자의 머리를 같은 여자의 몸통에 잇지 않은 건가. 왜 이사리비의 몸통에 이으려고 한 건가."

"——글쎄요, 순간적인 일이라 나찰방에게 물을 새도 없었습니다. 어렴풋이 짐작하고 있는 것도 있지만, 처치가 잘 되고 나서 나찰방에게 들으십시오."

"설령 잘된다고 해도 지도리와 쓰바키는 그 후, 쓰바키는 색에 미치고 지도리는 백치가 되어, 둘 다 가엾은 폐인이 되었네. 나는 이가의 여자를 원하기는 했지만, 폐인이 된다면 소용이 없어. 하물며 이사리비가 그렇게 된다면——."

"——항상 그렇게 되는 것은 아닙니다."

"어찌 되나."

"——그것은 지도리, 쓰바키의 애액을 쥐어짠 후, 깨진 독의 술법을 걸었기 때문에 두 사람 다 그렇게 된 것입니다. 이번에는 그 이전이니, 적어도 한쪽은 제정신으로 살아나겠지요."

"어느 쪽이 말인가?"

"——아마 생명력이 강한 쪽이."

지금까지 자못 귀찮다는 듯이 대답하고 있던 파군방이 갑자기 자신도 흥미가 동한 듯이,

"아마 그 이가 여자의 머리를 가진 쪽이."

하고 되풀이했다. 단조의 눈이 빛났다. 그것을 날카롭게 올려다보며,

"하지만 영주님, 설령 그렇게 된다 해도, 그것은 이미 원래의 이가여자가 아닙니다."

"뭣이?"

"어떻게 해도 두 사람의 피는 섞입니다. 피가 섞이고, 폐인도 광인도 아니지만 전혀 다른 성격을 가진 인간이 태어납니다."

"으음."

이 닌자승들의 놀라운 재주에는 점차 익숙해지기 시작한 단조에게도 일은 더욱더 의표를 벗어나, 거의 예측을 허락하지 않는다.

파군방은 말했다.

"지금까지 깨진 독의 닌자술을 펼친 결과는 대개 그랬습니다. 다만 이번에 이가 여자가 되살아났을 때——그것이 어떤 여자가 되어 있을지, 좋아졌을지 나빠졌을지, 지금은 저도 짐작이 가지 않습니다."

그때 장지문이 열렸다.

얼굴을 들고, 단조는 눈을 부릅떴다. 지금 그것에 대해 이야기를 하고 있었지만, 그것은 몸의 털이 곤두서지 않을 수 없는 광경이었다. ——두 명의 전라의 여자가 거기에 서 있었다.

보라, 이가의 여자는 되살아났다. 이사리비 또한 되살아났다. 스스로 목을 치고, 또 흉악한 칼날에 목이 쳐진 두 여자는, 그것은 몽마의 한 장면이 아니었나 싶을 정도로 아무렇지도 않게, 지금 자신의 다리로 서 있다. 다만 실제의 그 목에 보일 듯 말 듯한 비단실 같은 붉은 줄이 그어져 있는 것 외에는.

"성공했나."

하고 파군방마저 신음하는 듯한 목소리를 냈다.

"성공했네."

두 여자의 뒤에서 나찰방의 웃는 얼굴이 나타났다. 그 맞은편에서 다섯 명의 법사가 옷자락으로 손을 훔치고 얼굴을 닦고 있는 것은, 저것은 땀일까, 피일까.

"자, 영주님, 어느 쪽을 원하십니까."

멍하니 있던 단조는 제정신으로 돌아와, "가가리비의 머리를 가진 여자." 한 사람에게만 눈길을 쏟았다.

"――그러십니까."

하며 나찰방은 또 웃었다.

"그러실 거라고 짐작은 하고 있었습니다. 하지만 영주님, 말씀드려두겠는데 머리는 실로 이가의 여자이지만 머리 아래는 이사리비 님이십니다."

"――좋네."

하고 단조가 말하고, 그러고 나서 깜짝 놀란 듯이 다른 한쪽의 '이사리비의 머리'를 가진 여자를 보았다. 그러나 그 여자는 가면처럼 무표정했다. 본래 백치미라고나 해야 할 용모의 소유자였으나, 공허한 그 눈은 확실히 제정신이 아니다. ――파군방이 말한 것처럼, 그녀는 폐인이 된 것이다.

"단조 님으로서는 당연할 테지요. 머리 아래는 다릅니다. 머리 자체도, 진짜 우쿄 다유 님이 아니고요. ……그래도, 그저 닮았다는 것만으로 만족이라면 진짜 우쿄 다유 님이 손에 들어올 때까지 그것으로 참으십시오."

"아니, 내가 그것으로는 참을 수 없다."

하고 '가가리비의 머리'가 말했다.

그 목소리는, 그러나 이사리비의 목소리였다.

단조는 머리가 혼란스러워졌다. 이사리비의 목소리는 음산하게 말했다.

"나는 이사리비다. 네고로의 승려들, 그 이가 여자를 잘 죽여주었구나. 아니, 이가 여자의 얼굴과 바꿔주었구나. 내 얼굴을 버리는 것은 분하지만, 영주님의 마음에 드는 것이 이——우쿄 다유 님을 닮은 얼굴이라면 어쩔 수 없지. 나는 그 얼굴의 여자가 되었다. 진짜 우쿄 다유 님이 오시면 나는 몸을 빼겠다는 약속을 영주님과 했었지만, 이제 그 약속은 버리겠다."

일곱 명의 네고로 승려도 깜짝 놀란 듯이, 그렇게 말하는 '이사리비'를 바라보고 있다. 이 또한 혼란스러운 표정을 하고 있는 것을 보면, 아까 파군방도 자신 없이 중얼거렸던 대로 깨진 독의 닌자술 끝에 두 사람의 피가 어떻게 혼합, 어떻게 화합하고 어떤 영혼을 가진 여자가 태어나는지, 거기까지 계산할 수는 없었던 모양이다.

"이제 나는 영주님에게서 떨어지지 않을 것이야. 단조 님을 놓지 않을 것이다."

이사리비는 씩 웃었다.

눈은 검은 불꽃처럼 빛나며 단조를 응시하고, 젖은 입술은 미혹의 꽃처럼 단조에게 숨결을 불어넣었다. 음탕, 요염, 사악의 화신 같은 여자가 거기에 있었다. ——조용히 다가가 단조의 가슴에 매달리고, 뺨을 바싹 대어 문지르며,

"영주님도 이 얼굴을 가진 저라면 더욱더 만족하실 터. ——자, 영주님, 저를 안아주세요. 죽을 만큼, 저를 기쁘게 해주세요……."

하고 감미롭기 짝이 없는 목소리로 말하더니 곧 무서운 눈으로 돌아보며,

"까마귀들, 그 장지문을 닫아라."

하고 말했다.

일곱 명의 법사는 허둥지둥 그 사이에 있는 장지문을 꼭 닫았지만, 서로 얼굴을 마주 보며 보기 드물게 간담이 서늘해진 듯한 한숨을 쉬었다.

"놀랍군."

"저런 여자로 다시 태어나다니."

"저 여자…… 어쩌면 우리도 감당할 수 없을지도 모르네."

"이래서야, 진짜 우쿄 다유 님은 더 이상 필요없지 않을까."

"아니, 진짜 우쿄 다유 님이 저 정도의 여자일지 어떨지, 의심스러울 정도일세."

"저것으로 끝난다면, 가신 거사님의 당면한 바람도 그것으로 끝날 텐데."

"하지만 역시 그것으로는 끝나지 않을 걸세. 가신 님이 다시 오실 때까지, 우리는 역시 음석을 만드는 데 정을 쏟아야 해."

일곱 사람은 거기에서 또 하얀 그림자처럼 서 있는 '이사리비의 얼굴을 가진 여자'에게 시선을 모았다.

옆방에서는 두 사람 사이에 무슨 일이 일어났는지, 녹을 듯한 여자의 헐떡임이 흘러나오고, 이윽고 풀무 같은 단조의 신음이 거기에 얽히기 시작했다.

일곱 사람은 쓴웃음을 지었다.

"저 여자는, 하지만 이사리비의 몸을 가진 여자."

"그런데 단조 님의 저 황홀한 기색은…… 약간 가엾기도 하군."

"이것이 바로 이가의 몸을 가진 여자."

"그러니, 두 사람의 머리와 몸통을 바꾼 것일세."

일곱 사람의 털이 부숭부숭한 팔이 백랍 같은 여자의 몸통에 얽혔다. 한 사람이 육욕으로 경련하는 듯한 목소리로,

"이보게, 누가 애액을 받을 항아리를 가져오게."

하고 말했지만, 열네 개의 팔은 어느 것도 당장 떨어지려고는 하지 않는다.

그래도 그 여자는 도망치려고도 하지 않고, 열네 개의 털이 부숭부숭한 팔의 애무에 몸을 맡겼을 뿐만 아니라, 점차 꿈틀거리고 혈색마저 띠며 그 짐승 같은 애무에 응하려 하기 시작하는 것이었다.

여자는 일곱 명의 법사에게 범해졌다. 아직도 다다미에 남아 있는 자신의 피 속에서.

애액을 쥐어짜내어진 '이사리비의 얼굴을 가진 여자' 즉, 백치가 된 이 '가가리비의 몸을 가진 여자'가 시기산성에서 모습을 감춘 사실이 발견된 것은 그 이튿날 아침의 일이었다.

사령 고지(死靈告知)

1

이런 일은 처음이다.

앞에서도 말했다시피, 음석을 제조하기 위해 애액이 완전히 쥐어 짜내어진 여자는 대개 광인이나 폐인이 된다고 한다. 그렇게 된 여자는 땅 밑의 석실에 감옥을 만들어 동물처럼 키우다가 죽이는데, 어쨌거나 미쳤기 때문에 병에 걸리는 비율도 높아, 이윽고 누더기처럼 죽고 만다. 또는 병사 중에서 원하는 자가 있으면 공을 세운 대가로 주는데, 먹이가 된 여자가 결국 어떻게 되는지 단조는 모른다.

그런 일을 당해도 딱히 이 성에서 도망치려고 하는 판단력조차 잃은 광인이 대부분이고, 설령 한 명이나 두 명이 어딘가로 휘청휘청 사라져 버려도 개의할 것은 없었으나, 이번만은 사정이 달랐다.

'이사리비의 얼굴'과 '가가리비의 몸'을 가진 여자가 시기산성에서 사라졌다. 그것은 단조에게 아무래도 좋은 일이지만, 그녀와 함께 히라구모 다관이 사라져 버린 것이다.

"뭣이, 히라구모 다관이?"

보고를 받고 마쓰나가 단조는 펄쩍 뛰어올랐다.

그 앞에 일곱 명의 법사가 엎드려 있었다. ——주인인 단조조차 평소에 건방진 눈으로 보곤 하는 그들치고는 보기 드물게 황공해하는 모습이지만, 이것은 당연하다.

어제, 그들은 술을 마시면서 그 여자를 범했다. 생각한 대로 '가가리비의 몸'을 가진 여자는 끝없이 애액을 뿜어 올렸다. 짐승의 향연은 밤까지 이어졌다. 어지간히 절륜한 정력을 자랑하는 법사들도 술에 취한 탓만이 아니라 그들 쪽이 매미 껍질처럼 되어 쓰러져, 그 끝도 모른 채 잠들어버렸을 정도였다.

물론 그사이에 그 히라구모 다관을 꺼내, 채취한 여자의 애액을 졸여 음석을 제조하고 있었다.

——그러나 아침이 되어보니 여자는 물론이고 히라구모 다관도, 지금까지 걸려서 겨우 콩알만 한 크기까지 결정을 이룬 음석도, 홀연히 사라져 버렸다는 것이었다.

파군방이 말했다.

"설마 죽은 사람처럼 누워 있던 여자가 그런 짓을 할 줄은——."

"이, 이런 멍청이——."

단조는 그러고서 말을 잃었다. 멍청이라는 말로는 다할 수 없을 정도의 실수다.

"그자, 정말로 미쳤나? 제정신이 아니었나?"

"그것은 무신(武神)께 맹세코."

하고 금강방이 묘한 것에 무신을 걸었다.

"미쳤다기보다 혼이 없는 여자가 된 것은 틀림이 없습니다."

다른 법사들도 일제히 고개를 끄덕였다. 그것은 지금까지의 모든 경험으로도, 어젯밤 자신들에게 범해졌을 때의 종잡을 수 없는 여자의 기색에서도 절대 틀림은 없다. 그 인간의 빈 껍질이 된 여자가 어떻게 다관과 음석을 가지고 나갔는지 정말로 이해하기가 힘들지만, 광인이기 때문에 더더욱 그런 무의미한 짓을 한 것이 틀림없다는 생각도 든다.

"그렇다면 도망쳤다고 해도 성 밖 그리 멀지 않은 곳을 어정거리고 있을 것이 틀림없습니다. 곧 쫓아가 붙잡아 올 테니, 안심하십시오."

"깨면 어찌할 텐가."

"예?"

"히라구모 다관을 깨면 어찌할 텐. 그것을 잃으면 이제 음석은 만들 수 없네. 따라서 우쿄 다유 님을 손에 넣을 방법이 없어지지."

"우쿄 다유 님 따위, 아무래도 좋지 않습니까?"

옆에서 이사리비가 말했다.

스스로는 이사리비라고 칭하고 있지만, 얼굴은 이가의 여자다. 그러나 그 이가 여자가 가지고 있던 미모와 기백은 그대로이지만, 다른 사람인 것 같은 음탕, 사악의 그늘이 거기에 있었다.

"제가 여기에 있는 것을요."

"아니, 뭐."

단조는 당황했다. 실제로 그는 어젯밤부터 이어진 이 세상의 것이라고는 생각되지 않는 음탕한 즐거움에, 이 여자만 있으면 우쿄 다유 님은 이제 필요 없다고까지 생각하기 시작했던 것이다.

"하지만 히라구모 다관은 아깝네. 그것은 센노 소에키가 가지고 있는 것 중에서도 천하에 둘도 없는 명기. 그것만은 무사히 되찾고 싶네."

"반드시, 무사히 되찾아 오겠습니다."

일곱 명의 법사는 벌떡 일어섰다.

"어디로 갈 것이냐."

이사리비가 말을 걸었다. 비웃듯이,

"정처도 없이 찾아다닐 생각이냐."

"아니."

"이가로 가거라."

"이가로?"

네고로 승려들은 의아한 얼굴로 바라보았다. 이사리비는 물끄러미 허공을 바라보며 말했다.

"그 여자는, 남편을 찾아 이가 쪽으로 갔다."

법사들은 그렇게 말하는 이사리비가 얼굴뿐만 아니라 완전히 그 이가 사람의 아내가 아닌가 하고 의심했다.

──그러나 아니다. '그 여자는 남편을 찾아'라고 말하는 이상, 이것은 역시 그 이가의 여자는 아니다.

"그 여자, 제정신인 것일까?"

──방금 그 여자가 미친 것은 확실하다고 말한 주제에 금강방이 갑자기 자신 없는 목소리로 말한 것은, 반대로 너무나도 자신에 찬 이사리비의 얼굴에 압도되었기 때문이다.

"아니, 미쳤다. 분명히 혼은 죽었어. ──하지만 그 일념만은 살아 있다."

"하지만 남편은 죽었습니다."

"그럴까?"

수주방이 어깨를 흔들었다.

"제 닌자술 월수면(月水面)에 얼굴이 덮이고도 살아난 자는 없습니다."

"그럴까?"

이사리비는 또 되풀이했다.

"만일 살아 있다면?"

이사리비는 무엇에도 놀라지 않는 일곱 명의 닌자승의 온몸에 오한이 스칠 듯한 사악의 꽃을 피웠다.

——씩 웃은 것이다.

"죽여서는 안 된다. 이 성으로 데려와라."

"어찌하시려고요?"

"내가, 내 좋을 대로 죽일 것이다."

법사들은 잠시 아무 말도 없었다. 앞에서도 말했다시피 닌자술 '깨진 독'이라는 대(大)이식수술에 의해 육체의 위아래가 교환된 두 여자는, 한쪽은 폐인이 되지만 다른 한쪽은 제정신을 유지한다. 어느 쪽이 제정신인가 하면 생명력이 강한 쪽이지만, 그것이 원래 그대로의 여자인가 하면 그렇게는 되지 않는다. 피가 화합하여 완전히 새로운 성질을 가진 여자가 태어난다.

그것은 그들도 잘 알고 있는 것이지만, 어떤 성질을 가진 여자가 태어나느냐 하면, 거기까지는 그들도 알 수가 없다. 자신이 낳는 아이의 성질을 부모도 어찌할 수 없는 것과 마찬가지다.

그리고 일견 외모도 성질도 완전히 다른 것처럼 보이지만 가가리비와 이사리비는 어딘가 서로 통하는 데가 있었던 것인지, 마치 근친결혼으로 나쁜 피와 나쁜 피가 겹쳐지듯이 가가리비의 명민함, 이사리비의 음탕함, 둘이 여기에 합해져——일곱 명의 닌자승조차 아연하게 만드는 대(大)마녀가 출현한 것은, 눈앞의 사실이었다.

"설마 그놈이 살아 있을 거라고는 생각되지 않지만."

"허나 살아 있었다 해도, 죽이든 생포하든 그것은 쉬운 일입니다."

"그럼 잠시 기다려주십시오."

닌자승들은 절을 하고, 검고 사나운 물살처럼 달려 나갔다.

여기서 그들 네고로 승려란 본래 어떤 자인지를 설명해두겠다.

네고로데라(根来寺)는 기이 지방 나가군(郡) 네고로 마을——가쓰라기 산맥 중턱에 있는 신의진언종의 대본산으로 헤이안 말기에 창건된 것인데, 이 무렵 크게 번성하여 법당과 탑이 이천칠백여 개를 헤아리는 거대한 사찰이 되었다.

엄청나게 많은 승병을 거느리고 있었던 것은 다른 연력사나 홍복사나 동대사 등 당시의 대사원도 마찬가지지만, 특히 이 네고로데라의 승병 중에는 어찌 된 일인지 총을 다루는 명수가 많다는 특기가 있어, 후에 오다 노부나가의 공격을 받고도 끝내 굴복하지 않고 도요토미 히데요시의 손에 의해 처음으로 멸망하기에 이르렀다.

이때, 흩어진 승병들을 모아 거둔 것은 도쿠가와 이에야스다. 이에야스라는 인물은 노부나가와 동맹을 맺고 히데요시에게 신하의 예를 취하면서, 한편으로는 노부나가, 히데요시에게 토벌된 일족을 몰래 자신의 손으로 거두고 마는 버릇이 있었다. 버릇이라기보다 이것이 이에야스를 보통 방법으로는 다루기 힘든 이유인데, 그는 이 네고로 승려도 이가 사람, 코가 사람과 완전히 똑같이 부렸다.

겉으로는 에도성 각 문의 경호, 뒤에서는 닌자로서.

원래가 승병이라 이 '네고로조(組)'는 모두 상투를 틀지 않고 머리를 빗어 넘겨 뒤통수에서 묶는다는 특이한 모습이었는데, 네고로류(流)라는 닌자술의 일파를 후대까지 전했다.

생각건대 네고로 승려에게 총은 어떨지 몰라도 처음에 닌자술이라는 씨를 뿌린 것은 전국 시대의 대환술사 가신 거사였던 것이 아닐까.

2

한밤중이었다. 나라 한냐노(盤若野) 들판에 비가 내리고 있었다.

들판이라고는 하지만 나라의 바로 북쪽에 솟아 있는 구릉으로, 대낮에는 푸른 풀이 나부끼고 하늘에는 종다리 소리가 들리는 한가로운──아니, 그렇지는 않다, 대낮에도 이 일대에는 설령 푸른 풀이 나부끼고 종다리가 울고 있어도 형용할 수 없는 처참한 느낌이 있다. ──그것은 이 한냐노 들판이 형장(刑場)이고, 실제로 여기저기 썩은 솔도파(率都婆)가 즐비한 것이 보이는 탓이기도 했다.

하물며 밤이다. 비가 내리고 있었다. 예로부터 수천 명의 죄인의 피를 빨아들여온 대지는 이런 비 내리는 밤에야말로 오히려 되살아나는 것인지, 반딧불이인지 도깨비불인지 모를 창백한 빛이 숨쉬듯이 흔들리고 있다.

이 비와 빛 속을 두 사람이 걷고 있다. ──북쪽으로.

앞을 걷고 있는 것은 반라의 여자이고, 얼마쯤 거리를 두고 뒤를 따라가고 있는 것은 후에후키 조타로였다. 그는 발을 질질 끌고 있었다.

후에후키 조타로는 되살아났다. 그러나 아직 평소와 같지는 않다. 조금만 걸으면 폐에 찢어지는 듯한 아픔이 스치고, 자신이 뿌린 표창에 다친 발바닥이나 허벅지의 구멍은 아직 완전히 아물지는 않았다. '보물은 마계의 용왕의 발톱에 붙잡혔다' 운운하는 종잇조각은 아직 품 속에 있다. 하지만 조타로는 잘 알 수가 없었다. 마계의 용왕이란 누구인지 확실하지 않고, 그리고 이 종잇조각을 품 속에 남기고 간 것은 누구인지도 알 수 없다.

다만 그는 그 이가 가도 부근을 뛰어다녔다.

"가가리비…… 가가리비."

하늘을 향해, 그는 피를 토하듯이 외쳤다.

"가가리비, 당신은 어디에 있소? 있다면 대답을 하시오! 이 조타로가 구하러 가겠소."

서쪽을 향해 달려가 가가리비 같은 여자를 본 적은 없느냐고 여행자에게 묻는다. 동쪽을 향해 달려가 일곱 명의 법사를 보지 못했느냐고 농부에게 묻는다.

"가가리비."

조타로는 점차 어린 여자아이처럼 흐느껴 울고, 끝내는 대지에 엎드려 머리카락을 쥐어뜯었다. 하지만 곧 채찍처럼 튕겨 일어나, 다시 짐승처럼 주위를 뛰어다니는 것이었다. 그리고 광란 끝에, 겨우 그 종잇조각의 '일곱 발톱과 이빨을 가진 자들은 환술사 가신 거사의 직계 애제자이다'라는 문구를 떠올렸다.

가신 거사라는 이름은 이전에 얼핏 들은 적이 있다.

그리고 그 인물이 나라에 산다는 것을 들은 기억이 있다. 그래서 그는 나라로 왔다. 그리고 이삼 일 동안 가신 거사를 찾아 나라의 온 거리를 뛰어다녔다. 그러나 거리의 누구도 가신 거사가 사는 곳을 모르고, 또 지난 몇 년 동안 나라에서 본 적도 없다고 한다.

또 밤이 되었다. 조타로는 거의 자지 않았다. 비가 내리기 시작했다. 그래도 그는 헤매며 돌아다녔다. ──그리고 문득, 거리를 휘청휘청 걷고 있는 한 여자와 마주친 것이다.

여자는 기모노를 걸치고 있었지만 한쪽 유방은 드러나 있고, 앞자락은 흐트러져 있고, 띠의 한쪽 끝은 땅에 끌리고 있을 정도였다. 그리고 금실로 무늬를 짠 화려한 비단으로 싼 것을 옆구리에 소중하게 끌어안고 있다. 분명히 미친 여자다. 대체 어디에서 나타난 것일까?

그러나 지금 심야의 거리에서 마주친 것이 천녀이든 귀신이든 거의 돌아볼 새가 없는 후키후에 조타로가, 돌아보고는 문득 찬찬히 살피고, 깜짝 놀라 숨을 삼켰다.

"……가가리비."

그는 목 안쪽에서 절규했다. 그의 눈에 어둠 속으로 사라져 가는 사랑하는 아내의 모습이 분명히 보였던 것이다.

조타로는 급히 되돌아가 여자 앞으로 돌아갔다. 가가리비가 아니다. 몹시 아름다운 얼굴을 하고 있지만 어딘가 기품이 없는, 공허한 눈을 한 그 여자는 조타로 따위는 모르는 사람인 것처럼 걷고 있다.

큰 한숨을 쉬며 길을 비켜주고 뒷모습을 지켜보던 조타로의 눈동자가 다시 커진다. 가가리비다. 가가리비라고밖에 생각할 수 없다.

마치 쇳조각이 자석에 끌려가듯이, 그는 여자의 뒤를 쫓기 시작했다. 그리고 나라의 거리를 떠나 한냐노 들판까지 왔다.

"가가리비다. ……아니, 그럴 리는 없어. ……하지만 가가리비다."

이제 조타로 쪽이 착란한 것 같았다. 가가리비를 애타게 찾던 나머지 본 환각일까 하고 스스로도 눈을 비벼보지만, 그러나 앞을 걸어가는 여자의 뒷모습에는 결코 그냥 닮은 타인이 아닌 무언가가 있다. 그것은 수백 번이나 그 몸을 안고 애무한 남자만이 갖는 본능적인 직감이었다.

마침내 조타로는 뒤쫓아가 매달려, 다시 그 앞을 막아섰다.

"너는 누구냐."

"…………."

"이름은 무엇이냐."

"…………."

"어디에서 왔느냐."

"…………."

"어디로 가려는 것이냐."

"…………."

"──가가리비라는 여자를 모르느냐?"

여자는 대답하지 않는다. 조타로 따위는 완전히 무시하듯이 계속 걷는다. 조타로는 뒷걸음질을 치고 말을 걸면서, 새삼스럽게 기묘한 공포가 가슴에 피어오르는 것을 느꼈다. 그것은, 이것은 죽은 여자가 아닐까 하는 지각이었다. 걷고 있으니 그럴 리는 없지만, 그러나 분명히 죽은 사람이라고밖에 생각할 수 없는 이상한 느낌이 있다.

그러나 무서운 것과 마주하면 도망치기보다 덤벼드는 것이 후에 후키 조타로의 기질이다.

"살아 있는 건가. 대체 이자는──."

그는 멈춰 섰다. 여자는 허공을 밟듯이 나아와, 조타로와 스쳐 지났다.

그 찰나, 두 사람의 몸에 이상한 반응이 일어났다. 조타로는 상대의 몸이 차가운──비에 젖은 탓이 아니라, 죽은 사람 그 자체의 차가움을 가지고 있는 것에 깜짝 놀라 잽싸게 물러서려고 했지만, 그런 조타로에게 여자가 단단히 매달려왔던 것이다. 그러나 그녀는 살아서 타오르는 여자보다도 요염하게 허리를 맞붙이며 물결치듯 움직였다.

"──조타로 님."

처음으로 여자가 말했다.

밀쳐 내려던 조타로의 온몸이 경직했다. 분명히 가가리비의 목소리다.

"——만날 수 있어서 기뻤어요. 이제야 만났군요."

숨소리 같은——아니, 먼 하늘에서 들려오는 바람과도 비슷한 가가리비의 목소리였다. 낯선 여자의 입술이 희미하게 움직이고 있는 것을 보면서,

"가가리비, 당신은 어디에 있소?"

하고 조타로는 어두운 하늘을 올려다보며 외쳤다.

"——저는 죽었어요."

3

비가 내리는 밤의 한냐노 들판에, 바람 같은 쓸쓸한 목소리는 이어진다.

"——조타로 님, 저는 죽었어요."

지금은 조타로 쪽이 죽은 사람이 된 것 같았다.

"——저는 당신의 아내인 몸을 지키고, 시기산성에서 스스로 죽었어요."

"뭐, 뭐라고, 시기산성에서? 그럼 마쓰나가 단조가 있는 곳이오?"

"──저를 납치한 것은 마쓰나가 단조와, 그가 부리는 일곱 명의 네고로 법사예요."

낯선 여자는 백치 같은 무표정한 얼굴을 한 채, 가가리비의 목소리로 말한다. 말한다기보다 무심한 입술 사이에서 내부의──어디인지도 모를 허공에서 온 목소리가 흘러나오고 있는 것 같다.

"가가리비, 그, 그럼 이 여자는 누구요?"

"──얼굴은 이사리비라는 단조의 첩이에요. 하지만 몸은 제 것⋯⋯."

"뭐라고?"

여자는 허리를 꿈틀거리며 말을 이었다. 얼음처럼 차가운 감촉임에도 불구하고 이때 조타로는 분명히 가가리비를 감각하고, 저도 모르게 여자를 껴안으려고 했다.

"──안 돼요, 조타로 님. 몸은 제 것이지만 제 몸은 범해졌어요. 죽은 후에, 일곱 명의 법사에게 범해졌어요. 더러워진 그 몸을 조타로 님, 더 이상 건드리지 마세요."

그렇게 말하면서도 여자는 여전히 농염하게 허리를 문지르며 미묘하게 꿈틀거리는 것이었다.

"모르겠소. 가가리비, 나는 모르겠소."

"──네고로 승려의 닌자술이에요. 시체의 머리와 몸을 바꾸어 두 사람은 되살아났지만, 그 여자의 혼은 죽었어요. 아니, 텅 비었어요. 저는 당신에게 알리고 싶은 일념으로 그 텅 빈 여자에게 깃들어 여기까지 온 거예요. 하지만 이제 저는 그 여자에게서 떠나가고 있어요. 바닥이 없는 염라천으로 떨어지고 있어요……."

"가가리비! 가가리비!"

"──당신에게 알리고 싶은 건 그 일곱 명의 네고로 승려가 인간이라고도 생각되지 않는 무서운 닌자라는 것, 그리고──시기산성에 있는 제 얼굴을 한 여자는 이미 가가리비가 아니라는 것, 그리고──여기에 가져온 히라구모 다관과 안에 있는 하얀 돌은, 그것으로 차를 끓이면 마신 여자의 마음을 녹인다는 단조의 보물이라는 거예요."

말이 판단을 가로막아, 조타로는 아무 말도 하지 못한다.

──그때, 그에게 달라붙어 있던 여자의 허리의 움직임이 어느새 멈추어 있었다.

"──살아 있는 가가리비는 이가 닌자 후에후키 조타로의 아내의 긍지를 지키고 죽었어요. 죽은 가가리비를 일곱 명의 네고로 승려가 범했어요."

목소리는 슬프게 떨리면서 희미해져 간다.

"──조타로 님, 제 원수를 죽여주세요."

"죽이겠소, 반드시 죽이겠소!"

조타로는 여자의 몸을 흔들었다. 여자의 몸에 저항은 없었다.

"──또 하나."

공허한 눈을 어둠 속에서 크게 뜬 채, 입술이 움직였다.

"언젠가의 약속──후에후키 조타로는 가가리비 외에 여자를 끊겠다는 맹세를 잊지 마세요──."

목소리가 스며들듯이 사라져 가고, 그리고 여자는 그의 팔 안에서 무너졌다.

"가가리비! 가가리비! 가가리비!"

조타로는 절규했다. 그러나 여자는 그의 팔에 차가운 꽃처럼 늘어진 채, 이제 영원히 침묵하고 있었다.

"가가리비! 아니, 이 여자라도 좋소. 돌아와 주시오, 다시 한번, 이 여자의 몸으로 돌아와 주시오, 가가리비!"

조타로의 외침은 황야에 메아리치는 한 마리 늑대의 울음소리 같았다.

이때 그는, 죽은 미친 여자가 그 팔에 여전히 화려한 비단 꾸러미를 안고 놓지 않는 것을 처음으로 깨달았다.

그것을 한 손에 들고, 한 손으로 여전히 여자를 껴안은 채,

"가가리비, 가가리비."

그는 통곡했다.

광란 상태에 있는 조타로는 전혀 눈치채지 못했던 것이다. 이때 한냐노 들판 북쪽에서 일곱 개의 검은 그림자가 바람처럼 달려와, 몇 간의 거리를 두고 딱 멈추어 서서 가만히 이쪽을 살피고 있는 것을.

그것은 일곱 명의 닌자승이었다.

그들은 히라구모 다관을 안고 도망친 미친 여자를 쫓아 시기산성에서 뛰쳐나왔다. 처음에는 그 여자를 붙잡는 것은 기르는 개를 불러들이는 것보다 쉬운 일이라고 우습게 여기고 있었다. 그러나 시

기산을 내려와 소위 말하는 이카루가 마을 부근 일대를 수색해도 그 여자의 그림자도 없고, 나라로 들어가 종일 찾아도 아무런 소식도 없었다. 그들은 당황하여, 그제야 이사리비의 '그 여자는 이가로 갔다'는 말을 떠올리고 아까 이 한냐노 들판을 따라 북쪽으로, 이가 가도를 향해 달려온 것이었다.

그건 그렇고 반라의 광인, 그것도 화려한 비단 꾸러미를 든 아름다운 여자가 그때까지 누구의 눈에도 띄지 않은 것은 이상한 일이었다. 미쳤으면서도 도망치려는 본능의 지혜로, 그녀는 동물처럼 교묘하게 그늘을 골라 걸어온 것일까. ——아니, 그것보다도 그 일곱 명의 마승(魔僧)에게 범해진 여자는 열 명에 다섯 명은 목숨이 끊어진다고 하는데, 애초에 성을 나왔을 때부터 그녀는 죽은 사람이었던 것은 아닐까. 죽은 육체에 희미하게 가가리비의 혼이 깃들어 후에후키 조타로와 맞닿을 때까지 몽환 속을 떠돌아 왔지만, 보통 사람에게는 이미 죽음의 세계에 있는 이 여자의 모습은 보이지 않았던 것이 아닐까. 그렇게밖에 생각할 수 없는 기괴한 방랑이었다.

한냐노 들판을 지나——그리고 그들은 멀리 뒤에서 들려오는 늑대의 울음소리를 들었다.

"——가가리비! 가가리비."

그것은 장이 끊어지는 듯한, 그들이 들은 적이 있는 젊은이의 목소리였다.

——일곱 명의 닌자승은 얼굴을 마주 보고, 다음 순간 일제히 검게 물들인 옷을 펄럭이며 검은 회오리바람처럼 언덕과 들판을 급히

되돌아왔다.

"그놈이다!"

"살아 있었군!"

"으음, 여자도 있네. 쓰러져 있어."

"저 비단 꾸러미는?"

"저게 히라구모 다관이 아닐까."

"그거 잘되었군."

"자, 어떻게 할까."

지령(地靈)의 대화처럼 술렁거리는 목소리였다.

그들의 눈에는 밤도 비도 없는 것처럼 보인다. 실제로 열네 개의 눈은 표범처럼 어둠 속에 빛났다. ――이미 반원형으로 감싼 그 열네 개의 눈이 서서히 다가왔다.

쏟아지는 빗속에서, 후에후키 조타로는 화려한 비단 꾸러미를 한 팔에 들고 우두커니 서 있었다.

한 마리 늑대

1

말할 것까지도 없이, 후에후키 조타로는 닌자였다.

그것도 도망치기 전, 이가에 있었을 때는 두목 핫토리 한조가 가장 눈여겨보고 사랑했던 타고난 재능의 소유자였다. 그러나 뭐라 해도 아직 스물한 살의 젊은 나이다. ——그는 이가에서 인간을 뛰어넘은, 또는 물리학을 뛰어넘은 것은 아닌가 생각될 정도의 수많은 선배를 보았다. 하지만 그 자신은 아직 어디까지나 인간의 영역에 있었다. 달리고, 날고, 던지고, 보고, 듣고, 만지고, 냄새 맡는, 그런 능력들은 일견 초인적이기는 하지만, 그러나 인간으로서의 능력의 극한 안에 있는 것에 지나지 않는다.

그에 비해 이 일곱 명의 닌자승은 실로 초인이었다. 이가 가도에서 본 그 체술, 닌자술——하늘에서 먹잇감을 향해 날아드는 부채의 화살, 실도 없는데 공중에서 튕겨 돌아가는 커다란 낫, 게다가 보고도 믿을 수 없는 일이지만 공중에서 거꾸로 돌아가는 인간 자체. 또 흐르듯이 날아와 베어도 베이지 않고 한 번 얼굴에 달라붙으면 숨통도 끊는 진홍색의 종이——그것들은 이가의 선배에게서도 본 적 없는 무서운 무술이고, 무기였다. 그는 그것을 몸으로 알고 있다.

그러나 조타로는 도망치려고는 하지 않는다. 도망칠 생각도 하지 않는다. 그의 귀에는 아직도 그 어두운 바람 같은 슬픈 목소리가 울고 있다.

"——가가리비는 이가 닌자 후에후키 조타로의 아내의 긍지를 지키고 죽었어요. ……죽은 가가리비를 일곱 명의 네고로 승려가 범했어요. ……조타로 님, 제 원수를 죽여주세요."

조타로의 눈은 충혈되어 불꽃처럼 타오르고 있었다.

이를 보고, 흑표처럼 금색으로 빛나는 눈빛을 쏟으며 서서히 다가온 일곱 명의 닌자승들이 문득 멈추었다.

조타로를 경계한 것이 아니다. 그의 기백에 눌린 것도 아니다. 닌자승들은 상대 자체보다 그가 안고 있는 다관에 시선을 멈추고, 그리고 조타로 자신을 어떻게 요리할까 하는 생각에 사로잡혀 있는 것이었다.

히라구모 다관을 무사히 되찾아라. ──이것은 마쓰나가 단조의 명령이다.

그 이가의 젊은이를 죽이지 말고 성으로 데려오너라. ──이것은 이사리비의 명령이다.

"잠시 정신을 잃게 하려면, 수주방의 월수면이 적당한데."

하고 허공방이 하늘을 올려다보며 말한다.

월수면이란 그 붉은 젖은 종이를 말한다. 바람에 펼쳐져 날아오르는 종이의 닌자술은 비가 내리고 있어 잘되지 않을 것 같다.

"무슨──방법을 두고 고민할 상대인가."

내뱉듯이 말함과 동시에 풀을 걷어찬 것은 풍천방이다.

"야앗."

은색 빛이 원을 그리며 빗속을 달렸다. 대지를 걷어차기 직전에 낫 되돌리기의 낫을 던진 것이다. 동시에 그의 모습은 마조(魔鳥)처럼 하늘을 날고 있었다.

조타로의 몸이 움직였다. ──아마 칼을 뽑을 것이다. 그리고 낫을 베어낼 것이다. 그러나 낫은 일순 튕겨 되돌아오고, 조타로의 몸이 허공을 허우적댈 것이다. 그것을 머리 위에서──그 한쪽 팔이라도 베어 떨어뜨리면 된다, 한 팔이 없어도 살려서 시기산성으로 데려가겠다는 약속에는 어긋나지 않을 것이다, 이것이 풍천방의 계산이었다.

그런데 조타로는 칼을 뽑지 않고, 반대로 낫 쪽으로 달려나갔다. 풍천방의 아래를. 그러나 공중에서 낫과 스쳐 지났을 때, 이 무슨 묘기란 말인가, 회전하는 낫의 자루를 오른손으로 움켜쥐고 풍천방이 걷어찬 지점에 가볍게 섰다.

공중에서 베려고 한 찰나, 지상에 사람 그림자가 없는 것을 본 순간 풍천방은 당황했다.

"──앗."

일순 거기에서 정지하고, 다시 공중을 튕겨 돌아온다. 반사적인 훌륭한 고엽 되돌리기의 닌자술이었으나, 동시에 이것이 잘못된 반사 운동이었던 것은 당황한 탓이다.

튕겨 돌아간 풍천방이 가는 곳에 조타로가 서 있었다. 도약한 지점과 같은 곳으로 돌아간다는, 풍천방 자신도 어찌할 수 없는 역학적인 약점을 찌르며 그는 그곳에서 기다리고 있었던 것이다.

그러나 조타로 또한 여전히 그곳으로 날아간 자세 그대로다. 이어서 날아 돌아오는 풍천방의 기척을 등 뒤에 느끼고, 손을 뒤로 돌려 낫을 던진다.

"크악."

풍천방은 괴조 같은 목소리를 냈다. 그는 자신의 낫에 왼쪽 어깨의 팔이 붙어 있는 부분을 베어 팔을 잘리며 수직으로, 공중제비를 돌며 지상으로 굴러떨어졌다.

비로소 조타로는 칼을 뽑았다.

이것이 애초에 숨 한 번 쉴 정도의 사이 동안 일어난 일이라, 나머지 여섯 명이 조타로를 향해 커다란 언월도며 계도(戒刀)를 번득이며 달려온 것은 한순간 후의 일이었다.

"이놈──."

"건방진!"

사투의 회오리바람에서 희푸른 불꽃이 어둠 속에 튀었다. 한 자루의 계도가 부러지고, 한 자루의 언월도가 허공으로 튕겨 나갔다. ──경악과 분노로, 네고로 승려들도 순간 자신의 닌자술을 잊고 그저 분노한 흉포한 짐승의 무리로 변해 있었다.

타타타타 하고 후에후키 조타로는 원래의 방향으로 달려가고 있었다. 관자놀이에서 피가 흘러 떨어지고, 베인 왼쪽 어깨에서 피가 튀고, 그리고 다리를 끌고 있었다. ──다만 이 다리는 일전의 표창에 의한 부상 이후 그랬던 것이다.

"잠깐!"

쫓으려던 네고로 승려들이 일제히 한 차례 헛발을 디뎠다.

"풍천방을 구하게. 나찰방. ──깨진 독 닌자술을!"

혼자 남은 풍천방은 풀 속을 뒹굴고 있었다.

나머지 다섯 명이 검고 사나운 물살처럼 조타로를 쫓는다.

조타로는 한냐노 들판을 나라 쪽으로 달려갔다. 이때 그는 처음으로 도망칠 마음이었다.

지금의 난투에 두려움을 느낀 것은 아니지만, 그는 그 이전부터 이어진 가가리비의 수색에 지칠 대로 지쳐 있었다. 그리고——이때에 이르러, 그는 아직도 왼팔에 그 화려한 비단 보자기 꾸러미를 안고 있었다. 지금의 사투로 몇 군데 베인 것은 이 핸디캡도 있다. 그래도 계속 싸운다면 어차피 생선회처럼 베어 나갈 것은 알고 있다.

이전의 그라면 그것을 알면서도 날뛰었을 것이다. 그러나.

——한 명 쓰러뜨렸다!

그는 어둠 속에 외쳤다.

나머지 여섯 명, 반드시 베어야 한다!

——일곱 개의 머리, 그리고 마쓰나가 단조의 머리도 염라대왕에게 바치지 않으면 비명에 생을 다한 가가리비에게 면목이 서지 않는다, 그 끓어오르는 듯한 의지가 지금 후에후키 조타로에게 우선 이 자리를 빠져나가야겠다는 의지를 불러일으킨 것이다.

"금강방."

등 뒤에서 이를 가는 목소리가 바람을 찢었다.

"천선궁을 날리게!"

동시에 조타로의 앞쪽 밤하늘에 쏴아 하고 새가 날갯짓하는 듯한 소리가 일어났다.

조타로는 하늘을 올려다보고, 거기에 그 바늘을 단 수많은 부채가 기괴한 구름처럼 모여 떨어져 내리기 시작한 것을 보았다. 일견 느려 보이지만, 대지에 파고들 정도의 천공력(穿孔力)을 가진 부채의 화살이다. 하물며 그것이 지금 비보다 빠른 속도로 쏟아져 내리고 있다.

옆으로 달리면 그들에게 따라잡힐 것이다.

조타로는 왼팔에 안은 꾸러미를 보았다. 금실로 무늬를 짠 화려한 비단은 찢어지고, 다관의 둔한 빛이 눈을 찔렀다. 그는 비단을 풀어 버렸다. 그리고 안에 있는 하얀 결정을 품에 쑤셔 넣고, 다관을 한 손에 든 채 천선궁의 빗속으로 뛰어들었다.

캉!

캉!

캉!

천선궁은 다관에 맞아 무시무시한 소리를 냈다. 그러나 과연 쇠로 된 다관을 뚫지는 못한다. 그렇다 해도 비 같은 부채의 바늘을 하나도 몸에 닿지 않게 하고 튕겨내는 것은, 닌자 후에후키 조타로가 아니면 할 수 없는 일일 것이다.

"──큰일이다."

"우우우, 이놈──."

다섯 명의 법사는 발을 동동 굴렀다.

조타로가 빠져나간 후에도 천선궁은 계속해서 쏟아지고 있다. 게다가 방패가 없는 그들은 자신이 쏜 기괴한 무기 때문에 오히려 발을 붙들리고 만 것이었다.

　——나라로 가는 마지막 언덕을 뛰어 올라간 후에후키 조타로는, 그러나 언덕 정상에서 맞은편에서 올라온 기마 집단과 딱 마주쳤다. 옆으로 뛰어 길을 비킨 조타로 옆을, 기마 무리는 비를 맞으며 묵묵히 지나갔다. 그런데 그 한가운데쯤에서 갑자기 목소리가 들렸다.

　"——거기에 있는 것은 조타로가 아니냐."

2

　기마 무리가 멈추었다. 13기였다.

　모든 말이 칠흑이고, 안장도 고삐도 검고, 타고 있는 사람의 하오리^{주1)}, 하카마^{주2)}, 검집도 모조리 새까맣다. 다만 사냥꾼이 쓰는 것 같은 모시풀로 만든 두건으로 머리를 감싸고 있는데, 마치 어둠에서 솟아난 것 같은 무리였다.

　"——백부님!"

　조타로는 절규하며 달려가, 그 말의 다리에 매달리다시피 했다.

　"뵙고 싶었습니다, 백부님, 이런 곳에서 뵙게 되다니——."

주1) 羽織(하오리), 일본 전통 복식에서 긴 옷 위에 걸쳐 입는, 옷깃을 접은 짧은 옷.
주2) 袴(하카마), 일본 전통 복식의 남성용 하의. 허리에서 다리까지를 덮는 겉옷으로, 대부분 양 다리를 넣는 부분은 두 갈래로 나뉘어 있다.

"묻고 싶은 것은 내 쪽이다. 너야말로, 이런 곳에서 무엇을 하고 있느냐?"

하고 말 위의 그림자는 굵은 목소리로 말했다.

"게다가 아무래도 다친 것 같지 않느냐."

이가의 수령, 핫토리 한조다.

핫토리가는 옛날에는 헤이시[주3]의 일문으로, 겐페이 시대[주4]부터 이가 핫토리 지방을 다스리던 호족이었다. 대대로 점차 세력을 넓혀 지금은 이가 일대, 북쪽의 코가까지 이르는 계곡들을 다스리는 일족이 되었다. 이 한조는 조타로의 백부에 해당하며, 이 무렵 30대 중반의 중년이었다. 후에 그는 도쿠가와 이에야스를 모시며 소위 말하는 핫토리당의 두목으로서 녹봉 팔천 석[주5]의 이와미 태수 핫토리가 되는 인물이지만, 이 무렵에는 이에야스 또한 도카이(東海)의 일개 영주에 지나지 않았고, 핫토리도 작은 이가 지방을 조용히 지키는 일개 호족일 뿐이었다. 그러면서도 당시의 권력자 호소카와가(家)나 미요시가, 또는 마쓰나가 단조 등의 완전한 지배에서 약간 벗어나 있었던 것은 복잡한 산맥에 둘러싸여 있다는 지리적인 이점 외에 이 일문에 예로부터 전해지는 닌자술의 비기(秘技)와 강철 같

주3) 平氏(헤이시), 다이라(平) 성을 가진 씨족. 왕족이 천황으로부터 성씨를 하사받고 신하가 된 호족으로 간무(桓武) 천황의 황자가 받은 간무헤이시(桓武平氏), 닌묘(仁明) 천황의 황자가 받은 닌묘헤이시(仁明平氏), 몬토쿠(文德) 천황의 황자가 받은 몬토쿠헤이시(文德平氏), 고코(光孝) 천황의 황자가 받은 고코헤이시(光孝天皇) 등이 있다.

주4) 源平時代(겐페이 시대), 미나모토(源)와 다이라(平) 두 가문이 서로 흥망성쇠를 벌이던 시대. 헤이안 후기(11세기 말~12세기 말)의 약 1세기에 해당한다. 미나모토 씨는 사가(嵯峨) 천황이 자신의 황태자를 신하로 강하시키면서 내린 성씨이다.

주5) 石(석), 에도 시대의 영주나 무사들의 봉록의 단위. '석'은 쌀의 양을 재는 단위로, 1석은 성인 남성이 1년 동안 먹는 쌀의 양을 기준으로 정해졌는데, 약 60kg에 해당하였다.

은 단결 때문이다.

"백부님, 이 조타로를 구해주십시오."

"무슨 소리냐."

후에후키 조타로는 땅바닥에 엎드려 말하기 시작했다. 가끔 어린 아이 같은 흐느낌을 섞어가면서.

사카이의 유곽 지모리 마을의 유녀 가가리비와 사랑에 빠진 것, 그녀와 손에 손을 잡고 도망친 것, 그녀를 닌자의 아내에 어울리는 여자로 만들기 위해 요시노의 산중으로 데려가 자신의 힘이 닿는 한 엄격한 닌자술 수행을 시킨 것, 겨우 이 정도면 괜찮겠다 싶은 단계에 이르러 이가로 돌아가려고 한 것, 그런데 예기치 않게 기괴한 일곱 명의 네고로 승려에게 가가리비를 빼앗긴 것, 가가리비의 사령이 알려주어 그녀가 마쓰나가 단조의 시기산성에서 살해되고 능욕을 당한 것이 판명된 것, 일곱 명의 네고로 승려는 단조의 가신으로, 소문으로 듣던 환술사 가신 거사의 직전 제자인 듯 초인적인 닌자술의 체득자라는 것, 그 일곱 명의 닌자승과 방금 저 한냐노 들판에서 싸워 한 사람은 쓰러뜨렸지만 나머지 여섯 명에게 쫓겨 여기까지 도망쳐 온 것.

"우연히 핫토리 일행을 이곳에서 만난 것이야말로 하늘의 안배, 이제 이 조타로는 천 명의 아군을 얻은 것이나 마찬가지입니다."

조타로의 눈은 번쩍번쩍 빛났다.

"여러분, 가서 저 네고로 승려들을 없애주십시오, 이러고 있는 지금도 놈들은 쫓아오고 있을 것입니다. 여기서 포위해 모두 죽이고

제 아내, 가가리비의 원수를 갚아주십시오!"

"내 아내, 라니 누구의 허락을 받았느냐?"

차가운 목소리가 내려왔다. 깜짝 놀라 올려다보니 모시풀 두건 속에서 겨울밤의 별 같은 눈이 빛나며 그를 응시하고 있다.

전에 조타로가 본 적이 없는 백부 한조의 눈이었다. 아니, 그는 모르는 것은 아니다. 핫토리 무리에서 규칙을 깬 인간이 나왔을 때, 단죄의 자리에 나갔을 때 본 엄격하기 짝이 없는 두목의 눈이다.

"1년 전, 내 용건으로 사카이에 보낸 너는 그대로 돌아오지 않았다. 그것조차 용서할 수 없는 잘못이지. 거기다 유곽 마을의 매춘부와 도망쳤다니——용케, 뻔뻔스럽게 내 앞에서 그런 말을 하는구나."

조타로는 창백해져 갔다. 그것이야말로 이가로 돌아가는 길에 그의 마음을 떨리게 했던 두려움이다. 그 사실을, 가가리비가 죽임을 당해 슬픈 나머지, 그리고 백부에 대한 어리광 때문에 지금 그는 완전히 잊고 있었던 것이었다.

몸도 마음도 경직되어 땅에 엎드린 조타로는 이때 기마 뒤에서 두 사람이 소리도 없이 말에서 뛰어내려, 좌우로 나뉘어 앞쪽으로 달려간 것을 보지 못했다.

"더군다나 네 멋대로 아내로 삼은 여자가 죽임을 당했다 해서, 마쓰나가의 가신을 없애 달라고? 지금 마쓰나가와 싸우면 어떤 운명이 핫토리 일족을 덮칠 거라고 생각하느냐. 너 같은 놈 한 마리 때문에 이가 전체를 희생할 수는 없다. 그 정도도 모르는 거냐, 이 멍청한 놈."

목소리의 채찍은 비와 함께 조타로를 후려쳤다.

"규칙을 어긴 어리석은 자는 없애주마."

그때, 언덕 중턱 부근에서 짐승 같은 무시무시한 절규가 있었다. ——핫토리 한조는 그것을 듣지 못한 것처럼 말을 이었다.

"그렇게 생각했지만——그런 꼴을 당하고도 여전히 일족에 매달리는 경솔한 놈, 미련이 많은 놈을 베었다간 칼도 더러워지겠다. 너 혼자 멋대로 죽으려무나."

말 위에 있던 핫토리 일행이 이때 밤의 어둠 속에서 무엇을 보았는지, 언덕 아래를 내려다보고는 일제히 "오옷" 하고 신음했다.

한조가 돌아보았다.

"무슨 일이냐."

"언덕 중턱에서 우산 하나가 날아올랐습니다."

"우산이?"

"그런데 우산 위에 피투성이 인간의 시체를 실은 채 빙글빙글 돌며 언덕 아래로 내려갔습니다."

아까 달려간 두 명의 이가 사람이 숨을 헐떡이며 달려 돌아왔다.

"두목님, 바람 빗장을 쳤더니 법사인 듯한 자가 걸려, 선두의 한 명이 분명 양단(兩斷)되었습니다만."

"음."

"다른 한 명이 몰래 다가와, 그 시체를 펼친 우산에 싣고 시체와 함께 우산을 날려 언덕 아래로 도망쳐 내려갔습니다."

핫토리 한조는 잠시 침묵했다.

바람 빗장——이란, 이가에 전해지는 비법 중 하나다. 오직 한 줄기, 긴 머리카락을 치는 것이지만 여기에 닿은 인간은 그물에 걸린 물고기처럼 절단된다. 네고로 승려가 쫓아온다는 말을 듣고, 잠시 동안의 대화에 방해가 들어오는 것이 싫었던 한조가 눈으로 신호하여 부하 두 명에게 그 죽음의 초계선을 치게 한 것이었다. 역시 이것은 눈치채지 못했는지, 순식간에 그중 한 명이 피의 제물이 된 듯하다.

그러나 그 시체를 동료가 우산에 싣고 갔다니?

"가신 거사의 제자라고 했지."

밤눈에 보기에도 푸른 것이 스윽 얼굴 위를 불어 지나갔지만, 핫토리 한조는 곧 엄한 눈빛을 다시 땅으로 돌리며,

"조타로."

하고 불렀다.

"그 법사들을 모두 너 한 사람의 손으로 죽인다면, 이가로 돌아오는 것을 허락해주마."

"네, 넷!"

"핫토리 일당은 손가락 하나 빌려주지 않을 것이다."

"넷."

대지에 엎드린 후에후키 조타로 하나만 남기고 검은 옷의 기마대는 조용히 움직이기 시작해, 이윽고 한 줄기의 검은 회오리바람처럼 언덕을 달려 내려갔다. ——이가로 돌아가는 것이다.

──그건 그렇고, 핫토리 일당은 지금 어디로 갔다가 돌아오는 길일까? 그런 의문은 조타로의 가슴에 떠오르지 않았다. ──그런 것은 그에게 아무런 상관도 없는 일이다.

후에후키 조타로는 오직 혼자서 비 내리는 언덕에 남겨졌다.

3
───

한냐노 들판에 열세 개의 기마 그림자가 동쪽을 향해 달려간다. 그것을 멀리 풀 속에서 지켜보며, 이를 삐걱이는 소리를 섞어가며 나누는 대화였다.

"쫓을까?"

"아니, 잠깐, 저놈들──이가 놈들이다."

"저──파군방이 갑자기 둘로 베인 건 놈들의 짓인가."

"그게 틀림없어. 아니, 그것에는 놀랐네."

"애송이, 마침──아니, 하필이면 이가의 동료를 만났군."

"그렇게 감복하고 있다니, 이대로 못 본 척할 텐가? 쳇, 이가 사람이 뭐라고, 가신 님이 직접 가르친 네고로 닌자술의 무서움을 한번 보여주세."

"잠깐, 저쪽은 열셋, 우리는 네 명일세."

"네 명?"

"풍천방의 걸음이 아직 확실치 않네. 파군방은 보다시피 이렇고. 지금 깨진 독을 이어 붙이지 않으면 늦고 말 거야. 그리고 이 나찰방도 이 자리에서 떠날 수 없네."

그렇게 말하고는, 나찰방은 풀 속으로 다시 가라앉았다. 그 눈이 요사스럽게 가라앉고, 이마에서는 분명히 비가 아닌 비지땀이 흘러 떨어지고 있다. 입에 무언가 반짝 빛나는 바늘 같은 것을 물고 있고, 얼핏 보인 양손은 진흙에 담근 것처럼 피투성이다.

기마 자세로 버틴 그의 두 다리 사이에는 한 사람이 누워 있었다. 알몸으로 벗겨진 파군방이다. ──아까 조타로를 쫓아 언덕을 뛰어 올라가다가 갑자기 보이지 않는 무언가에 몸통이 베인 파군방이다. 그것을 간신히 허공방의 '은신 우산'에 실어 수용했지만──지금 그 시체는 살아 있었을 때와 똑같이 위아래가 붙어 있는데, 한번 양단되었던 그를 대체 어떻게 하려는 것일까.

보고 있자니 나찰방은 바늘을 옆으로 하여 몇 번이나 파군방의 몸통을 쓸었다. 갔다가 되돌아오는 그것은 번개처럼 빨랐다. 바늘에는 실이 달려 있는 것처럼 보였다.

그는 지금 닌자술 '깨진 독'의 대수술을 하고 있는 것이다.

그 현묘함은 동료들에게 있어서 새삼 감복할 정도는 아니다. 전에 나찰방은 쓰바키와 지도리라는 시녀의 몸통의 위아래를 바꾸었고, 또 가가리비와 이사리비의 머리를 바꾸었다. 아니, 실제로── 옆에 풍천방이 멍하니 앉아 있다.

아까 후에후키 조타로가 던진 낫에 왼쪽 팔이 어깨에서 잘려 떨어진 풍천방이다. 피를 흘려 창백해지고, 아직 눈은 공허하고 입도 열지 않지만, 그러나 그는 오른팔로 끊임없이 자신의 왼쪽 어깨를 어루만지고 있다. 그 어깨에서는 분명 왼팔이 돋아 있었다. 아니, 훌륭하게 이어 붙여져 있었다!

그를 돌아보지도 않고, 나머지 허공방, 수주방, 금강방, 공마방의 대화는 이어진다.

"하지만 히라구모 다관은 어찌할 텐가. 그걸 이가로 가져가 버리면 뒷일이 귀찮아지는데."

"단조 님께 말씀드려, 차라리 이가 지방을 짓밟아 달라고 하지."

"바보 같은! 그런 일은 안 되네. 네고로의 이름에 걸고!"

"동감일세. 염치없이 이대로 시기산성으로 돌아갈 수는 없어."

"며칠이 걸리든, 어떤 수단을 써서라도 이가에서 저 다관을 되찾지 않고서는 체면이 서지 않네."

나찰방이 일어섰다. 일어설 때, 한 다발 뜯어낸 풀로 손을 닦으면서 물끄러미 땅 위를 바라본다.

"그런데."

하고 허공방이 말했다.

"왜 그러나?"

"그 애송이. ──방금 그 13기 중에 있었나?"

"뭐──? 과연, 그리고 보니 열세 마리의 말에 열세 명밖에 타고 있지 않았지."

"그렇게 적절하게 갈아탈 말 한 마리를 준비해두었던 것은 아닐

테지. 열세 마리의 말에 열세 명이 타고 왔을 것이 분명하네. 그런데 두 사람이 말 한 마리에 탄 기색도 없고, 말의 걸음으로 보아 사람 하나를 따로 매달고 있는 기색도 보이지 않았어!"

"——그러——면."

"그놈, 왠지 아직 언덕에 남아 있는 것이 아닐까?"

"왜지? 무엇 때문에?"

"저 열세 명의 이가 놈들은 어지간히 중요한 볼일이라도 있어서 고향으로 돌아간 게지. 하지만 그놈은 적을 해치우고 싶어서 혼자 남은 걸세——."

"건방진!"

그때, 풀이 술렁거렸다. 돌아본 네 사람의 눈앞에서, 죽었을 터인 파군방의 두 팔이 서서히 서서히 움직이기 시작하고——그리고 자신의 배 언저리를 가려운 듯이 긁기 시작했다.

"그놈——."

하고 나찰방이 희미하게 웃었다.

"만일 다시 만난다면, 이쪽 일곱 명이 모두 사지 멀쩡해서 깜짝 놀라겠지."

한냐노 들판의 밤의 언덕에, 후에후키 조타로는 혼자 남아 있었다.

크게 타격을 입은 참담한 표정이 비에 씻긴 듯이 점차 사라져 가고 대신 타고난 젊고 사나운, 처절하기 짝이 없는 성미가 얼굴에 떠오르기 시작하더니, 그는 몸을 일으켰다.

"너 혼자서 해치우라고 하셨지."

하고 깊이 스며들듯이 중얼거리고, 벌떡 일어섰다.

"나 혼자서 없앤다. 그래. 그러지 않으면 가가리비의 혼이 성불하지 않을 것이다. 가가리비! 두고 보시오, 그 일곱 명의 법사는 나 혼자서 반드시 없애주겠소."

후에후키 조타로는 어두운 하늘에 얼굴을 들고 외치고, 그러고 나서 발치의 히라구모 다관으로 시선을 떨어뜨렸다.

"그 여자는 이걸 가져왔다. 가가리비의 혼은 이걸 소중히 들고 오게 했어——."

눈이 점차 생각의 그늘로 가라앉아 갔다.

"그자는 이렇게 말했지. ——여기에 가져온 히라구모 다관과 안에 있는 하얀 돌은, 그걸로 차를 끓이면 마신 여자의 마음을 녹인다는 마쓰나가 단조의 보물이라고——."

행자 두건

1

나라 와카쿠사야마(若草山)산에 초여름의 푸른 바람이 불고 있다.

이 무렵——칠당가람[주1]이야 옛날부터 있던 것이지만 그것은 황폐해질 대로 황폐해지고, 나라는 이미 쓸쓸한 기색을 품은 채 불교 도시의 그림자를 잃고 있었다. 그 칠당가람에 사는 자도 승려라기보다 승병이다. 그 승병도 사실을 말하자면 옛날의 위엄을 잃고, 그저 전국의 시대에 어지럽게 바뀌는 시대의 패자에게 공포와 시기의 눈을 빛내고 있을 뿐이었다.

동대사의 바로 동쪽에 있는 와카쿠사야마산이지만——물론 현대처럼 행락객이 무리를 짓고 있는 것은 아니다. 그러나 보기에도 온아(溫雅)한 언덕이고, 게다가 매년 봄에는 풀을 태우는 관습 때문에[주2] 후에 초록색 잔디가 돋아 있을 뿐이라 가끔 유람하러 오는 사람들도 있는지, 기슭에는 술이나 과자를 파는 찻집도 두세 개 늘어서 있었다.

그 찻집 중 하나에서 일곱 명의 법사가 술을 마시고 있었다.

"아무리 이 계절이라도 잘 곳 없이 뛰어다니다 보면 피곤하군."

"그렇다고 시기산성으로 돌아갈 수는 없고."

"차라리 네고로데라로 돌아갈까."

"그랬다가 나중에 가신 님께 알려져 보게. 여기서 다 함께 배를 가

주1) 七堂伽藍(칠당가람), 절에 있는 일곱 개의 건물. 진언종, 선종, 천태종 등 종파에 따라 다르다.
주2) 와카쿠사야마산은 전체가 잔디밭으로 뒤덮여 있어 매년 2월 11일에 산 태우기를 했다. 현재는 1월 15일에 산 태우기를 하고 있다.

르고 죽는 편이 낫다고 할 벌을 받게 될 걸세."

아무리 이런 자들이지만 그들답지도 않은 공포로 안색이 창백해졌다.

숨막힐 듯한 어린 풀잎 냄새 속에서 대낮부터 술을 들이켜고 있는데도, 붉은 얼굴을 하고 있는 자는 한 명도 없다.

"──역시 그놈, 이가로 돌아간 게 아닐까?"

"아니, 분명히 그놈인 듯한 남자가 그 이튿날 아침, 이 나라의 뒷골목을 걷고 있었다는 이야기를 들었지 않은가."

"그렇다 해도 우리는 이렇게 위세 당당하게 다니고 있는데 끝내 그놈의 그림자도 보지 못했네."

"끝내 보지 못한다면…… 끝내, 우리도 좋은 꼴을 못 보겠지."

일곱 명의 법사의 눈은 흐리멍덩하고 붉게 탁해져 있었다. 물론 한동안 여자를 안지 못한다는 뜻이다. 애초에 가가리비의 시체를 범하고 시기산성을 나온 후로 아직 칠팔 일밖에 되지 않았지만, 그들은 벌써 코와 입으로 뿜어져 나올 듯한 짐승 같은 욕망의 울혈(鬱血)에 괴로워하고 있었다.

"여자들을 납치해도 다관은 없고."

"하지만 단조 님께 그 여자가 붙어 있는 한, 더 이상 음석은 필요도 없을 것 같은데."

"어쨌든 대단한 여자와 얽혔어. 마에 씌었다고밖에는 생각할 수 없네."

──이가의 여자에게 눈독을 들이는 바람에 그들도 실로 예상 밖

의 고생을 맛보아야 하는 처지가 된 것을 불평하는 것 같지만, 대단한 여자와 얽히고 마에 쒼 것은 상대 쪽이라고 말하며 반성하지 않으니 속 편한 노릇이다. ──그래서 곧 모두 입술을 핥으며,

"그건 좋았지."

하고 짐승 같은 엷은 웃음을 띠었다. ……비도 내리지 않는데 커다란 우산을 비스듬히 짚어진 허공방이 신음하듯이 말한다.

"그런 여자는 없을까. 꼭 시기산으로 데려가지 않아도 좋네."

"그보다──월수면이 말랐어."

하고 수주방이 말했다.

그는 품에 한쪽 손을 집어넣고는 갑자기 무언가를 가게 밖으로 휙 던졌다. 작고 검은 돌이 길 위에서 확 흩어져 거무칙칙하게 변색된 종잇조각이 되고 맞은편의 모밀잣밤나무 줄기에 딱 달라붙으려고 하다가──그대로 팔랑팔랑 떨어졌다.

"이래서는 만일 지금 그놈을 만난다고 해도 도움은 되지 않네. 새로 월수(月水)를 손에 넣지 않으면──."

그때 그들은 일제히 눈을 들어 맞은편의 와카쿠사야마산을 보았다. 완만한 푸른 산자락을 열 개쯤 되는 화려한 그림자가 올라간다.

"저건 뭔가?"

"저건 기쓰지의 유녀들인데요."

기쓰지란 나라 남쪽에 있는 유곽 마을이다. 지금 한창 잘나가는 사카이의 지모리 유곽 등에 비하면 봄꽃과 가을꽃만큼이나 차이가 있지만, 그래도 천 년 전부터 있었던 도시라 어쨌거나 유곽은 있다.

"유녀들이 무얼 하러 와카쿠사야마산에 오르는 겐가?"

"그냥 유람이겠지요. 술을 마시고 노래를 부르고, 그뿐이지만 매
년 이맘때 자주 옵니다."

찻집의 노파는 눈을 가늘게 뜨며 중얼거렸다.

"후후후, 기쓰지에서는 파리를 날리고 공을 치고 있나 보군요."

보고 있자니 유녀들은 언덕 중턱에 반원을 그리며 앉아 호리병이
며 찬합 등을 꺼냈다. 지금 험담을 한 대로 어지간히 시간이 남아도
는지, 이윽고 손뼉을 쳐서 박자를 맞추며 부르기 시작한 노래는,

"지금도──아내가 숨어 있는 가스가의──와카쿠사야마산에──
──휘파람새가 우네──."

라느니,

"무사시노에──오늘은──산 태우기를 하지 마셔요──사랑하
는 남편도 숨어 있고──나도 숨어 있으니──."

라느니, 확실히 그렇게 들린다. 과연 고도(古都)의 유녀들답게 마
음도 편안한 듯 우아한 행락이었다.

물끄러미 그것을 올려다보고 있던 일곱 명의 법사의 눈이 점차 빛
나기 시작하고 서로 고개를 끄덕이더니, 술잔을 던지며 일제히 벌
떡 일어섰다.

수주방이 추괴(醜怪)하게 코를 벌름거렸다.

"바람이 월수의 냄새를 보내고 있네──."

곧, 좌우로 멀리 나뉘어 와카쿠사야마산의 양쪽 끝을 한쪽에 네

명, 한쪽에 세 명, 각각 올라가는 법사들의 모습이 보였다.

몹시 우아한 행락에 취한 유녀들은 눈치채지 못한다.

그러나 같은 산의 중턱에서, 세 명의 법사가 올라간 바로 뒤에서 벌떡 몸을 일으킨 자가 있었다. 이것은 법사 쪽도 눈치채지 못했다. 온몸이 푸른 풀로 덮여——그렇다기보다 아주 얇게 풀을 뒤집어쓰고 있을 뿐이지만, 그가 법사의 뒤를 쫓아 역시 산 정상 쪽으로 움직여 가는 것은 마치 푸른 바람이 불어가는 것으로밖에 보이지 않았다.

2

⋯⋯해가 약간 기울었다.

와카쿠사야마산은 나라의 동쪽에 있다. 따라서 해가 기울면 그 경사면에 붉게 해가 비친다.

물론 유녀들은 나라를 내려다보듯이 반원을 그리며 풀 위에 앉아 있었으나——문득 그 태양이 산 쪽으로 옮겨 간 듯한 기분이 들어 모두 슬쩍 뒤를 돌아보고는,

“⋯⋯⋯⋯⋯.”

순식간에 꼼짝도 하지 못하게 되었다.

거기에 홀연히 다른 유녀들의 무리가 놀고 있었다. ⋯⋯아니, 자신

이 거기에 있다. 그녀들은 각각 또 한 명의 자신과 크게 부릅뜬 눈으로 마주 보았다. 누가 그것을 둥글고 거대한 거울이라고 생각할까.

유녀들은 자신이 거기에 빨려들어 간 것인가 싶었다. 이쪽에 있던 자신이 사라진 것인가 싶었다. 그 순간, 모두 소리도 지르지 못하고 정신을 잃었다.

이것은 일종의 강렬한 최면술이겠지만, 그 거울이 사라지자 커다란 우산을 하나 든 한 법사가 나타나고, 그리고 다시 우산을 확 펼치자 그 유녀들 중에서 단 두 명만이 정말로 사라진 것은 결코 최면술적인 환상의 세계의 일은 아니었다.

그러더니 법사는 그 우산을 짊어지고 바람처럼 산을 달려 올라가기 시작했다. 우산 위에는 두 명의 유녀가 실신한 채 실려 있었다.

몇 분 후, 와카쿠사야마산에서 더욱 깊은 산으로——그 두 명의 유녀를, 마치 가마처럼 짊어지고 달려가는 일곱 명의 법사의 모습이 있었다.

그 산속의 삼나무에 둘러싸인 둥근 초원까지 달려오자, 그들은 유녀를 그곳에 내던졌다. 털이 잔뜩 난 열네 개의 팔이 공중에서 이리저리 얽히고, 그녀들은 이미 찢어진 옷이 사지에 얽혀 있을 뿐인 반라에 가까웠다.

"수주방, 틀림없겠지."

은신 우산으로 여자를 납치해온 허공방이 말한다. 그는 이미 우산을 접어 짊어지고 있다.

"위에서 보아, 반원으로 나란히 앉은 이들 중 왼쪽에서 네 번째 여자가 지금 달거리를 하고 있다고 했는데."

"틀림없네."

하며 수주방은 쓰러진 여자 한 명을 내려다보며 입술을 핥았다.

"그럼 그건 수주방용. 그리고 다른 용으로, 옆에 있던 여자도 납치해 왔네만."

하고 말하며, 허공방은 또 한 명의 여자를 들여다보았다.

"이거 큰일이군. ……꽤 떨어지는데."

하며 부루퉁한 표정이 된 것은 용모를 말한 것이다. 딱히 추녀라는 것은 아니지만, 어느 모로 보나 지금 달거리 중이라는 유녀에 비하면 약간 용모가 처진다.

"——또 깨진 독 닌자술을 쓸까?"

나찰방이 말했다. 여섯 명의 법사는 손뼉을 쳤다.

"과연, 그거 묘안일세!"

그로부터 약 1각 가까이, 사슴 소리도 멀리서 들리는 아름다운 이 산속에서 펼쳐진, 글자 그대로 피와 살의 축제야말로 이 세상의 것이 아닌 무서운 광경이었다.

수주방은 달거리 중인 유녀에게서 월경혈을 채취했다. 얇은 종이에 적시고, 뭉쳐서 피의 돌로 만들었다. 몇 개나, 몇 개나, 몇십 번이나.

허공에 던지면 바람을 타고 진홍색 꽃처럼 펼쳐지고, 한 번 상대에게 붙이면 살로 만든 가면처럼 흡착하여 그 숨통을 끊는 닌자술 월수면. ——기실은 그 이름처럼 여인의 월경혈을 가지고 만드는 것이었다.^{주3)} 예전에 이것의 냄새를 맡은 야규의 무사가 피 냄새에는 익숙할 텐데도 그 들척지근함에 숨이 막힌 것도 과연 당연하다.

다른 한 쌍의 하반신과 상반신은 더 이상 용무가 없으니, 풀 위에 절단된 채 놓여 있다.

"——엇?"

법사 중 하나가 갑자기 고개를 틀어, 날카롭게 하늘을 올려다보았다. 민감한 닌자의 귀에 무언가의 희미한 소리가 들린 것이다.

하지만 주위의 삼나무에서 그때 무시무시한 날갯짓 소리를 내며 날아오른 것은, 이 참혹한 광경을 보다 못한 것인지 수많은 산새 떼뿐이었다.

그 삼나무의 높은 가지에서, 후에후키 조타로는 이 몽환의 지옥도를 내려다보고 있었다.

보통 사람이라면 법사들에게 들켰을 것이 틀림없다. 닌자인 조타로조차 지상의 지나치게 무참한 광경에 한 번 이성을 잃고 "으음" 하고 신음했다. ——그 삼나무에 기어오를 때조차 한 마리도 날아오르지 않았던 새 떼가 속박에서 풀린 듯 일제히 하늘로 날아오른 것은 그때다.

——그는 알았다.

이가 가도에서 자신을 괴롭힌 수주방의 월수면의 비밀을.

또한 비 내리는 한냐노 들판에서 가가리비의 사령이 했던 괴이한

주3) 월수(月水)란 월경을 말한다.

말의 의미를.

조타로는 이미 나라에서 일곱 명의 법사를 발견하고, 그들을 감시하고 있었다. 물론 그는 자신이 베었을 법사의 한쪽 팔이 원래대로 붙어 있고, 또 핫토리 일당의 바람 빗장에 걸려 몸통이 베였을 터인 법사가 지금 일곱 명 중 한 명으로서 횡행하고 있는 것을 보고 경악했다.

——이놈들은 죽여도 죽지 않는 마계의 괴물들이 아닐까?

그 무서운 의문에 사로잡혀, 그는 그저 허무하게 그들의 뒤를 쫓고 있었던 것이다. 정말로 그렇다면, 가가리비의 원수를 갚을 방법도 없다고 해야 할 것이다.

지금 그는 마승(魔僧)들의 닌자술을 알았다. 알았으나, 그는 오히려 혼미해졌다. 이 보통 사람 같지 않은 비술을 가진 닌자승들을 어떻게 죽일 것인가.

그의 고막에 언젠가의——품에 넣고 있던 종잇조각의 말이 누구인지도 알 수 없는 목소리가 되어 들렸다.

"이와 싸우는 것은 임금의 수레에 덤비는 사마귀의 낫이니, 그저 죽음이 있을 뿐임을 알아야 할 것이다."

——정신이 들어보니 지상에 일곱 명의 법사는 사라지고 없었다. 뒤에 잡아찢긴 여자의 살을 흐트러뜨려 놓은 채.

후에후키 조타로는 몇 장주4)이나 되는 삼나무 가지에서 소리도 없이 뛰어내렸다. 땅에 발이 닿은 순간, 그 온몸을 덮고 있던 푸른 풀

주4) 丈(장), 길이의 단위. 1장은 10자(약 3미터)에 해당한다.

이며 가지가 흩어져 떨어졌다.

그는 검은 행자 두건을 쓰고, 알이 평평한 염주를 걸고, 금강장을
든 야마부시 차림으로 변해 있었다.

3

찻집의 노파는 와카쿠사야마산에서 두 명의 유녀가 납치되는 광
경을 보지는 못했다. 그때 노파는 부뚜막에 불을 지피고 있었다. 하
기야, 보고 있었다고 해도 산 위에서 하나의 커다란 우산이 유녀들
이 있는 곳으로 날아왔다가 다시 날아 올라가는 것을 보았을 뿐이
고, 그것은 유녀들이 가져온 양산인가 하며 산을 불어가는 바람의
장난으로밖에 생각하지 않았을 것이 틀림없다.

한참 지나 가게 앞으로 나가 별생각 없이 문득 와카쿠사야마산 쪽
을 올려다보고, 여자들이 쓰러져 있는 것을 알아차린 노파는 고개
를 갸웃거렸다. 유녀들은 취한 것일까, 하고 생각했지만 아무래도
기색이 이상하다.

그래서 노파는 터벅터벅 산으로 올라갔다.

역시 유녀들은 잠들어 있었다. 아니, 정신을 잃고 있었다. ——하
지만 흔들어 깨우자 그녀들은 차례차례 멍하니 몸을 일으켰다. 모
두 얼이 빠진 것처럼 공허한 눈으로 서로를 바라보고 있다. 실신하

기 전의 기억을 잃은 것이다.

그녀들이 간신히 정신을 차린 것은 노파와 함께 휘청휘청 산을 내려와 그 찻집의 평상에 앉고 나서 잠시 후의 일이었다.

"앗, 다가소데 님은?"

"고무라사키 님도 보이지 않아——."

그제야 두 사람이 모자란 것을 깨달은 것이다. 동시에, 정신을 잃기 전에 산 위에서 본 요사스러운 환영 같은 것을 떠올렸다. 자신들과 같은 유녀의 무리가 있었던 것을. ——아니, 그것은 자신들 자신이 아니었던가? 필사적으로 그 괴이의 기억을 더듬으려고 하지만, 그 이상은 머릿속이 정리되지 않았다.

"어떻게 된 걸까?"

유녀들은 와카쿠사야마산의 정상을 적시는 저녁놀을 보고, 갑자기 정체를 알 수 없는 두려움에 몸을 떨었다. 그녀들은 아홉 명이었다.

"아아, 벌써 해가 지네."

"우리도 빨리 돌아가지 않으면 주인님한테 혼날 거야——."

모두 부산스럽게 일어서려고 했을 때, 밖에서 한 젊은 야마부시가 슥 들어왔다.

검은 행자 두건을 쓰고 있지만, 그 얼굴을 한 번 보고 유녀들은 시선이 빨려들어가는 듯했다. 소년처럼 싱그러운 얼굴, 연지를 바른 듯한 입술, 날쌔고 사납기 짝이 없는 빛을 내뿜는 눈동자, 그것들이 자아내는 야성적인 청춘미에 저도 모르게 그녀들은 취한 것이다.

그자가 가게에 들어오더니,

"할멈, 차를 주게."

하고 말하고는,

"아니, 소원을 빌 일이 있어, 차는 내가 가지고 있는 다관으로 끓여 주었으면 하네."

하고 묘한 의뢰를 하더니 등에 짊어진 궤에서 화려한 비단으로 싼 꾸러미를 꺼내 그 꾸러미를 풀고 안에서 한 개의 다관을 꺼냈다.

보통의 것보다 약간 평평한 다관이다. 뚜껑이 거미 모양을 하고 있고, 그 검은 바탕에 거미의 긴 다리가 그려져 있다. ――마치 살아 있는 듯한 조각이었으나, 그것을 기분 나쁘다고 생각하기보다 그 다관이 내뿜는 신비로운 운치에 유녀들은 또 시선을 빼앗겼다.

야마부시는 직접 다관에 물을 넣고 불에 올렸다. ――그 미모, 기묘한 의뢰, 아무리 유치한 인간이라도 영혼에 감동을 느낄 듯한 다관의 운치. ――한 번 일어서려다가 다시 평상에 앉아 멍하니 바라보고 있는 유녀들을 갑자기 야마부시가 돌아보며,

"그대들도 한 잔 드릴까?" 하고 말했다.

"예."

하고 그녀들은 한 목소리로 말했다. 정말로 목이 바싹 말라 있는 것을 이제야 의식한 것이다.

다관은 조심스럽게 화려한 비단으로 싸고 궤로 옮기던 것인데 찻잎 자체와 찻잔은 아무렇게나 이 가게의 것을 빌렸으나, 유녀들 중에 그것을 이상하게 생각하는 사람도 없었다.

그녀들은 마셨다. 젊은 야마부시가 끓여준 차를. ──음석을 가라앉힌 차를.

유녀들은 차를 홀짝이며 시선을 들었다. 야마부시는, 자신은 마시지 않고 물끄러미 그녀들을 바라보고 있다. 눈과 눈이 마주쳤다.

후에후키 조타로는 잘 모른다. 앞으로 어떻게 될지. ──다만 그 비가 쏟아지는 한냐노 들판의 주문을 외는 듯한 목소리를 듣고 있을 뿐이다. "──여기에 가져온 히라구모 다관과 안에 있는 하얀 돌은, 그것으로 차를 끓이면 마신 여자의 마음을 녹인다는 단조의 보물이라는 거예요──."

그는 적을 없애기 위해 이 여자들을 이용하자는 생각을 했을 뿐이었다.

──될까, 안 될까.

내가 의도하는 대로, 수족처럼 여자들을 움직이게 하기 위해서는 여자들의 마음을 사로잡는 것이 제일 빠른 길이다. 자세히 경위를 설명할 시간도 없고, 설명하면 오히려 여자들은 무서워할 것이다.

──차를 마시는 유녀들을 기도하듯이 응시하면서도, 후에후키 조타로는 여전히 반신반의하고 있었다. 하지만 점차 여자들의 눈이 황홀한 듯 자신에게 쏟아진 채 움직이지 않게 되고, 뺨에 핏기가 오르고, 콧방울이 헐떡이기 시작한 것을 보니 갑자기 차분하지 못한 기분이 들었다.

효과가 있다. 분명히 가가리비의 사령이 말한 대로다. ──그러나 이것은 오히려 일이 귀찮아질 것 같다.

그런 예감이 들어, 그는 갑자기 다관을 집어넣기 시작했다. 찬물로 식히고, 화려한 비단에 싸서 원래대로 궤에 넣고는,

"이거, 신세를 졌군. 찻값을, 여기에 두고 가겠네."

하고 말하며 가게를 나왔다. ──그러자 여자들도 모두 휘청이며 일어섰다.

"저희도."

잠시 후, 후에후키 조타로는 자신의 뒤를 언제까지나 따라오는 유녀들을 보고, 자신이 저지른 짓이지만 진심으로 당황하고 있었다.

"야마부시 님."

여자들은 번갈아가며 교태에 찬 흐느끼는 듯한 목소리를 던진다. 저녁놀은 어느새 사라지고, 길 위에는 어슴푸레한 어둠이 떠돌기 시작하고 있었다.

"오늘 밤에 기쓰지의 유곽에 오시지 않겠어요?"

"──그럴 마음은 없다."

돌아보며 거부하는 듯한 눈을 향하자 여자들은 걸음을 멈추었지만, 그가 걷기 시작하자 또 줄줄이 따라온다.

"야마부시 님. ……오늘 밤에 유곽에 와주시면…… 제가 죽을 만큼 귀여워해드릴 텐데…… 저기, 와주시지 않겠어요?"

조타로는 자신이 걷고 있는 것이 니가쓰도[주5] 쪽으로 가는 길이라는 것을 깨달았다. ──그리고 갑자기 그때까지와 다른 전율의 동요를 보이며 걸음을 딱 멈추었다.

주5) 二月堂(니가쓰도), 나라 동대사 경내에 있는 건물. 752년에 창건되었다.

아까 찻집에 들어가기 전에 주위를 뛰어다니다가——그는 한 마리의 사슴 시체를 어깨에 걸친 일곱 명의 법사가 니가쓰도 쪽으로 걸어갔다는 이야기를 들었다. 앞쪽은 산이니 보통 같으면 되돌아올 테지만, 짐승 같은 그들이다. 보통 사람처럼 길을 고를 거라는 보장은 없다. 그러나——

조타로는 우뚝 선 채 뒤도 돌아보지 않고 말했다.

"그대들, 내 말을 들어주겠나?"

네고로 법사들은 산에서 한 마리의 사슴을 잡아 때려 죽이고, 번갈아 가며 어깨에 메고 니가쓰도로 가서 그곳 당지기를 위협해 불을 지피게 하고 반야탕[주6]을 내오게 하여, 잡아찢은 사슴 고기를 구워 먹었다.

아무리 난세의 승병이라고는 해도, 아무리 황폐해진 고도(古都)라고는 해도, 법사에게 있을 수 없는, 또한 불도(佛都)에서는 있을 수 없는 짓이다.

니가쓰도에서 산가쓰도[주7]까지의 승려들이 뛰쳐나와 멀리서 에워싸고 술렁이는 가운데, 유유히 고기를 먹고 반야탕을 마시더니 그제야 조금 제정신으로 돌아온 눈이 되어,

"시끄럽다. 이래서는 잠도 잘 수 없겠군."

두 팔을 하늘로 치켜들며 크게 하품을 하고는, 그래도 느릿느릿

주6) 般若湯(반야탕), 술을 가리키는 승려의 은어.

주7) 三月堂(산가쓰도), 동대사 법화당(法華堂)의 통칭.

물러나기 시작했다.

니가쓰도에서 동대사 쪽으로 되돌아간다. 그 사이는 이미 캄캄한 숲속 길이지만, 군데군데 근근이 등불을 켜놓은 석등롱(石燈籠)이 서 있다.

그 그늘에서 갑자기, ——

"여보셔요."

여자의 목소리가 불렀다. 보니 거기에 한 여자가 서서 불빛에 요사스럽게 미소를 짓고 있다.

"법사님, 저와 자주셔요——."

"뭐야, 쓰지기미[8]인가."

법사들은 웃었다.

"쓰지기미가 이런 곳까지 나와 있나?"

"고기를 먹는 게 파계니 뭐니 야단을 떨더니——이곳 중들, 매춘부에게 넋을 놓고 있지 않은가."

"아니, 그렇다 해도 나라도 타락했군."

허공방이 말했다.

"그런데 여자, 놀아줄 수는 있지만 이쪽은 보다시피 일곱 명인데, 괜찮겠나?"

겨우 몇 각 전에 무시무시한 욕망을 채운 주제에, 벌써 일곱 명 모두 입술을 핥고 있다. 그 짐승 같은 채취에 쓰지기미는 깜짝 놀란 듯,

---

주8) 辻君(쓰지기미), 밤에 길가에 서서 손님을 유혹하고 몸을 파는 여자.

"아니요, 그렇게 게걸스럽게 구시지 않아도——제 동료는 일고여덟 명 더 이 길에 서 있을 거예요——다른 분들은 그쪽으로 가주세요."

말하는가 싶더니, 허공방 옆으로 재빨리 달려가 갑자기 목을 끌어안고 매달려 두 다리를 법사의 허리에 감았다.

"저기요, 저는 당신이 마음에 들어요. 당신만, 실컷 귀여워해줄게요."

"이보게, 다들."

하고 허공방은 소 같은 혀로 벌써 여자의 입술을 핥으면서 피가 오른 듯한 목소리로 말했다.

"저리 가게, 그쪽에 더 있다는 쓰지기미를 사라고."

——지난 칠팔 일 동안 이가의 닌자를 찾는 데 혈안이 되어 본의 아니게 금욕을 하고 있었기에, 아까의 흉행(兇行)으로 오히려 불이 붙은 모양이다.

벌써 콧김을 거칠게 내뿜고 눈을 빛내며 달려가는 여섯 명의 동료들 뒤에서, 생각난 듯 당황한 허공방의 목소리가 쫓아왔다.

"일각 후에 사루사와노이케 연못 기슭에서 만나세."

깨진 독

1

——등에 장대한 우산을 짊어지고 여덟 개의 팔다리를 꿈틀거리며 걷고 있는 그림자를 보면 사람들은 뭐라고 생각할까.

우선 거미 요괴라고밖에 판단할 수가 없지만, 가까이 가서 보면 인간이다. 인간이기는 하지만 요괴임이 틀림없다. 여자를 안아 들고 범하면서 걷고 있는 허공방이었다.

아까 어둠 속에서 튀어나온 쓰지기미가 매달려 와서 안아 들고 애무하고 있는 사이에 갑자기 이 체위가 몹시 마음에 들었는지, 그대로 발을 옮기기 시작한 것이다. 역시 여자는 몸을 버둥거렸다. 끝내는 그의 뺨을 때리고 몸을 젖혀 벗어나려고 했다. 그러나 마치 독수리에게 붙잡힌 새끼 참새 같았다. 허공방은 뺨을 때리는 대로 내버려두고, 껄껄 웃으며 여자의 얼굴을 핥고, 그리고 여자를 범하면서 행진을 개시했다. 이 동안 여자를 땅에 한 발도 내려놓지 않는다.

"어이."

앞을 향해 불렀다.

"쓰지기미는 있던가? 나는 여자를 안은 채로 사루사와노이케 연못까지 걸어갈 걸세. 이거 재미있군. 다들 한 번 해보게. 누가 누가 사루사와노이케 연못까지 버틸지——."

"알겠네. 설마 허공방에게 지지는 않겠지——."

멀리서 음산한 대답이 들려온다. 그리고 더 멀리서,

"사루사와는커녕, 경우에 따라서는 시기산까지 걸어갈 수도 있네

——.”

하는 웃음소리가 메아리치며 돌아왔다.

……여자들은 기쓰지의 유녀였다. 말할 것까지도 없이 조타로의 의뢰로 그녀들은 네고로 승려를 유혹한 것이다. 설령 상대가 악마라 해도 조타로를 위해서는 어떤 일이라도 해주지 않을 수 없는 마음이 들게 만든 것은, 말할 것도 없이 히라구모 다관으로 끓인 차의 마력이었다. 그러나 상대는——악마 이상이었다.

어지간한 유녀들도 공포에 질려 몸부림치고 끝내는 구토까지 하기 시작하는데도, 이 요승(妖僧)들은 여자의 고통에 더욱더 쾌감이 부추겨지는지, 니가쓰도에서 이어지는 밤의 숲에 울려 퍼질 듯한 웃음소리를 내며 범하고, 범하고, 끝없이 범한다. 이렇게 약 1정 간격으로 음란하고 처참한 열네 명 '일곱'의 행진은 이어졌다.

숲의 나뭇가지에서, 후에후키 조타로는 아픈 마음으로 이 광경을 내려다보고 있었다.

조타로로서는 그저 일곱 명의 법사를 각개로 분산시키기 위해 유녀들에게 부탁한 일이었다. 그런데——그녀들이 이렇게나 무참한 꼴을 당하게 될 거라고는 생각지 못했다.

——용서해라. 하고 마음속으로 신음한다. 그리고 애써 차가운 마음을 불러일으켰다.

——원수를 없애기 위해서다. ……내 원수를 없애기 위해서만이 아니다. 그대들의 친구——와카쿠사야마산 깊은 곳에서 이 법사들

에게 희롱당해 죽은 두 명의 유녀의 원수를 없애기 위해서다.

하고 들려주었다. 그것은 그 자신에 대한 변명이었지만 이 광경을 바라보며 가가리비의 비명(非命)의 죽음을 생각하니, 피는 한 번 끓어오르고, 다음에는 차갑게 식어, 어떠한 철혈의 남자가 되더라도 이 악마들을 죽여야겠다는 생각이 든다.

그러나 그는 다른 의미로도 동요하고 있었다. 법사들은 분리했다. 분명히 분리했다. 하지만 그것이 이런 형태를 취할 줄이야.

그가 노리는 네고로 승려들은 유녀와 한 몸이 된 채 이동하고 있는 것이다.

조타로는 순식간에 나무 위로 올라가 가지에서 가지로 옮겨 가며 그 뒤를 쫓았다. 조타로가 그들에게 발견되지 않은 것은 어두운 밤이나 깊은 숲이나 불어가는 바람 때문이 아니라, 오직 그들이 걸을 때마다 파도치는 기괴한 쾌락에 온 감각을 빼앗기고 있었기 때문이었을 것이다.

어느 쌍이 누구일까?

첫 번째 수주방. 두 번째 나찰방. 세 번째 공마방. 네 번째 풍천방. 다섯 번째 금강방. 여섯 번째 파군방. 일곱 번째 허공방.

나라의 거리에서 뒤쫓는 사이, 그들의 대화를 듣고 조타로는 이미 그들의 이름을 알고 있었다. 하지만 이름을 알고 있다 해도 지금은 아무런 도움도 되지 않는다——조타로가 제일 먼저 죽이고 싶은 것은 나찰방이었다.

그는 두 번째를 걷고 있다.

조타로는 나뭇가지를 박찼다. 때로는 그 나찰방이 바로 발밑을 지나간 적도 있었다. 그러나 걸으면서 여자의 옷을 물어뜯어 버리고, 잡아뜯어 버려, 이제는 하얀 뱀을 걸친 듯한 나찰방을──여자를 무사히 두고 죽이는 것은 불가능해 보였다. 철혈의 남자가 되겠노라 맹세했으면서도 조타로에게는 아직 완전히 그렇게 되지는 못하는 구석이 있었고, 그것이 그를 일순 망설이게 했다. 그러면 그사이에 나찰방은 지나쳐 갔다.

숲속의 길이 끝나려고 한다. 맞은편에 물처럼 펼쳐져 있는 달빛을 보았을 때, 조타로는 깜짝 놀랐다.

숲 바깥은 들판이다. 거기까지 가게 했다간 각개격파가 되지 않는다. 유녀들에게 오늘 밤의 일을 부탁한 보람이 없다.

가지에서 가지로 원숭이처럼 날아, 그는 숲의 입구에 가까운 가지에서 기다렸다. 첫 번째의 수주방을 지나쳐 보내고 두 번째의 나찰방이 통과하기를 기다릴 생각이었다. 그때, 들판에서 목소리가 들렸다. "행자님──."

"아직인가요, 행자님──."

궤를 맡기고 들판의 풀 속에서 기다리게 해둔 다른 유녀다. 법사들을 유혹하는 역할 외에 두 명이 더 있었던 것이다. 절대로 목소리를 내지 말라고 단단히 일러두었는데도, 조타로를 위해 서둘러 숲으로 사라진 친구들이 어떤 일을 당하고 있는지는 모르고 불안함이라기보다 오히려 질투 때문에 두 사람은 견디다 못해 부르기 시작한 것이었다.

"――큰일이다."

조타로가 중얼거렸을 때, 그의 가지 아래에서 첫 번째의 수주방이 걸음을 딱 멈추었다. 이제 상대를 고르고 있을 여유는 없다.

조타로는 가지를 찼다. 칼날을 거꾸로 한 채 떨어지는 찰나,

"오오!"

외치며 수주방이 허리를 튕겼다. 교합하고 있던 여자의 하얀 나신이 채찍처럼 법사의 머리 위를 회전했다. ――일순, 조타로가 그것을 피해 칼날을 원래대로 빙글 돌리고 만 것은 한탄해야 할까, 나무라야 할까.

그러나 칼날을 거꾸로 들고 있었다면 그의 도신(刀身)은 여자를 꿰뚫으며 대지를 찔렀을 것이다. 여자와 겹쳐져 땅에 떨어진 조타로는 마치 여체의 탄력을 이용한 것처럼 튕겨 일어나 섰다.

"잊지는 않았겠지, 이가의 조타로다."

그렇게 외치며 베어들 때까지, 수주방은 잠시 넋을 놓은 상태에 있었다.

어쨌거나 그때까지 황홀경에 있었으니, 순간적으로 제정신으로 돌아오지 않았던 듯하다. 그럼에도 불구하고 지금 여자를 튕겨내어 방패로 삼은 것은 판단이고 뭐고 없는 네고로 닌자승으로서의 반사운동이었을 것이다.

눈앞의 섬광을 보자, 그 반사로 수주방은 다시 뒤로 뛰어 물러나고, 그리고――이 남자답지도 않게 허둥지둥 도망치기 시작했다.

"어이…… 나왔다! 그놈이야!"

숲속에서 짐승이 으르렁거리는 듯한 술렁거림이 들렸다.

조타로의 왼손이 올라갔다. 표창을 던진 것이다. 그것이 수주방의 등에 산탄처럼 파고드는 것을 보고, 그는 몸을 돌렸다. 거기까지가 고작이었다.

후에후키 조타로는 들판 쪽으로 달아났다. 습격이 실패한 것은 알았지만, 더 이상 버티다가 일곱 명의 법사 모두를 상대하는 것은 애초에 본래의 염원인 적을 치는 일 자체를 포기하는 것일 뿐이었다.

열 발짝을 달리고, 그는 곧 뒤에서 땅이 울리는 소리를 들었다.

수주방이 쫓아온다.

2

지금 등에 싸락눈처럼 표창이 꽂힌 수주방이 쫓아온다.

실은, 이것으로 그는 제정신으로 회복한 것이다. 몹시 둔한 동물 같지만, 교합 행위가 한창 중일 때 머리 위에서 갑자기 날다람쥐처럼 습격해오는 자가 있는 것을 직감하고 나서 이때까지, 거의 1분 정도의 일이었으니 무리도 아니다.

그러나 등에 그만한 것이 박혔으니 보통 사람이라면 땅을 기며 몸부림칠 텐데, 그것으로 사납게 분노하여 오히려 습격자를 추적하기 시작한 것은 역시 불사의 몸을 가진 마승이라고 할 수밖에는 없다.

"기다려라!"

등에서 피보라를 끌며, 수주방은 쫓았다.

"아, 행자님!"

들판의 풀 속에서 두 명의 유녀가 일어섰다. 숨어 있으면 좋았을 텐데, 도망쳐 오는 행자 차림의 조타로와 그것을 쫓는 박쥐 같은 요사스러운 모습에 간담이 서늘해져, 바보 같게도 비단을 찢는 듯한 비명을 지른 것이다.

한 번 혀를 차고,

"──도망쳐!"

하고 조타로는 외쳤다. 순간, 그녀들 옆에 히라구모 다관이 있다, 저기에서 그녀들을 떼어놓아야 한다고 판단한 것이다. 게다가.

"──이쪽으로 와라. ……이쪽으로 도망쳐 와!"

하고 그는 말했다. 들판에는 몇 개의 희미한 탑 그림자를 등지고 초승달이 떠 있다. 달빛이라고도 말할 수 없는 어두운 들판이었지만 닌자끼리는 사물이 대낮처럼 보이는 것을 그는 알고 있었다. 그는 어떤 꾀를 생각해냈다. 여자들을 부른 것은 그 꾀를 적에게 간파당하는 것을 막을 방패로 삼기 위해서였다.

"기다려라, 애송이!"

폭풍처럼 쫓아오는 수주방을 돌아보며, 조타로는 일단 길에 멈추어 서서 풀 속에서 도망쳐 오는 유녀들을 기다렸다. 그리고 다시 달리기 시작했다.

달리면서, 들고 있던 칼을 왼팔에 대어 스스로 가죽과 살을 벤다. 품에서 종이를 꺼내 그것을 댄다.

이 동작과 유녀들의 어지러운 발걸음에도 불구하고 수주방이 아직 그를 따라잡지 못한 것은, 역시 등에 입은 상처와 출혈 때문이었을 것이다.

"이제 안 돼요."

"더는 못 뛰겠어요!"

비명의 헐떡임을 지르는 두 명의 유녀를, 조타로는 질타했다.

"저기 사당이 있다. 저기까지만 가!"

앞쪽에 몇 그루의 삼나무에 둘러싸인 사당이 있었다. 길은 그것을 돌아 동대사 쪽으로 이어진다. 다시 한번 돌아보니, 수주방은 10간쯤 뒤까지 닥쳐와 있고, 게다가 지금 지나온 숲에서 검은 옷의 승려가 또 한 명 솟아나오는 것이 보였다. 이것은 유녀를 떨어뜨리고 온 나찰방이 틀림없다. 피는 왼팔에 댄 종이에 배어 퍼지고 있었다.

"닌자술 월수면!"

뒤에서 괴조 같은 절규가 들렸다.

아마 그 거리까지 쫓아와야만 비로소 사정거리에 들어가는 닌자술 월수면이었을 것이다. 동시에 수주방의 손에서 휘익 하고 몇 개의 검은 돌멩이가 허공에 던져졌다. 그것은 조타로 일행이 달려가는 앞쪽의 길까지 포물선을 그리며 날아가, 그곳에서 꽃처럼 확 펴졌다.

어두운 달빛이라 그것은 검게 보였지만, 대낮이라면 새빨간 꽃으로 보였을 것이다. 여인의 월경혈에 적셔 만들어진 수주방의 닌자술 월수면.

그것은 바람에 불려 날아와, 달리는 조타로 일행의 얼굴 위로 빨려들어 왔다. 조타로는 칼을 들어 그것을 베었다. 물론 기괴한 젖은 종이는 베이지 않고 칼날에 찰싹 달라붙고 만다. 나머지 종이는 조타로는 물론이고 여자들의 어깨며 가슴에 달라붙었다.

"그 사당 그늘에서 기다리고 있게!"

사당을 빙 도는 길로 비틀거리는 그녀들을 떠밀치다시피 하고, 조타로는 이번에는 그녀들의 뒤에서 길을 돌아갔다. 얼굴에 자신의 피를 흡수한 종이를 눌러 대면서.

그녀들은 사당과 삼나무 사이에 있는 길 위에 엎드린 채, 등과 허리를 들썩거리고 있을 뿐이었다. 조타로도 그 안으로 고꾸라지고, 그리고 나서 옆의 삼나무에 기대다시피 하며 다리를 축 늘어뜨렸다.

여자들의 헐떡임은 피리 같았다. 그냥 헐떡임이 아니다. 그녀들은 몸에 달라붙은 것에서, 그 부분에서부터 거대한 거머리에게 피를 빨리는 듯한 격통에 목소리도 내지 못하고 몸부림치고 있었던 것이다.

수주방은 길을 돌아와 딱 멈추어 서더니 이쪽을 엿보았다. 조타로 일행이 쓰러져 있는 곳은 세 그루의 삼나무와 사당 사이에 끼어 있어 먹처럼 어둡다. 하지만 수주방의 눈은 거기에서 무엇을 보았을까.

"흠, 번거롭게 하는군……"

회심의 한숨을 흘린 것은 이쪽의 광경을 분명히 알아보았기 때문이다.

하지만 다음 순간, 조타로에게 공포스러운 일이 일어났다. 수주방은 그대로 거기에 털썩 앉아버린 것이다.

아마 됐다, 라는 안도감과 함께 등에서 엄청나게 흘린 피 때문이었을 것이다. 게다가 이미 사냥감은 숨통을 끊어놓았다고 보고, 뒤에서 올 동료 네고로 승려에게 뒷일을 맡길 생각도 있었는지도 모른다.

3

"으음……."

조타로는 신음 소리를 냈다. 수주방은 이쪽을 보았다.

조타로는 여전히 괴로운 듯이 신음하면서 떨리는 손으로 도신을 더듬더듬 움켜쥐고 서서히 칼날을 자신의 목으로 들어 올렸다.

"아니! 살아 있었나!"

하고 수주방은 외치며 비틀비틀 일어섰다.

"그렇지. 이놈은 언젠가 내 월수면을 뒤집어쓰고도 끈질기게 되살아난 놈이었어. 살아 있다면…… 죽일 수 없지."

그는 다가왔다. 그 등 뒤에서 또 다른 발소리가 땅을 울리며 다가

온다.

"살려서 시기산성으로 끌고 오라——는 건 이사리비 님의 말씀이었지만, 지금은 우리도 같은 뜻이다. 편하게 죽게 할 수야 없지. 용케도 내 등을 이렇게 아프게 만들었겠다, 시기산성에서 열흘에 걸쳐 네 몸에 표창을 박고, 이 세상에 있으면서 지옥을 맛보게 해주마."

수주방은 1간의 거리까지 다가오고——그리고 무엇을 느꼈는지, 커다란 까마귀처럼 뒤로 크게 뛰어 물러나려고 했다.

한아름은 될 듯한 커다란 삼나무 밑에 두 다리를 뻗고 앉아 있던 후에후키 조타로가 그 한쪽 무릎을 세우는 것과, 한 손으로 얼굴의 붉은 가면을 뜯어내는 것과, 온몸이 앞으로 튀어나온 것이 동시였다.

뒤로 뛰어 피하려고 했지만, 수주방의 한쪽 다리가 남아 있었다. 조타로의 칼은 그것을 베었다. 그 왼쪽 다리 하나를 무릎 아래에서부터 길 위에 남기고, 수주방은 45도 각도로 뒤로 몸을 젖혔다.

더 쫓아가려고 하다가, 조타로는 다시 튕겨 돌아갔다. 발소리가 삼나무를 돌아오는 것을 들었기 때문이다.

나찰방이 나타났을 때, 후에후키 조타로의 모습은 그곳에는 없었다. 그는 삼나무 뒤로 돌아가, 심지어 그 6자[주1] 높이에 있었다. 칼을 물고 손과 발이 삼나무 껍질에 닿자, 마치 거기에 흡반이 있는 것처럼 달라붙어 있었던 것이다.

주1) 약 1.8m.

"——아니, 수주방!"

나찰방은 외쳤다.

"당했네. 그놈, 있어, 근처에 있을 걸세——놓치지 말게!"

나찰방은 그대로 질주해 삼나무와 사당 사이를 빠져나가 몇 간쯤 달렸지만, 곧 되돌아왔다.

"없네!"

하고 외쳤다.

"없을 리 없어. 저 사당으로 도망쳐 들어간 것은 아닌가?"

하고 수주방이 충혈된 눈을 이리저리 움직인 것을 보면, 아무리 그라도 방금 몸을 젖히고 있는 사이에 후에후키 조타로의 행방을 지켜볼 수는 없었던 모양이다.

나찰방은 날카롭게 눈을 향했지만,

"좋아, 놓치지는 않겠네."

하고 고개를 끄덕이더니 갑자기 그를 둘러멨다.

"나찰방, 무슨 짓인가. 빨리 그놈을 죽여야지!"

"지금 다른 놈들이 올 걸세. 그보다 자네를 치료해야 해."

"바보 같으니, 그런 짓을 하다가 만일 놈을 놓친다면, 나는 죽어도 눈을 편히 감지 못할 걸세."

"눈을 편히 감지 못한다——그런 일이 없도록, 치료를 하겠다는 걸세. 깨진 독을 하겠네."

"젠장, 다리 하나 정도가 뭐 어떻다고."

"그놈의 목숨보다 자네의 다리 하나가 더 소중하네. 그놈은 언제

든 죽일 수 있지만 자네의 다리는 지금 깨진 독 닌자술을 실시하지 않으면 죽고 말아. 자네, 안색으로 보아 피가 별로 없단 말일세, 평소의 경우와 달라——."

그렇게 말하면서 나찰방은 피투성이 수주방을 짊어지고 잘린 한쪽 다리를 든 채 원래 왔던 길을 재빨리 되돌아간다. ⋯⋯역시 사당에 숨어 있을지도 모르는 적에 대비해, 안전지대로 퇴각한 것이다.

사당에서 7, 8간이나 떨어져서——전망이 좋은 길 위에 수주방을 내려놓았을 때, 세 번째인 공마방이 달려왔다.

"그놈일세. 저 사당 근처에 있어, 놓치지 말게."

주의를 주고, 그는 품에서 바늘과 실을 꺼냈다. 이 바늘은 그의 독특한 기술로 인골(人骨)을 깎아 만든 것이고, 실은 여자의 음모였다.

이어서 풍천방, 금강방, 파군방, 허공방이 허공을 날아 달려왔을 때, 나찰방은 아무 말도 하지 않고 수주방의 다리를 잇는 수술을 시작하고 있었다.

나머지 다섯 명의 승려가 낡은 사당을 향해 서서히 다가가고 있을 무렵——후에후키 조타로는 높디높은 삼나무 위에 끝까지 올라가 있었다. 밤바람에 삼나무 가지가 술렁거렸다. 그림자는 2간이나 떨어진 옆 삼나무로 날아 옮겨 갔다. 바람의 술렁임과 함께, 또 2간이나 되는 삼나무로 검은 그림자가 날아갔다.

"부, 분하군. 모처럼 따라잡았는데⋯⋯."

길 위에서 '깨진 독'의 수술을 받으면서, 수주방은 계속해서 신음했다.

"마지막에 잠깐 방심하는 바람에——."

"힘 주지 말게, 수주방, 힘을 주면 또 피가 흐르네."

"아직 아무 신호도 없는 것을 보면, 그놈 도망친 게 아닐까."

"도망쳐도 괜찮네. 그 이가 닌자 놈이 이가로 돌아가지 않고 역시 우리를 노리고 있었던 것을 안 것만으로도, 이번 나라 수색의 보람이 있었다고 할 수 있어."

"하지만 지금 본 바로는 히라구모 다관은 갖고 있지 않은 것 같았는데…… 대체 그놈은 어디로——?"

라고 말하다가, 수주방의 눈이 크게 부릅떠졌다.

물론 그는 길 위에 하늘을 보고 누워 밤하늘을 보고 있었지만, 가느다란 초승달밖에 없을 하늘에서 무엇을 본 것일까. ——순간 목소리도 나오지 않는 경악의 몇 초를, 애초에 몽상의 경지에 있는 나찰방이 알 리도 없어,

"수주방, 조금만 더 참고, 잡념은 버리게."

라고 말했을 때, 갑자기 아직 다리가 완전히 이어지지 않은 수주방이 광기처럼 그를 밀쳐냈다. 피술자에게 그런 일을 당할 거라고는, 나찰방으로서는 전혀 생각지도 못한 일이다.

"무, 무슨 짓인가."

닌자승답지도 않게 바늘과 실을 든 채 벌렁 나자빠졌을 때, 그 위에서——실로 천공에서 떨어진 운석처럼 내려온 물체가 손에 든 칼을 수직으로 그 배에 꽂았다.

이 얼마나 무시무시한가, 그것은 나찰방의 배를 뚫고 검날 밑까지

들어갔다. 도신의 거의 전부는 땅 속까지 파고들어간 것이다. 그리고 그 물체도 도신과 흙, 검날과 나찰방의 육체의 탄력을 이용해 공처럼 하늘로 튕겨 돌아가, 다시 길 위에 섰다.

후에후키 조타로였다.

그는 천공을 날아왔다.

그는 커다란 삼나무 꼭대기에서 가지로 닌자의 도구인 마망(麻網)을 연결하고 그것을 당겨 멀리 떨어진 삼나무로 이동하고, 거기에서 거대한 인간 추가 되어 하늘로 날아올랐다. 그물의 길이에, 크게 준 반동의 비약력이 더해졌다. 그러나 그물에서 손을 놓을 때, 보통 사람이라면 불가능한 닌자술의 체술이 더해졌다.

한번 숲속에서 헛발을 짚었으나, 이번 두 번째는 성공했다.

후에후키 조타로는 멋지게 나찰방을 대지에 꿰뚫은 것이다. —— 그리고 순식간에, 피투성이가 되어 도망치는 수주방에게는 눈길도 주지 않고 다시 나찰방에게 달려가, 이 마승 자신의 계도(戒刀)를 뽑아 들고 자상보다도 타격 때문에 즉사한 그 목을 베었다.

"……한 명!"

이번에야말로 정말로 한 명이다! 설마, 아무리 죽은 사람을 잇는 환요(幻妖)한 닌자승이라고 해도 자기 자신은 이을 수 없을 것이다. 무엇보다, 만약을 위해 이 머리는 내가 가져간다.

게다가 우선 이 나찰방을 쓰러뜨리면, 이제 나머지 놈들은 지금까지처럼 유령처럼 다시 이 세상에 되살아나지는 못할 것이다. ——조타로가 우선 이 나찰방을 베고 싶다고 바랐던 것은 이 때문이었다.

"……이보게, 왔네, 그놈이 하늘에서 내려왔어!"

반쯤 이어진 다리를 질질 끌고 자벌레처럼 도망쳐 가는 수주방을 쫓으려다가 후에후키 조타로는 씩 웃고, 몸을 돌려 그 행자 두건을 쓴 채 풀 속으로 가라앉아 갔다. 나찰방의 머리를 안은 채.

광기처럼 쇄도해온 다섯 명의 닌자승은 아무 말도 하지 못하고 수주방이 그저 손가락질로 가리키는 하늘을 올려다보았으나, 거기에는 그저 가느다란 초승달이 있을 뿐이었다.

딱 사흘 후의 일이다.

시기산성에 있는 마쓰나가 단조는 엄청난 행렬을 갖추고 성을 나가려다가 성의 정문의 기와지붕 위에 무서운 것이 놓여 있는 것을 보았다.

네고로 승려 나찰방의 머리였다.

단조의 눈에 놀란 빛이 퍼졌으나, 곧 타고난 무뚝뚝한 얼굴로 "저 더러운 것을 치워라" 하고 말하고 그 문 아래를 말에 흔들리며 지나갔다. 저 정도의 자가 누구에게 어떻게 죽은 것일까, 하는 의문은 품었지만, 죽어서 불쌍하다고 생각할 놈은 아니다.

산을 내려가는 단조의 눈에는 그답지도 않은 꿈꾸는 듯한 빛이 있었다.

교토에 있는 주군 미요시 조케이의 적자(嫡子) 요시오키 님과 그 정실 우쿄 다유 님이 이번에 나라의 대불(大佛)을 참배하러 온다 하여, 그는 그 안내를 명령받고 지금부터 나라로 가려는 참이었다.

대불 불타다

1

마쓰나가 단조가 시기산성을 내려가고 나서 약 반각쯤 후의 일이다.

성 쪽에서 한 무리의 행렬이 내려왔다. 한 무리라고 해도 아주 적은 인원——십수 명의 무사다. 그 사이에 한 대의 가마를 두고 지키고 있었다.

"잠깐."

가마의 발을 열고, 아름다운 얼굴이 성의 정문 지붕 위를 올려다보았다. 단조의 애첩 이사리비다.

무사들은 술렁거렸다. 성문 위의 사람 머리를 알아챘기 때문이다. 그러나 이사리비는 그리 놀란 기색도 없이 물끄러미 그것을 응시하고 있다가,

"저것을 가져오너라."

하고 명령했다.

무사들은 그 머리가 무엇인지는 이미 알고 있었기 때문에 이 명령을 별로 이상하게 여기지 않았으나, 이윽고 가져온 그 머리를 이사리비가 껴안고 가마의 발을 탁 내려버린 것에는 간담이 서늘했다.

가마의 발 안에서, 이사리비는 나찰방의 머리를 가슴에 껴안았다. 자못 사랑스럽다는 듯이.

자못 사랑스럽다는 듯이——임은 틀림없지만, 인간에 대한 것 같지는 않다. 동물, 장난감, 아니 그 이외, 그 이하의 것을 대하는 것

같은, 형용할 말도 없는 애무의 모습이었다.

　그녀의 얼굴은 가가리비의 얼굴이다. 머리 아래는 원래 그대로의 이사리비다. 그녀는 가가리비이자 이사리비이고, 또한 가가리비도 아니고 이사리비도 아니었다.

　새롭게 태어난 다른 여자였다.

　게다가 육체적으로는 이전의 음탕한 이사리비의 바퀴 자국이 깊이 남아 있고, 뇌수에는 이전의 가가리비의 총명함의 여파가 있다. ──아니, 원래의 이사리비 시절 마음을 괴롭게 했던 우쿄 다유 님에 대한 질투나, 이가의 후에후키 조타로에 대한 집념의 기억도 남아 있다. 그러나 그것들 전부를 질펵질펵하게 녹이고 그녀를 불태우고 있는 것은 오직 무시무시한 육욕뿐이었다. 그리고 육욕과 반대되는 모든 것에 대한 기괴한, 악마적인 증오뿐이었다.

　지금 이사리비는 나찰방의 머리를 끌어안고 있다. 그것은 애정이 아니라 가가리비로서 범해졌을 때의 증오의 기억 때문이다. 게다가 그것이 이사리비 특유의 육욕에 녹아, 뭐라고도 형용할 수 없는 애무의 형태를 취한다.

　가마의 발 안에서 천천히 흔들리면서, 이사리비는 추악한 나찰방의 머리를 안고 그 드러난 안구를 핥고, 코에 이를 대고, 벌써 썩은 냄새를 풍기기 시작한 두툼한 입술을 빨았다. 그녀의 몸의 심연에서 부글부글 끓어오르는 것은 저릿한 도취의 감각이었다.

　이 기괴한 유희에 빠진 채, 이사리비는 지금부터 자신이 가려는 나라를 생각하고 있었다.

단조는 나라로 갔다. 주가(主家)의 작은 주군 부부가 대불을 참배하는 것을 안내하기 위해서다.

그러나 사실은 부인인 우쿄 다유 님의 얼굴을 보기 위해서였다. 이사리비는 그것을 알고 있다.

자신은 그 이가의 여자의 얼굴을 얻었다. 그것은 우쿄 다유 님을 꼭 닮은 얼굴인 듯하다. ——그렇다면 우쿄 다유를 연모하는 단조에게 아무런 불만도 없어야 하지 않는가. 오히려 자신의 음란한 기술이라면, 단조가 다른 여자에게 향할 여지가 있을 리는 없다. ——이사리비는 그렇게 자부하고 있었다.

사실 단조는 자신에게 푹 빠져 있는 것처럼 보였다. 그렇게 생각하고 완전히 안심하고 있었는데, 이번에 갑자기 교토의 미요시가에서 사자(使者)가 와서 대불 참배를 안내하라는 말을 전한 순간——갑자기 단조가 들썽거리며 차분하지 못하게 된 것이다.

그리고 그는 자신의 감정을 알고 있을 텐데도 모르는 얼굴을 하고, 서둘러 나라로 떠났다. 아니, 그 기뻐 어쩔 줄 모르던 모습을 보면, 모르는 얼굴을 한 정도가 아니라 자신의 감정 따위는 전혀 생각해주지 않았을지도 모른다.

단조가 나라에 가서 무엇을 하려는 것인지, 이사리비는 모른다. 단순히 작은 주군 부부의 안내만으로는 끝나지 않을 것 같은 예감이 있지만, 그러나 무슨 일이 일어날지 그녀는 모른다. 그래도 그녀는 쫓아간다. ——그 사실을 단조 또한 모를 것이다.

"어쨌든."

하고 이사리비는 사람 머리에 요염한 입술을 미끄러뜨리면서 요사스럽게 눈을 빛내며 중얼거렸다.

"생각대로 하게 두지는 않을 것이다."

2

무로마치 막부의 실권자라는 말을 듣는 미요시 조케이는 지난 몇 년 병을 앓고 있었다.

본래 간레이 호소카와가(家)의 하급 무사였다가 점차 명망을 얻어 한때는 천하의 제일인자가 되었으니, 그 또한 난세의 영웅이 틀림없다.

옛날에 그는 하이쿠[주1] 시인 조하[주2] 등과 연가(連歌) 모임을 열곤 했다. 그 자리에서 '참억새밭에 섞여 있는 갈대 한 무리[주3]'라는 시구가 나오자, 모인 사람들은 모두 뒤에 어떤 구를 붙여야 할지 고민했다. 그때 조케이 뒤로 가신이 다가와 무언가 속삭였다. 그는 그저 고개를 끄덕였을 뿐 안색을 바꾸지 않고, 이윽고 미소를 지으며 뒤에 붙일 시구가 완성되었다며 피로(披露)했다. '옛날에는 늪이었다가

주1) 俳句(하이쿠), 5·7·5의 17자로 된 짧은 시.

주2) 紹巴(조하), 사토무라 조하(里村紹巴). 무로마치 말기의 연가 시인. 나라(奈良) 사람으로, 연가의 일인자로 인정받아 홋쿄(法橋)라는 칭호를 받기도 했다.

주3) 마른 땅에서 자라는 참억새 사이에 물가에서 자라는 갈대가 일부 섞여 있다는 것으로, 뭔가 어울리지 않는 것이 있다는 뜻.

얕은 곳부터 차츰 들판이 되었네' 그러고 나서 결연히 일어나 말했다. "지금 내 동생 짓큐[주4]가 전사했다는 소식을 들었네. 나는 지금부터 싸우러 가야겠어" 하고.

이렇게 호담(豪膽)한 조케이도 병에는 이기기 어려워, 적자 요시오키 부부에게 나라의 대불에 치유를 기원하는 참배를 명령할 정도로 기력이 쇠해 있었다.

나라로 가는 요시오키에게 그는 주의를 주었다.

"설마 별일이야 없겠지만, 단조는 조심해라."

그는 병이 들고 나서 자신이 쥐고 있던 권력이 점차 시기산성에 있는 가로(家老) 마쓰나가 단조에게 옮겨 가고 있는 것을 뼈저리게 느끼고 있었던 것이다. 외아들 요시오키는 자신의 자식으로 부끄럽지 않은 담력의 소유자지만, 어쨌거나 이제 스무 살을 넘겼을 뿐인 젊은 나이다. 게다가 아버지를 닮지 않은 명랑함이 있어, 그 밝은 성격이 이 적도 아군도 알 수 없는 예측 불허의 전국 시대에는 오히려 불안하다. 특히 노회한 마쓰나가 단조에게 그런 점에서 맞설 수 있을 거라고는 생각되지 않는다.

그런 근심을 품으면서도, 지금으로서는 단조가 미요시가에 대해 충실한 얼굴을 바꾸지 않고 있으니 그를 어찌할 수도 없는 것이다.

"알고 있습니다."

요시오키는 태연하게 대답하고, 실로 의표를 찔러 사자(使者)를 시

주4) 実休(짓큐), 미요시 짓큐(三好実休). 전국 시대의 무장으로, 미요시 모토나가(三好元長)의 차남이자 미요시 조케이의 동생.

기산성으로 보냈다. 자신이 나라에 있는 동안 단조에게 안내하라고
전한 것이다.

무슨 짓을 할지 알 수 없는 구석이 있는 마쓰나가 단조에게 공공
연히 자신의 호위를 명한다. ──활달한 요시오키다운 역습이었다.

대담한 역습이기는 하지만, 이때 설마 단조에게 역심이 있으리라
고는 생각도 하지 않았기 때문에 할 수 있었던 조치다. 하물며 그가
자신의 아내 우쿄 다유에게 나잇값도 못 하고 불의(不義)한 연모를
불태우고 있었으리라고는, 요시오키는 꿈에도 눈치채지 못했다.

실은 단조 자신도 우쿄 다유를 볼 때까지는 자신의 역심을 자각하
고 있지는 않았다.

사실을 말하자면 미요시 요시오키의 사자(使者)를 맞이할 때까지
그것으로 인해 자신의 마음에 어떤 변화가 일어날지 예측도 하지
않았던 것이다. 그는 모습을 바꾸어 새로 태어난 이사리비에게 완
전히 만족하고 있다고 생각했다. 그러나──이번에 나라에 우쿄 다
유가 온다는 말을 들은 순간부터, 그는 꿈을 꾸는 듯한 기분이 되고
말았다.

이 무렵 단조는 교토의 미요시가에도 별로 가지 않았다. 주군 조
케이가 자신에게 쏟고 있는 의혹에 찬 눈이 근질거렸기 때문이다.
가도, 물론 마음껏 우쿄 다유의 얼굴을 볼 수는 없다.

그 우쿄 다유를 오랜만에 나라의 숙사(宿舍)에서 한 번 본 순간, 단
조의 마음은 완전히 일변하고 말았다.

아니다. 이사리비와는 다르다.

처음으로 그 이가의 여자를 보았을 때, 우쿄 다유와 꼭 닮았다고 생각했다. 그 얼굴을 지금 이사리비가 가지고 있지만――, 어느새 이사리비는 처음 보았을 때의 이가 여자의 얼굴하고도 점차 달라지기 시작한 것 같다. 그럴 리는 없고, 사실 역시 우쿄 다유와 흡사한 것이 틀림없지만, 그럼에도 불구하고 닮은 듯 닮지 않은 인상이 있다.

그것은 가짜다, 단조는 그렇게 통감하고, 단정하지 않을 수 없었다. 이사리비를 지옥의 꽃이라고 한다면 우쿄 다유는 천상의 달이었다.

게다가 청순하고 고귀하며 아름답게 빛나는 우쿄 다유에게 그 이사리비가 밤마다 보이는 부끄러운 모습이 겹쳐지는 것이다. ――이 우쿄 다유에게 그런 천박한 자태를 시킨다면? 그 망상은 단조를 거의 광인으로 바꾸고 말았다.

그러나 뭐라 해도 이제는 실질적으로 군웅을 조종하고 지배하고 있는 남자다. 이성과 계산이 제동을 걸었다. 그것은 현재 시점에 있어서는 교토의 미요시가에 공공연히 반기를 들기에는 여러 가지 사정으로 아직 시기상조라는 것이었다. 무엇보다 수백 기는 끌고 왔지만 그럴 생각으로 시기산성을 나온 것은 아니다. 미요시 요시오키가 데려온 호위 무사는 그보다 조금 더 많은 수이고, 여기에서 일을 일으키기에는 자신이 없고, 무엇보다 그러면 동시에 교토의 미요시 조케이도 습격해야 하는데 물론 그런 손은 써두지 않았다.

그러나 우쿄 다유가 자신의 세력하에 있는 나라로 왔다는 것은 하늘에서 주신, 다시 만날 수 없을 절호의 기회임이 틀림없다. 그녀를 빼앗는 것이 하루 늦어지면 자신의 인생이 하루 짧아지는 것이라는 생각마저 든다.

단조는 망설였다.

그런 단조의 광념(狂念)의 제동을 푼 것은 여섯 명의 네고로 법사였다.

요시오키 부부의 숙사에 문안 인사를 하고 자신의 숙사로 돌아온 단조 앞에, 홀연히 그 닌자승이 나타난 것이다.

"네놈들, 히라구모 다관은 되찾았느냐."

단조는 말했다. 목소리가 음침한 것은 다관보다도 우쿄 다유에 대한 집념에 가슴이 답답했기 때문이었다.

"……아니요, 아직."

여섯 명의 법사는 신음했다. 그들은 어두운 정원에, 그야말로 왜납거미처럼 엎드려 있었다.

"나찰방이 죽었더군. 죽인 것은 그 이가 여자의 남편이겠지."

"……그놈은 절대 놓치지 않을 것입니다."

누구라 할 것도 없이, 복수심에 갈라진 목소리가 말했다.

"나찰방을 잃고, 이가 놈은 죽이지도 못하고, 히라구모 다관은 잃어버린 채…… 그런데 무엇 하러 내 앞에 나섰느냐."

갑자기 단조는, 그렇지, 오늘 밤에 그 다관과 음석이 있었다면, 하는 생각을 했다. 그것만 있으면 아무렇지도 않은 얼굴을 하고 우쿄 다유 님께 마의 차를 먹일 수 있다. ……모처럼 그 기회를 얻었는데, 이자들의 큰 실수 때문에 눈앞에 보고 있으면서도 손을 쓰지 못하고 이렇게 괴로워해야 한다고 생각하니, 화가 나서 이를 갈고 싶은 기분이었다.

"이가 놈은 죽일 것입니다. 이것은 저희의 일."

하고 풍천방이 의기양양하게 말했다. 이어서 공마방이,

"히라구모 다관도 반드시 되찾겠습니다."

"허나…… 한번 그놈을 붙잡았는데도 원통하게 놓치고, 그 후 그놈 후에후키 조타로라는 놈은 하늘로 사라졌는지 땅으로 숨었는지, 어디에도 모습을 나타내지 않습니다. ……아니, 영주님, 잠시 들어 보십시오."

하고 허공방이 손을 들자 금강방이 말을 받았다.

"영주님, 영주님이 히라구모 다관을 되찾으라고 말씀하신 것은 어차피 우쿄 다유 님을 손에 넣기 위해서가 아닙니까."

"그 우쿄 다유 님을 얻을 수 있는 계책이 마련되었기에, 저희는 영주님이 나라로 오셨다는 이야기를 듣고 부끄러움을 무릅쓰고 뵈러 온 것입니다."

하고 파군방이 말했다.

"뭣이, 우쿄 다유 님을 손에 넣을 계책이 있다고?"

하고 단조는 흥분한 목소리로 말했다.

"그렇습니다, 약간 거친 방법이지만……."

"거친 방법이라니, 미요시가와 실랑이를 벌여서, 라는 뜻인가. 그게 가능하다면 네놈들에게 의지하지는 않았을 것이다."

"아니, 미요시가와 다툰다는 것은 아닙니다."

"그러면?"

"내일 미요시 요시오키 님과 마님이 대불을 참배하시지 않습니까. 그때 대불전에 불을 지르는 것입니다."

"⋯⋯⋯⋯."

"대불전뿐만 아니라 동대사 전체를 홍련의 불꽃으로 감싸는 것입니다. 아비규환의 소동이 일어날 것은 분명하니, 그 혼란을 틈타 저희가 우쿄 다유 님을 납치해 몰래 시기산성으로 옮기겠습니다."

"⋯⋯⋯⋯."

"불을 지른 것이 마쓰나가가(家) 사람일 거라고는 생각하지 않도록 하겠습니다. 근래에 동대사와 홍복사의 사이가 나빠, 몇 번인가 법사들이 서로 싸운 것은 세상 사람 누구나 알고 있는 일, 그렇다면 이것은 홍복사의 음모에 의한 방화라고, 저희가 나중에 항간에 소문을 퍼뜨리면 그것으로 될 일입니다."

"⋯⋯⋯⋯."

"일단 우쿄 다유 님을 시기산성으로 옮겨드린 후에는 그 비밀을 굳게 지켜주신다면, 영주님의 소원은 그것으로 성취되는 것이 아니겠습니까."

"⋯⋯⋯⋯."

"저희 스승이신 가신 법사님은 저희가 직접 우쿄 다유 님을 납치하는 것에는 반대하셨지만 이렇게까지 도를 벗어난 기발한 계책을 꾸민다면, 천성이 그리 장난을 좋아하시는 분이니 분명 씩 웃으며 그것도 좋겠지, 하고 끄덕이실 것이 틀림없습니다."

실로 도를 벗어난 기발한 계책이다. 아니, 하늘과 사람 모두에게 용서받지 못할 엄청난 폭거다.

단 한 명의 여인을 손에 넣기 위해 덴표^{주5)} 시대 이래 천 년 동안 유명했던 나라의 대불, 아니, 화엄종의 대본산 동대사 전부를 불태우다니.

어지간한 마쓰나가 단조도 꼼짝하지 않고 숨을 삼킨 채 잠시 말도 없다.

그런데 이 여섯 명의 네고로 승려는 전혀 아프지도 두렵지도 않은 눈을 들고 태연하게 단조를 올려다보고 있는 것이다.

3

덴표 이래 천 년, 이라고 했지만 정확하게 말하면 대불의 원형 및 동대사의 건축 자체는 덴표 시대의 것이 아니다.

동대사를 열고 최초의 대불을 안치한 것은 실로 쇼무 천황이지만, 그 후 430년쯤 지난 1180년에 교토 승병의 반란에 화가 난 다이라가

주5) 天平(덴표), 나라 시대 쇼무(聖武) 천황 치세에 사용했던 일본의 연호. 서력으로는 729~749년에 해당한다. 화엄종의 총본산인 동대사는 745년, 쇼무 천황에 의해 창건되었다.

㈜가 이를 공격하여 흥복사와 함께 불탔던 것이다.

그 후, 미나모토노 요리토모의 손에 의해 부흥 재건되어, 1195년 요리토모 이하 가마쿠라 무사들이 줄을 지은 가운데 낙성[주6] 공양이 이루어졌다.

그러나 그 후로도 170년쯤 더 지났다.

대불전의 규모 자체는 덴표 시대의 것과 다르지 않다. 남대문, 서대문, 동서 칠층탑, 대강당, 계단원(戒壇院) 등 그 후의 남북조의 병란(兵亂)이나 오닌의 난[주7] 등의 전화(戰火)를 피하고, 천재지변과 시대의 풍상을 견디며, 당탑가람은 높이 하늘로 솟아 있다.

미요시 요시오키는 아내 우쿄 다유와 함께 동대사 승려의 안내를 받으며 그 대불전에 올라가 석좌(石座), 동좌(銅座), 불체(佛體)를 합해 7장 1자 5치[주8]라고 전해지는 거대한 금동 비로자나불[주9]에 합장했다.

엄숙한 미광(微光)에 곧 얼굴을 든 우쿄 다유는 솔직하게 감탄의 한숨을 쉬었다. 그녀는 처음으로 대불을 보는 것이었다.

"세상에, 얼마나 훌륭한지……."

"하지만 머리가 있는 곳이 약간 잘못된 것 같군."

아버지의 치유를 기원하러 왔으면서, 요시오키는 이런 사정없는

주6) 落成(낙성), 건축물이 완공됨.

주7) 応仁の乱(오닌의 난), 오닌(応仁) 원년(1467)부터 10년간, 아시카가 쇼군가 및 간레이 하타케야마(畠山), 시바(斯波) 양가의 상속 문제를 계기로 호소카와 가쓰모토(細川勝元)와 야마나 소젠(山名宗全)이 각각 여러 영주들을 이끌고 교토를 중심으로 싸운 대란.

주8) 약 21.4미터.

주9) 毘盧遮那佛(비로자나불), 대승불교의 부처 중 하나. 화엄경에서 중심적인 존재로 취급되는 존격(尊格)이다. 밀교에서는 대일여래라고 한다.

비평을 했다.

"대지진이라도 있으면 저것은 떨어지겠소."

누가 보아도 정답게 이런 대화를 나누고 있는 두 사람을——아니, 엷은 빛에 떠오른 우쿄 다유의 몽환 같은 옆얼굴만을 붉게 칠한 커다란 기둥의 그늘에 공손하게 서서, 그러나 묘하게 빛나는 눈으로 물끄러미 바라보고 있던 마쓰나가 단조 히사히데 옆에, 한 가신이 다가와 무언가 속삭였다.

"뭣이, 홍복사의 승려가?······."

나중에 옆에 있던 동대사의 승려는 단조가 이런 말을 중얼거린 것을 떠올렸다. 아니, 그때도 사이가 나쁜 홍복사라는 말을 듣고 그곳의 승려가 어쨌다는 것일까 하고 신경이 쓰였지만, 그 목소리는 작았고 단조가 거침없이 대전당(大殿堂) 밖으로 나가는 모습에도 그리 허둥거리는 기색은 보이지 않았기 때문에 더 이상 신경 쓰지 않고 그곳에서 합장하고 있었다.

불이 일어난 것은 그 직후다.

불꽃은 동대사의 몇 곳에서 갑자기 솟아올랐다.

물론 이때, 절의 경내에는 천 명을 넘는 미요시, 마쓰나가의 병사가 있었다. 미요시의 병사는 물론이고 마쓰나가의 병사들도 설마 단조의 '기발한 계책'은 모르고 있었기 때문에 오로지 삼엄한 표정으로 지키고 서 있었지만, 이상하게도 무수하다고 할 수 있는 그들의 눈으로도 왜 이 불이 일어난 것인지, 누구 한 사람 목격할 수 없었다. 방화임에는 틀림이 없지만 수상한 그림자는 누구 한 사람 보지 못했던 것이다.

그들은 깜짝 놀라고 당황하여 달려 나가고, 부딪히고, 뒤섞이고, 절규했다.

"영주님!"

"영주님——!"

미요시의 병사도 마쓰나가의 병사도, 다음 순간 모두 각자의 주인을 떠올리고 대불전 쪽으로 쇄도하려고 했다. 그 앞에 있는 건물이나 회랑에 또 불꽃이 타올랐다. 그들은 펄쩍 뛰어 피하고, 통로를 찾아 서로 충돌하다가 마침내 여기저기에서 화를 내며 칼까지 휘두르기 시작했다.

불과 싸움으로 마치 개미집을 쑤신 듯하고 거미 새끼를 흩어 놓은 듯하여, 동대사 안팎은 수습할 수 없는 소동에 빠졌다.

혼란이 일어난 것은 대불전도 마찬가지다.

처음에 대불전 입구에서 중문(中門) 쪽에 솟은 불길과 고함 소리를 보고 들었을 때는 몇 사람이 '저런, 무슨 일이람'이라는 듯이 그쪽으로 달려간 것에 지나지 않았으나, 그 순간 이 대불전 자체도 이상한 바람 소리에 휩싸였다.

그것은 대불전 동서(東西)의 외벽에 퍼진 불꽃의 소리였다.

아무도 보고 있었던 사람은 없었지만, 거기에 불의 폭포가 흩날린 것은 처음부터 거기에 기름이라도 발라두었다고밖에 생각할 수 없었다.

사람들은 입구로 쇄도하고, 누군가 넘어져 쓰러지자 거기에 걸려

넘어져 위에 겹치고, 서로 밀치락달치락하고 드잡이질을 하며 도망
치려고 했다.

"진정해라."

미요시 요시오키는 놀라면서도 침착한 목소리로 외쳤다.

"경내는 넓으니 침착하게 나가라."

그러나 그의 주위도 사람들이 서로 부딪혀 세 발짝도 연달아 달릴
수가 없었다. 바로 눈앞에 있는 입구 사이에는 순식간에 철벽이 막
힌 것 같았다.

요시오키는 일단 몸을 돌려 아내의 손을 잡았으나, 양옆의 벽에
기분 나쁜 음향이 울리기 시작한 것을 듣고 사태가 쉽지 않다는 것
을 알자,

"비켜라, 베겠다."

하고 외치며 아내의 손을 놓고 패도(佩刀)의 검집을 털었다.

무사나 승려는 허둥지둥 뛰어 피했다. 뛰어 피하지 않은 자는 정
말로 요시오키의 칼에 베어 엎어지고, 밖으로 도망친 자는 회랑에
서 돌계단 아래로 굴러떨어졌다.

간신히 돌파구를 열고 단숨에 그 돌계단 아래까지 뛰어내린 미요
시 요시오키는 거기에서 다시 뛰어 돌아와 되돌아가려고 했다.

돌계단 위의 회랑에 대여섯 명의 승려가 어지러이 움직이고 있는
것을 알아챈 것은 그때였다.

처음에는 광란한 동대사의 승려인가 하고 생각했다. 그러나 미쳤
다 해도 그것은 너무나도 터무니없는 행위였다.

두세 명이 커다란 호리병박을 흔든다. 무언가 액체가 주위 가득 벽이며 기둥이며 문에 파앗 하고 물보라를 튀긴다. 그러면 다른 두세 명이 손에 든 횃불을 그것에 내던지는 것이다. 거기에서 불이 확 일기 시작한다.

"네놈들이구나, 범인은!"

요시오키는 눈을 부릅떴다.

그 기괴한 법사 무리는 모두 가사 두건으로 얼굴을 감싸고 있었지만, 그들의 짓을 똑똑히 본 자는 이때 돌계단 부근에 남아 있던 십여 명에 지나지 않았을 것이다.

미요시의 가신도 마쓰나가의 무사도, 다음 찰나 사납게 칼을 번득이며 그들에게 달려들었다.

"키엑―!"

인간의 목소리인지, 금속의 삐걱임인지도 알 수 없는 이상한 울림과 함께 커다란 언월도가 한 번 번득이고, 그 한 번의 번득임만으로 달려든 일고여덟 명 전부가 피안개를 일으키며 돌계단 아래로 베여 떨어졌다.

"괴한아, 움직이지 마라."

요시오키는 절규하며 돌계단을 달려 올라갔다. 그의 가슴 속에 있던 것은 이때 아직 대불전 안에 남아 있던 아내뿐이었다.

법사들은 불꽃 저편으로 박쥐처럼 퍼덕이며 사라졌다. 요시오키는 그 뒤를 쫓으려 했지만, 양쪽 문에서 불꽃이 뿜어져 나오는 바람에 얼굴을 덮으며 뒤로 물러났다.

"잘되었네!"

"그런데 우쿄 다유는, 확실히 밖으로는 나가지 못했겠지?"

"틀림없네. 그것만은 잘 감시하고 있었거든."

이제 불당 안에 사람 그림자는 없다. 있는 것은 밟히거나 베이거나, 또는 정신을 잃고 엎어져 있는 무사나 승려뿐이다.

그중에 단 한 사람 거대한 대불만이 자비롭고 인욕(忍辱)한 얼굴로, 그것도 지금은 붉은 열의 반짝임을 뿜으며 조용히 앉아 있었다.

"나무, 비로자나불."

"적멸위락(寂滅爲樂)――."

하고 장난스러운 목소리로 외다가, 이 무참한 파계 법사들은 갑자기 깜짝 놀라 숨을 삼켰다.

"우쿄 다유가 없네."

"그럴 리는――."

"하지만 여인의 그림자는 없어!"

그들은 작열하는 대불 주위를, 이번에는 정말로 미친 듯이 뛰어다녔다. 이미 대불전은 용광로 안이나 마찬가지다.

그러나 타오르는 불꽃에 비추어진 대불전 안에는, 절대로 이곳에서 도망칠 수 있었을 리가 없는 여인의 모습은 그 아리따운 소매 한 조각조차도 남아 있지 않았다.

"우쿄 다유는 어디에?"

아름다운 사람

1

——후에후키 조타로는 우쿄 다유를 양팔에 안고 달리고 있었다.

우쿄 다유는 조타로의 한쪽 팔에서 길고 검은 머리카락을, 다른 한쪽 팔에서 흐트러진 옷자락을 땅에 끌며 정신을 잃고 있었다. 축 늘어져 하늘을 향한 하얀 턱——그 얼굴을 들여다보면 누구나 이것은 지상의 여인이 맞는지 의심할 것이다. 아니, 그것보다도 설령 여인의 몸이라고는 해도 꽃다발처럼 가볍게 양팔에 안고, 그것도 군중의 흐름에 역행해 바람처럼 달리는 야마부시의 이상함을——누구 한 사람 눈치채지 못한 것은 뭐라 해도 그 배경에 불타는 동대사라는 경천할 만한 장관이 있었기 때문이다.

"——아앗, 타서 무너진다……."

"——오오, 대불님이……."

군중은 외쳤다. 외침이라기보다 신음의 파도였다.

나라의 거리는 핏빛으로 타서 문드러져 있다. 장마에 들어가기 시작해 비가 올 듯한 날이었지만, 아직 저녁이 되려면 시간이 있는데도 나라의 하늘은 검은 연기 때문에 먹색 구름에 덮여 있고, 게다가 아래 세상은 저녁놀처럼 기분 나쁜 붉은색으로 물들어 있었다.

조타로는 돌아보았다. 다리가 못박힌 듯 딱 멈추고, 숨을 삼켰다.

동대사는 도가니가 되어 있다. 그 안에서 가장 거대한 불꽃을 뿜어 올리고 있는 것은 말할 것까지도 없이 대불전이었다. 벌써 꽤 떨어져 있는데도, 그것은 눈앞에 있는 것처럼 보였다.

천공에 우뚝 솟아 있는 150자[주1]의 대불전은 이제 불꽃의 대가람이었다. 그때, 그 사방의 벽과 기와가 요란한 땅울림을 울리며 비스듬히 기울어 떨어지고, 대불전은 그저 천공에 그려진 장대한 기하도형이 되었다. 그 안에 71자 5치[주2]의 커다란 비로자나불이 단정하게 앉아 있는 것이 떠올라 보였다. 홍련의 불꽃에 타서, 자비롭고 인욕한 얼굴은 이때 오히려 이 세상의 것이 아닌 괴기한 대마신(大魔神) 같았다.

그 대불의 전모가 보인 것도 잠시였다. 하늘에 걸린 무지개처럼 대들보가 기울더니 그것은 불꽃의 깃발을 끌면서 떨어졌다. 거기에서 온 나라 사람의 귀도 혼도 멀게 할 듯한 음향이 일어나고, 처참하다고도 처절하다고도 형용할 수 없는 불똥의 거대한 소용돌이가 일었다.

"……아아."

조타로는 저도 모르게 신음했다.

거대한 불똥의 소용돌이가 희미해진 후에, 대불의 머리가 소멸한 것을 보았기 때문이다. 그렇지 않아도 역학적으로 위태로운 균형을 유지하며 얹혀 있던 대불의 머리는 불타 떨어지는 대들보에 맞아 부러지고, 석좌를 부수고 나서 불꽃의 바다로 굴러간 것이다.

그 후 일순, 형용할 수 없는 정적이 흐르고 나라는 명부(冥府)로 변한 것 같았다. 그리고 나서 소리의 세계를 차지하는 것은 오직 만장

주1) 약 45m.

주2) 약 21.4m

의 불꽃의 울림뿐이었다.

　——무슨 저런 놈들이!

　조타로는 온몸에 소름이 끼쳤다. 그 네고로 승려를 말하는 것이
다. 그다지 문화적인 관념이 없는 조타로도 태연하게 동대사에 불
을 지른 그들의 엄청난 폭거에는 진심으로 전율하지 않을 수 없다.

　조타로는 시기산성에 나찰방의 머리를 던진 후, 마쓰나가 단조가
성을 나가 나라로 가는 것을 쫓았다. 말할 것도 없이 단조는 복수의
상대의 원흉이다. 수백의 병사의 호위를 받고 있지만 않았다면, 그
를 향해 파사(破邪)의 칼을 휘둘렀을 것이다.

　단조를 쫓다가, 조타로는 우연히 한 여인을 보았다. ——우쿄 다
유다.

　동대사가 불타기 시작했을 때, 조타로는 대불전의 거대한 원기둥
위에 거미처럼 앉아 있었다. 애초에 아래에 있는 사람들의 눈에 띌
닌자 후에후키 조타로가 아니지만, 오직 망아(忘我) 때문에 자기 쪽
에서 떨어질 뻔했다. 우쿄 다유가 대불을 올려다보았을 때다.

　적에 대한 미움과, 그 여인을 보았을 때의 망아(忘我)와——마음의
파도가 소용돌이쳤을 때 갑자기 불길이 일어났다. 그리고 그는 불
을 지른 것은 그 네고로 승려이고, 그것은 미요시 요시오키의 아내
우쿄 다유를 빼앗기 위해서임을 알았다.

　그들이 불꽃 속을 미친 듯이 뛰어다니고 있을 때, 조타로는 실신
한 우쿄 다유를 안고 대불전 뒤쪽의 격자창을 깨고 도망쳐 나왔다.
그러나 네고로 승려들의 목적을 몰랐어도 그는 우쿄 다유를 안고

도망쳤을 것이다. 설령 그 불꽃 속이야말로 법사들을 한 명이라도 두 명이라도 쓰러뜨릴 기회임을 알고 있어도.

조타로는 팔 안의 여인을 힐끗 보았다. 그리고 다시 달리기 시작했다.

그가 겨우 멈춘 것은 흥복사 남쪽의 무너진 흙담 그늘에서였다.

나라에 사는 모든 사람의 눈은 불타는 동대사를 향하고 있었지만, 그는 주위를 둘러보고 무너진 흙담 사이로 안에 들어가 거기에 우쿄 다유를 눕혔다.

조타로는 새삼 그 여인의 얼굴에 시선을 쏟았다. 멀리서 울리는 낙뢰 같은 아비규환은 그의 귀에서 사라지고, 그는 다시 망아에 빠졌다.

"……가가리비."

어찌 이런 여인이 이 세상에 있었단 말인가. 그는 처음에 이 여인을 보았을 때, 가가리비가 다시 나타난 것인가 생각했다. ──지금은 물론 그녀의 이름도 내력도 알고 있다. 이성으로는 알고 있지만, 이렇게 단둘이 되고 보니 또 그는 환각의 세계에 발을 들여놓고 만다.

대체 이곳은 이 세상일까. 사후 세계가 아닐까. 악몽에 시달린 듯이 얼굴을 들자 흥복사의 오층탑이며 삼층탑은 진홍색으로 물들어, 아무리 해도 이 세상의 것으로는 생각되지 않았다. 여인의 얼굴도 장미색으로 물들어 있다. 그러나 그녀는 눈을 감은 채 침묵하고 있다.

"……가가리비! 가가리비!"

하고 조타로는 절규하며 우쿄 다유를 흔들었다.

그는 환각을 보면서 간신히 현실로 끌려 돌아왔다.

어쨌든 그녀를 되살아나게 해야 한다. 물이 필요하다. ——그는 바로 가까이에 사루사와노이케 연못이 있는 것을 떠올렸다.

조타로는 갑자기 등의 궤를 내려, 안에서 히라구모 다관을 꺼내서 사루사와노이케 연못으로 달려갔다. 그는 다관에 물을 길어 다시 뛰어 돌아왔다. 그리고 잠시 생각에 잠겨 있다가 그 다관의 물을 입에 머금고 실신해 있는 여인의 입술에 입으로 옮겨 부어 넣었다. 그 외에 달리 방법은 없었다.

차가운 물이 목구멍을 통과하고, 우쿄 다유는 눈을 떴다.

그리고 그녀는 후에후키 조타로를 보았다. 우쿄 다유는 처음으로 후에후키 조타로를 본 것이다. 경악하고, 두려워하며 몸을 일으켜 마땅했다. 그러나 그녀는 아직도 꿈꾸듯이 그의 얼굴을 바라보고 있을 뿐이었다.

"……저는 어떻게 된 건가요?"

겨우 그녀는 그렇게 중얼거렸다.

"……당신은 누구인가요?"

조타로는 아무 말도 하지 못했다. 우쿄 다유의 뜬 눈도 가가리비와 꼭 닮았고, 그 목소리 또한 가가리비와 같았다.

기분 나쁠 정도로 침묵하고 있는 이상한 차림새의 젊은이를 두려워하지도 않고, 우쿄 다유는 여전히 황홀한 듯이 지켜보고 있다. 그녀는 아까의 불꽃의 충격과 지금의 실신에서 완전히 깨어나지는 않은 것일까.

조타로에게는 시간관념이 없는 시간이 흘렀다.

갑자기 그의 귀가 희미하게 움직였다. 그것은 이 경우, 여전히 무의식중에 살아 있는 닌자로서의 귀였다. 그는 다가오는 한 사람이 아닌 발소리를 들었다. 그리고 멀리서, 귀에 익은 "──저쪽일세" 하고 외치는 목소리를 들었다.

"……나오지 마십시오."

하고 처음으로 그는 말했다.

"이곳에 계십시오. 나오시면 안 됩니다."

그는 일어섰다.

"제가 돌아올 때까지 여기에 있으면서 그 다관을 지켜주십시오. 제 보물입니다."

그렇게 말하더니, 그는 계도(戒刀) 자루를 누르며 무너진 흙담 사이로 밖으로 나갔다.

핏빛으로 물든 길 위로 나가자, 그는 동쪽의──동대사 방향에서 까마귀가 날듯이 달려오는 여섯 명의 법사의 모습을 보았다.

"──있다, 저기다!"

잡아찢는 듯한 무시무시한 절규였다.

2

지금으로부터 조금 전, 사루사와노이케 연못에서 다관에 물을 길어 달려오는 후에후키 조타로의 모습을──역시 이 주위에도 무리지어 있기는 했지만 모두 불타는 동대사만 올려다보고 있는 사람들 중에서, 얼핏 보고 희미하게 신음 소리를 낸 자가 있었다.

금강장을 짚고 있는 한 법사다. 그는 왼쪽 다리가 무릎 아래로 없었다. 외다리였다.

그것은 수주방이었다. 지난날, 후에후키 조타로에게 베이고 나찰방의 닌자술 깨진 독으로 접합하려 했지만, 나찰방의 죽음으로 그 수술이 미완성으로 끝나는 바람에 끝내 그 다리를 잃어버린 수주방이다.

그만한 중상을 입고도 며칠 만에 금강장 하나만 짚고 돌아다니고 있는 것을 보면 역시 불사신에 가까운 마승임이 틀림없지만, 뭐라 해도 행동이 불편한 것은 피할 수 없어 오늘 동대사의 방화에는 그만은 참가하지 않았다. 동대사에서 동료가 우쿄 다유를 납치해오기를, 사루사와노이케 연못 기슭에서 기다리고 있었던 것이다.

그래도 역시 대불이 불타는 엄청난 경관에 시선을 빼앗겨, 우쿄 다유를 안고 도망쳐온 후에후키 조타로는 눈치채지 못했다. 하기야 조타로가 달려온 길이 사루사와노이케 연못 기슭에 서 있는 그의 눈에는 닿지 않는 방향에서였다. 그러나 그 연못에서 물을 길어 다시 달려가는 야마부시 차림은 똑똑히 목격했던 것이다.

금강장을 흔들며 뒤를 쫓았으나 한쪽이 흙담인 길까지 오자 조타로의 모습은 홀연히 사라졌다. 더 찾아보려다가 갑자기 되돌아간 것은, 애초에 불구가 된 스스로에게 자신이 없었기 때문이다. 그는 몸을 돌려 동대사 쪽으로 부리나케 달려갔다.

그리고 동대사의 뒤쪽에 겨우 부순 격자창을 발견하고, 거기에서 뛰쳐나와 미친 듯이 뛰어다니고 있는 다섯 명의 동료를 만나 화급함을 알리고 이끌고 온 것이었다.

조타로가 들은 "——저쪽일세" 하는 목소리는 말할 것도 없이 수주방의 목소리다.

조타로는 자신이 쫓기고 있고, 위치가 들통난 것을 알았다. 우쿄다유가 있는 곳이 알려져서는 안 된다. 그래서 그는 스스로 그곳을 뛰쳐나와 남쪽인 사루사와노이케 연못 쪽으로 달렸다.

조타로는 지금 이곳에서 법사들과 싸울 뜻은 없었다. 법사들 모두를 상대로 사투를 벌이면 불리하다는 것은 명심하고 있다. 그렇기 때문에 괴로워하고 있는 것이다. ——게다가 지금은 오직 우쿄다유에게서 법사들의 눈을 돌리는 것만이 목적이었다.

그러나 그는 순식간에 그 추적의 회오리바람으로부터 도망치는 것이 불가능함을 알았다.

포위될 것이 두려워 연못을 등지고 눈을 부릅뜨며 멈추어 선 조타로에게 네 명의 법사가 다가오다가, 무엇을 생각했는지 한 사람은 연못을 돌아 반대쪽으로 달려갔다.

심상치 않은 살기의 바람에, 화재를 구경하던 사람들은 거미 새끼를 흩어 놓은 것처럼 달아났다.

"후에후키 조타로, 드디어 찾았다."

"지난밤에는 용케 나찰방을 죽였겠다."

"생포할 생각이었기 때문에 지금까지 봐준 것인데, 이제 봐주지는 않을 것이다. 여기서 회를 떠주마."

다가오는 법사들의 눈이 핏빛으로 빛나고 있는 것은 불꽃이 비친 탓만은 아니었다.

왼쪽에서 휙 하는 소리를 내며 베어 들어온 허공방의 계도를 피해 조타로가 뛴 오른쪽에서, 순금 같은 빛을 끌며 공마방의 커다란 언월도가 달린다.

조타로는 연못가의 버드나무를 방패로 삼았지만 커다란 언월도는 그 버드나무 줄기도 겨릅대처럼 베고, 한쪽 무릎을 꿇은 조타로의 행자 두건 위를 지나갔다.

풍천방의 금강장이 즉시 정면에서 휘둘러내려져, 옆으로 칼을 후려치며 조타로는 뒤로 날아가 섰으나, 발꿈치는 하마터면 연못에 빠질 뻔했다. 이어서 왼쪽에서 쇄도해오는 파군방에게, 1간의 거리에서 조타로는 발을 들어 버드나무 줄기를 걷어찼다.

지금 공마방에게 베인 버드나무는 아직도 서서히 연못을 향해 쓰러지고 있었는데, 그 나머지 줄기 1자[3] 남짓이 부웅 소리를 내며 허공으로 날아가 덮쳐드는 파군방의 얼굴을 쳤다. 옆으로 휘두른 조타로의 칼에, 나머지 줄기에서 더욱 절단된 것을 조타로가 걷어

주3) 1자는 약 30.3cm.

찬 것이다.

"우앗."

뿜어 오르는 코피를 누르며 몸을 젖히는 파군방 앞에서, 버드나무는 물보라를 일으키며 연못으로 쓰러졌다.

"자, 잠깐."

하고 수주방이 소리쳤다.

파군방의 추태에도 불구하고, 어차피 적은 독 안에 든 쥐라고 생각했는지 외다리 수주방은 물가의 돌에 걸터앉아 엷게 웃으며 관전하고 있었다.

"이놈, 히라구모 다관을 갖고 있지 않구나. 그 행방을 알아내두지 않으면, 죽이고 나서는 어쩔 수 없을 텐데."

그리고 나서 눈을 번쩍 빛내며 말했다.

"혹시, 우쿄 다유를 납치한 것도 이놈이 아닐까. 오오, 그러고 보니까 다관으로 물을 길어 달려가던데, 그것은 우쿄 다유에게 가져다준 것이 아닐까. ——애송이, 자백해라. 자백하면, 목숨만은 살려주지 못할 것도 없지——."

"이보게, 쓸데없는 충언을 해서 숨을 소진하지 말게."

하고 파군방이 코피를 닦으며 피에 물든 이를 드러냈다.

"우쿄 다유를 이놈이 데리고 나가서 다관으로 물을 가져다주었다는 것이 사실이라면, 우쿄 다유는 이 근처에 있을 것이 틀림없네. 히라구모 다관도 거기에 있을 것이 틀림없어. 이놈을 처치하고 나서 주위를 여섯이서 뒤지면 발견될 것이 분명하네——."

조타로는 머리카락까지 곤두서는 기분이 들었다. 자기 자신의 공포는 아니었다. 그는 순간 뒤의 연못을 돌아보았다. 할 수 있다면 물 위를 날아 우쿄 다유가 있는 곳으로 달려가고 싶었다. 그곳에 머무르지 말고, 지금 사이에 도망치라고 말하기 위해서.

그 순간의 틈을 놓치지 않고, 또 두 자루의 칼날이 후려쳐졌다.

후타로는 펄쩍 뛰어 피하며, 연못에 반쯤 잠긴 버드나무에 할미새처럼 섰다.

"물러날 곳이 없다."

수주방이 차갑게 웃었다.

"물에 뛰어들어도 소용없어. 그런 일도 있을까 싶어, 금강방이 저편으로 돌아가서 천선궁을 준비하고 있거든. ──물속은 네놈한테는 피의 연못 지옥이다."

그리고 그 자신도 옷소매에 손을 넣었다. 말할 것까지도 없이, 월수면의 종이 돌멩이를 꺼낸 것이다.

"오오!"

짐승처럼 고함치며, 풍천방이 하늘로 날아올랐다.

휘고 흔들리는 버드나무에 선 조타로의 머리 위에서 거꾸로 떨어지며 금강장을 휘두르는 닌자술 '고엽 되돌리기'. ──피한다기보다, 조타로는 뒤쪽을 향한 채 물 위를 날았다. 이것은 만사 어쩔 수 없는 절체절명의 도피였으나, 물보라와 함께 그 몸에서 한 줄기의 사슬이 튀어나와 물가에 있던 수주방의 목에 감겼다.

수주방은 이때 외다리로 일어서 있었다. 그것은 연못 맞은편에서 건너온, 심상치 않은 금강방의 절규를 들었기 때문이었다.

"——어이, 적을 돕는 자가 나타났네!"

외다리로 서서 막지도 못하고 연못으로 떨어진 수주방을 돌아볼 새도 없이, 이쪽에 있는 나머지 네 명의 법사들이 물가에 납작 몸을 엎드렸다.

철벅철벅 하고 수면에 파도를 일으키는 것이 있다. 버드나무 가지에 빼곡하게 꽂힌 것이 있다. 그것은 십여 자루의 화살이었다.

"앗."

진흙 속에서 충혈된 눈을 들자, 연못을 따라 나 있는 길을 질풍처럼 달려가는 7, 8기의 그림자가 보였다.

"누, 누구냐!"

전혀 예상도 하지 않은 적의 원군인 만큼 깜짝 놀라고, 다음 순간 분노하여 일어서려고 한 네 명의 법사 앞으로, 한 번 지나쳐 갔던 기마대는 다시 말을 돌려 다가왔다.

모두 검은 두건으로 얼굴을 감싸고 있었으나, 손에는 모두 반궁(半弓)을 힘껏 당기고 있다. 그리고 일제히 또 비처럼 화살을 날려왔다.

어지간한 닌자술 승려들도 땅에 엎드린 채 꼼짝도 하지 못한 것은, 결코 화살이 두려웠던 것이 아니라 어디까지나 의외의 적의 출현에 당황하여 순간적으로 행동의 판단력을 잃고 말았기 때문이었다.

이 난폭한 왕복을 몇 번인가 하고 나서, 겨우 기괴한 기마 무리가 떠나 돌아오지 않는다는 것을 알고 네 명의 닌자승은 사납게 일어섰다.

"그, 그놈은? ──수주방은?"

정신이 들어 돌아보니 사루사와노이케 연못은 아직도 먼 동대사의 불꽃을 비추며 붉은색으로 물들어 있고, 먹을 머금은 검은 회오리바람이 물 위로 불어 실로 피의 연못 같았다. 하지만 동시에 지저(地底)처럼 쥐 죽은 듯 고요하고, 후에후키 조타로나 수주방은 그림자도 없었다.

몇 분 동안 응시하고 있었지만 아무도 떠오르지 않았다.

"어이!"

연못을 돌던 금강방이 안색을 바꾸며 달려왔다.

"이쪽에도 왔나? ……방금 그 검은 두건의 기마대는 누구지?"

"──이가?"

하고 풍천방이 외쳤다.

"그건 이가 놈들 아닌가?"

언젠가의 비 오는 밤에 한냐노 들판을 지나 이가 쪽으로 가던 13기가 그들의 머리를 스친 것은 당연했다. 그놈들이 또 몰래 나라로 되돌아온 것은 아닐까?

"이가 놈들이 정면에서 싸움을 걸어왔다는 건가."

"──재미있군."

공마방과 파군방이 외쳤다. 괴조처럼 새된 목소리에 떨림을 띠고 있었던 것은 흥분인지, 진짜 전율인지 알 수 없다.

"아직 말발굽 소리가 들리네——."

"쫓아!"

"그리고 마쓰나가 쪽에 알리게!"

그들은 일제히 달리기 시작했다.

어느새 다섯 명이 다섯 방향으로 나뉘어 달리고 있는 것을 깨달은 것은, 그 말발굽의 울림도 사방팔방으로 흩어져 가는 것을 안 것과 동시였다. 수주방에 대해서는 잊고 있었다.

3

수주방의 머리를 끌어안고, 후에후키 조타로는 사루사와노이케 연못에 떠올랐다.

물에 가라앉으면서 외다리 수주방을 사슬로 끌어당겨 떨어뜨린 것은, 우선 그를 인질로 삼아 지금의 궁지를 모면하려는 의도 이외의 그 무엇도 아니었다.

사슬은 수주방의 목을 부러뜨릴 듯이 조인 것이 틀림없는데도, 수주방은 끌어당겨지면서 물속에서 벌떡 일어섰다. 두 사람 사이에 죽음의 사슬이 팽팽하게 당겨졌다. 수주방은 붉은 종이 돌멩이를 던졌다. 그것은 물에 젖어 대부분 돌멩이 형태 그대로 멈추었지만, 그래도 네다섯 장은 확 퍼져 조타로의 얼굴에 휘몰아쳤다. 조타로는 물속에 가라앉았다. 그리고 사력을 쥐어짜 사슬을 당겼다.

외다리의 수주방은 물속으로 쓰러져 조타로에게 끌려왔다. 그때까지는 1분이나 2분의 소리 없는 결투였으나, 물 밑의 사투는 몇 분에 걸쳐 이어졌다.

그리고 가까스로 수주방의 목을 베고 나서도, 조타로는 몇 분을 더 물속에 있으면서 물살도 일으키지 않고 이동했다. 닌자가 아니면——그리고 아마 이것만은 네고로 승려들도 미치지 못할 이가 닌자술 '무식(無息)의 술(術)'이었다.

전혀 생각지도 못한 연못 서쪽 기슭으로 떠올라 네고로 승려들의 모습이 주위에 없는 것을 알자, 그는 새삼 옆구리에 낀 수주방의 머리를 붉은 빛에 비추어 보았다.

"——이것으로 두 명!"

하고 중얼거렸다. 그러고 나서 첨벙 하고 물살을 일으키며 기슭으로 솟아올랐다.

아까의 기괴한 기마 무리는 그도 얼핏 보았다. 그러나 그도 그 정체를 잘 알 수가 없었다.

이가의 핫토리 백부가 도우러 와준 것일까? 하고 일단은 생각했지만, 그러나 그 한냐노 들판의 거센 질타를 떠올리면 도저히 그런 일은 있을 수 없을 것 같다는 생각도 든다.

어쨌거나 그런 것을 탐색하고 있을 시간도, 고민하고 있을 시간도 없었다.

조타로는 달려서 아까 그 토담 그늘에 다다르자, 벽의 무너진 곳을 통해 안으로 들어갔다. 역시 온몸이 솜처럼 지칠 대로 지치고 두 다리가 떨려 더 이상 서 있을 수도 없을 정도였다.

——계실까? ——아니면 도망치셨을까?

몸보다도 조타로의 마음을 떨리게 한 것은 그 의문이었다.

그러나 우쿄 다유는 거기에 있었다. 조타로가 명령한 대로——아 까 그대로의 모습으로 넋없이 누워 있었다.

"돌아왔습니다."

"……어디에 갔었나요?"

하고 말하며 눈을 이쪽으로 향한 우쿄 다유는 역시 놀란 표정이 되었다.

사람의 머리를 든 조타로는 피와 흙에 흠뻑 젖어, 지옥에서 기어 나온 야마부시 같은 모습이었기 때문이다.

"그건 누군가요? 당신은 무엇을 하고 온 건가요?"

조타로는 진실로 지옥에서 돌아온 것이었다. 그러나 그는 그 사 실은 우쿄 다유에게는 말하지 않겠다고 생각했다. 다만 머리만은 숨길 수 없어서,

"이것은 제 아내를 죽인 원수의 머리입니다."

라고만 말했다.

우쿄 다유는 겁에 질린 것인지 상반신을 일으키며 아무 말도 하지 않고 조타로를 응시하고 있었다. 바라보는 시선에 조타로의 가슴에 서는 또 "가가리비! 가가리비!" 하는 목소리가 터져 나올 것 같았다. 이를 악물고 견디자, 이번에는 가가리비의 슬픈 목소리가 귀에 울

렸다.

"──후에후키 조타로는 가가리비 외에 여자를 끊겠다는 맹세를 잊지 마세요!"

──가가리비를 닮았지만, 물론 이 사람은 가가리비가 아니다. 하는 생각에 몸을 부르르 떨며 그는 마음속으로 중얼거렸다.

"우쿄 다유 님."

하고 그는 낮은 목소리로 말했다.

"영주님 곁으로 돌아가십시오. 영주님께서 걱정하며 찾고 계실 겁니다."

이사리비

1

"아니요, 저는 돌아가지 않을 거예요."

하고 우쿄 다유는 말했다. 그리고 여전히 물끄러미 조타로를 바라보고 있었다.

조타로는 깜짝 놀랐다. 우쿄 다유는 또 말했다.

"저는 교토로 돌아가고 싶지 않아요. 그대와 함께 어딘가로 가고 싶어요."

조타로의 뇌수를 경직시킨 것은 우선 이유 없는 환희의 충격이었다. 아니, 이유는 있다. 그것은 다시 덮쳐 온, 이것은 가가리비가 아닐까 하는 착각이었다. 곧 그 착각은 걷어치웠으나, 다음에 그를 사로잡은 공포에 가까운 사념은 그 히라구모 다관의 마력이었다. 우쿄 다유가 갑자기 이런 말을 꺼낸 것은, 그 차를 마신 탓이 아닐까?

아니, 자신은 이 여인에게 차를 먹인 기억은 없다. 먹인 것은 물이다. 게다가 그 하얀 돌은 따로 자신의 품속에 넣어두었다.

"다, 다관은?"

하고 조타로는 우쿄 다유의 말을 피하려고 시선을 다른 쪽으로 돌렸다.

"다관은 여기에 있어요."

우쿄 다유는 얼핏 자신의 뒤를 보았다. 히라구모 다관은 어느새 화려한 우치카케^{주1)}에 감싸여 거기에 있었다.

주1) 裲襠(우치카케), 소매가 좁은 평상복. 현재의 기모노의 모체이다.

"그보다 정말로 나를 너와 함께 어딘가로 데려가 주지 않겠느냐?"

우쿄 다유는 조타로를 당신이라고 불렀다가, 그대라고 불렀다가, 그리고 지금 너라고 부르고, 그리고 단단히 매달려왔다. 방금 전까지의 우쿄 다유라고는 생각되지 않는, 농염하고 격렬한 눈이고, 동작이었다.

매달려서 조타로를 올려다본 눈이 오히려 음란함에 가까운 요사스러운 불꽃으로 타오르고 있다. 조타로는, 그녀가 사람이 바뀐 건가 생각했다. ──가가리비의 슬픈 목소리가 귀를 스쳐 갔다.

"가가리비 외의 여자는 끊으세요──."

"아니요, 안 됩니다."

조타로는 필사적으로 그녀에게서 몸을 떼었다.

"당신은 미요시 요시오키 님의 정실이십니다. 돌아가서야 합니다."

그리고 흙담 있는 데까지 물러나 무너진 구멍으로 얼굴을 내밀고,

"오, 아무래도 동대사의 화재도 고비를 지난 모양입니다. 도망쳐 온 무사가 이 부근까지 어슬렁거리기 시작하는 모습이 보입니다. 아, 몸을 숨기십시오. 마쓰나가의 병사에게 발견되면 큰일이니."

"왜요?"

우쿄 다유는 자신을 납치하려고 한 자가 마쓰나가 휘하의 네고로 승려라는 것을 아직 모르는 것이다, 라는 사실을 그제야 조타로는 깨달았다.

그 사실은 어렴풋이──아니, 거의 확실히 조타로는 알고 있지만 단조의 연심을 잘 모르는 조타로에게는 아직 잘 이해가 되지 않는

부분도 있다. 그래서 그 이유를 지금 간단히 설명하기는 어렵다.

"어쨌든 미요시 사람이라면 좋겠지만——만일 미요시 사람이 지나간다면 부르십시오. 길에서는 보이지 않도록, 이쪽에서 감시하고 계십시오."

흙담 바깥을, 어느 모로 보나 무사인 듯한 무리가 삼삼오오 지나갔다. 다급하게 달려 지나가는 것은 어쩌면 아직 소재를 알 수 없는 마쓰나가 단조나 미요시 요시오키를 찾는 무사였을지도 모르고, 부상을 입은 자를 짊어지고 가는 것은 화상이라도 입은 것을 수용하러 가는 무사일 것이다.

"저……저것은."

수십 명의 무사가 지나가는 것을 흙담 안에서 살며시 엿보고 있던 우쿄 다유가 간신히 외쳤다.

"저것은, 미요시 사람들이다."

"오오, 그러면."

조타로는 우쿄 다유의 손을 끌고 길로 달려나갔다.

"이보시오, 우쿄 다유 님은 무사히 여기 계십니다. 부디 요시오키 님께 모셔다 주십시오."

그리고 손에서 손으로 보이지 않는 실이 이어져 있는데 그 실을 끊는 기분으로,

"우쿄 다유 님, 그럼 안녕히 가십시오."

하고 그녀를 병사에게 밀어 보냈다.

손은 떨어지지 않았다. 그녀는 조타로에게서 손을 떼지 않았다.

그리고 갑자기 외쳤다.

"여봐라, 이 남자를 붙잡아라."

조타로는 어안이 벙벙했다.

병사들이 검은 해일처럼 그를 에워쌌다. ──우쿄 다유는 그제야 손을 놓았다.

"이자가 히라구모 다관을 훔쳐 달아난 여자의 남편이다. ──아니, 히라구모 다관을, 방금 전까지 이 남자가 갖고 있었다──."

양팔을 붙잡히고도 조타로는 아직 영문을 알 수가 없었다.

벌써 병사들의 파도 너머로 사라지면서, 여자는 돌아보고 웃었다.

"지금은 다관은 가지고 있지 않다. 저기에 우치카케로 싸여 있는 것은, 저것은 네가 죽인 나찰방의 머리, 이자들은 마쓰나가의 병사, 그리고 나는──."

그 웃는 얼굴이 우쿄 다유와는 닮았으면서도 닮지 않은 사악한 꽃으로 보인 것은 그 찰나였다.

"우쿄 다유가 아니다──."

"──앗."

조타로가 외쳤을 때 수십 명의 마쓰나가 병사들이 그의 위로 겹쳐 왔다. 어지간한 조타로도, 칼도 닌자술도 휘두를 수 없는 순식간의 일이었다.

동대사의 불꽃은 약해졌지만 그 대신 검은 연기가 짙어졌다. 그 연기인지 구름인지가 낮게 낀 하늘에서 그을음 같은 것이 내려온다. 그 검은색 비를 맞으며, 아스카노 들판에 말을 세운 마쓰나가 단조는 마치 검은 마신(魔神) 같은 형상이었다. 그것은 마음에 불어닥치는 초조, 괴로움, 두려움, 분노 등의 검은 감정이 비지땀과 함께 외면으로 배어나온 탓이기도 했다.

——우쿄 다유 님은 어찌 되셨을까?

——미요시 요시오키는 어찌 되었을까?

그 의문에 답하여, 병사가 달려나갔다가 다시 달려 돌아와 보고했다.

미요시 요시오키 님은 가게키요문[주2] 부근까지 피하셨으나 거기에서 한 발짝도 떠나지 않고 여전히 우쿄 다유 님을 찾고 계시다. 거의 광란 상태다. 오늘의 화재가 어떻게 일어났는지, 아직 모르시는 것 같다. 우쿄 다유를 잃고 번민하신 나머지 그럴 때가 아닌 것처럼 보인다.

단조가 알고 싶은 것은 애초에 요시오키의 움직임이 아니라 우쿄 다유의 행방이다.

보고를 받으면서, 단조는 오늘의 화재가 흥복사 승려의 방화에 있는 듯하다, 라는 소문을 퍼뜨리는 한편으로 또 우쿄 다유를 찾는 병

주2) 景淸門(가게키요문), 동대사의 연애문(碾磑門)을 말한다.

사를 팔방으로 보냈다. 요시오키보다도 단조 쪽이 번뇌와 광란의
도가 심한 것처럼 보였다. 아직 남은 불이 꺼지지 않은 대불전에 수
색하는 병사를 돌입시키려고까지 한 것이다.

──그놈들!

하며 이를 간다.

그 네고로 승려들을 말하는 것이다. 그들은 그 후로 단조 앞에 나
타나지 않았다.

그놈들, 당치도 않은 일을 저질러놓고──우쿄 다유 님을 납치하
기는커녕 만에 하나 대불과 함께 태워 죽였다간 봐라, 더는 가만두
지 않을 것이다, 그놈들 또한 산 채로 불에 태워주마.

자신이 그 엄청난 폭거에 찬성한 것은 잊고, 후회하기보다는 그저
분노로 몸부림치는 마쓰나가 단조였다.

그 단조 앞에 네고로 승려들이 나타났다.

"오오, 영주님."

"여기에 계셨습니까!"

단조가 아직 한 마디를 하기도 전에,

"분합니다."

하고 풍천방이 절규했다.

"전부터 계획했던 대로 대불전에서 우쿄 다유 님을 옮겨 드리려
고 하기 직전에, 그 이가의 닌자 후에후키 조타로 놈에게 빼앗겨 이
를 사루사와노이케 연못까지 쫓아갔는데──."

"갑자기 검은 옷을 입은 무리가 활과 화살을 들고 덮쳐와 우쿄 다

유 님과 조타로를 놓쳤을 뿐만 아니라――.”

“수주방까지 죽임을 당했습니다――.”

――아까 그 검은 옷의 기마대를 쫓아 달려갔다가 그들이 팔방으로 흩어진 것을 알고, 그제야 적의 교란 전술에 걸린 것을 깨닫고 허둥지둥 사루사와노이케 연못으로 달려 돌아간 그들은, 거기에 떠 있는 머리 없는 수주방의 시체만을 발견한 것이었다.

확실히 그들은 다섯 명으로 줄어 있었다. 단조는 화를 내는 것도 잊었다.

“뭣이, 검은 옷을 입은 무리? 그건 누구냐. 미요시 사람인가.”

“미요시 세력이 무슨 필요가 있어 복면을 하겠습니까――저희쯤 되는 자들을 상대로 그렇게 훌륭한 진퇴를 보이다니――생각건대 ――.”

하고 허공방이 이를 갈며 할 말을 잃자 금강방이 신음했다.

“이가 놈들이 틀림없습니다――.”

“이가 놈들이라고?”

“그렇습니다, 후에후키 조타로를 돕는, 아마 핫토리 일당의 사람들일 겁니다, 영주님! 서둘러 병사를 나라 북쪽으로 보내, 그놈들의 퇴로를 막아주십시오.”

그때 주변에 모여 있는 병사들 뒤에서,

“무슨 요란스런 비명을 지르고 있는 것이냐, 의지도 안 되는 사내들 같으니. 후에후키 조타로는 이 내가 붙잡았다.”

라고 말하는 여자의 목소리가 났다.

돌아보고, 단조는 눈을 부릅떴다. 우쿄 다유가 거기에 나타난 것인가 하고 생각한 것이다.

"영주님, 이사리비입니다."

씩 웃는 얼굴의 요사스러움으로 그것이 시기산성에 남겨두고 온 애첩 이사리비가 틀림없는 것을 확인하고, 단조는 더욱더 아무 말도 할 수 없게 되었다.

다섯 명의 닌자승도 눈을 부릅뜨고 있다. 그들을 놀라게 한 것은 이사리비의 출현보다도 거기에 뒷짐결박을 당한 야마부시 차림의 후에후키 조타로가 있는 것이었다.

"우, 우쿄 다유는?"

하고 단조가 헐떡이며 물었다.

"영주님, 무엇보다도 먼저 그것을 묻고 싶으십니까."

"아, 아니, 어찌 된 일인지 알고 싶다고 생각했을 뿐이다."

단조는 당황하며,

"무엇보다 나는, 왜 그대가 나라에 나타난 것인지도 모르겠다. 하물며 그대가 어떻게 이 도적을 붙잡았는지, 마치 마법 같구나."

"——저는 그때 홍복사에 있었어요. 그리고 동대사의 화재를 보고 있었지요."

하고 이사리비는 말하기 시작했다.

"그리고 화재의 아름다움에 끌려 혼자 홍복사를 나가려고——어느 흙담이 무너진 곳으로 걸어갔는데, 이 야마부시가 우쿄 다유 님을 업고 들어오더군요. 그게 우쿄 다유 님이라는 것은 금방 알았어요. 왜냐하면 저와 꼭 닮았으니까요."

이사리비는 소리도 없이 웃었다.

"우쿄 다유 님은 정신을 잃고 계셨어요. 이 젊은이는 히라구모 다관으로 사루사와노이케 연못의 물을 길어 와, 입으로 옮겨 마시게 하며 간호를 하더군요. 그것도 이해가 가지요. 우쿄 다유 님은, 이 남자의 죽은 아내와 꼭 닮았으니까요."

"허나 우쿄 다유 님이다. 이놈은 천한 신분으로 잘도 우쿄 다유 님께 입으로——."

자신을 제어하는 것을 잊고 말 위에서 이를 가는 단조를, 이사리비는 빈정거리는 눈으로 바라보며 억지로 억양 없는 목소리로 말을 이었다.

"그때 거기 있는 멍청한 법사들이 쫓아오는 발소리를 듣고, 조타로는 밖으로 나갔어요. 조타로는 우쿄 다유 님께 거기서 움직이지 말라는 말을 남기고 나갔지만, 잠시 후——제가 우쿄 다유 님께 어떻게 말을 걸까, 하고 잠시 생각하고 있는 사이에 우쿄 다유 님은——아마 요시오키 님께 가실 생각이었는지, 휘청휘청 담장 밖으로 나가셨어요."

조타로는 눈을 감고 듣고 있다.

이사리비가 우쿄 다유에게 미요시 요시오키에게 돌아가라고 부탁한 것이 아닐까, 하고 단조는 생각했다.

"제가 그것을 쫓아 담장이 무너진 데까지 달려갔을 때——바깥의 큰길을 달려온 검은 두건을 쓴 남자가 갑자기 우쿄 다유 님을 납치해 바람처럼 달려갔어요."

"말을 타고 검은 두건을 쓴 남자라니, 그건 누구냐."

"그건 저도 모르겠어요."

"후에후키 조타로, 네놈은 알고 있겠지?"

단조는 말을 몰아 다가왔다.

"네놈의 일족, 이가 놈들이냐? 말해라!"

채찍이 윙윙거리며, 조타로의 얼굴을 비스듬히 철썩 때렸다. 조타로는 꼼짝도 하지 않고, 눈을 감고 입을 다물고 있다.

"모를 거예요."

조타로의 얼굴에 순식간에 비스듬히 떠오른 붉은 줄을 엷게 웃으며 바라보고 있던 이사리비, 단조가 또 채찍을 쳐든 것을 보고 이렇게 말했다.

"곧 피와 물에 흠뻑 젖어 흙담이 있는 곳으로 돌아온 이 남자는, 우쿄 다유 님과 저를 착각했을 정도이니 아무것도 모를 거예요."

조타로는 이곳에 끌려오기 전부터 자신을 비웃은 이 여자가 누구인지 겨우 알게 되었다. 그는 비 내리는 한냐노 들판에서 가가리비의 사령이 말하던 목소리를 떠올리고 있었던 것이다.

그 가가리비의 사령이 깃들인 여자는 자신을 가리켜,

"——얼굴은 이사리비라는 단조의 첩이에요. 하지만 몸은 제 것……."

이라고 말했다. 즉 이 여자는 그 반대다.

"——시체의 머리와 몸을 바꾸어, 두 사람은 되살아났어요. ……

시기산성에 있는 제 얼굴을 한 여자는, 이미 가가리비가 아니라는 것——."

이것은 이사리비라는 단조의 첩임에는 틀림이 없지만, 그러나 얼굴은 가가리비의 것이다. 닮았다고 하기에는 아직 부족하다. 지금 싸늘하게 자신을 바라보는 눈, 무서운 말을 입에 담는 입술, 이것은 정말로 예전의 가가리비 그 자체였던 것이다!

조타로가 이 여자에게 전의를 상실한 것은, 무엇보다도 우선 그 생각 때문이었다.

"으음."

하고 단조는 신음했다.

"이사리비, 그런데 히라구모 다관은?"

"우쿄 다유 님이 안으신 채, 그 검은 옷의 기마와 함께——."

"저기 두 병사가 들고 있는 것은?"

"하나는 시기산성에 있던 나찰방의 머리, 하나는 사루사와노이케 연못에서 죽은 수주방의 머리예요."

지금까지 증오로 얼어붙은 듯이 서 있던 다섯 명의 법사가 일제히 커다란 언월도를 고쳐 쥐고 계도를 뽑았다.

"영주님."

살기에 갈라진 목소리로 말한다.

"여기서 이놈의 목을 베어도 되겠지요?"

그때, 병사들 맞은편에서 무엇을 보았는지 단조가 갑자기 눈을 크게 뜨며,

"아니, 이것은."

하고 외쳤다.

3

___

병사들을 헤치고 다가온 것은 세 명의 무사로, 두 명은 호위 무사인 듯하지만 선두에 서 있는 침착하고 독실한 얼굴은──야규노쇼의 주인, 야규 신자에몬이다.

"마쓰나가 님."

"신자에몬, 그대는…… 아직 나라에 있었는가."

하고 단조가 말한 것은, 야규 신자에몬이 시기산성을 떠난 것은 바로 얼마 전의 일이었기 때문이다. 아직──이라는 것은, 처음부터 신자에몬이 나라에 있었던 것을 알고 있었기 때문에 한 물음이 아니라, 야규노쇼로 돌아가던 도중에 그대로 나라에 머물고 있었던 것인가 하고 생각한 것이다.

"아니, 한 번은 야규로 돌아갔지만 갑자기 이세 태수 가미이즈미 님이 나라의 모처에 와 계신다는 이야기를 듣고 서둘러 나온 참인데──와보니 큰일이 났더군요, 대불님이 불타다니."

그것에 대해서는 단조는 이야기하는 것도 마음이 아파서,

"그래서 이세 태수는 만났는가."

하고 다른 것을 물었다.

"아니, 오보였습니다. ——그보다도."

야규 신자에몬은 심상치 않은 안색으로,

"지금 가게키요문 쪽에서 들은 것인데, 거기에 있는 미요시 님의 병사가 무언가 살기등등한 기색으로, 마쓰나가에게 납치되었던 우쿄 다유 님이 돌아오셨다, 우쿄 다유 님을 납치한 것은 마쓰나가다, 라는 말을 나누며 진을 짜기 시작하더군요."

"뭣이, 우쿄 다유가 돌아오셨다고?"

"미요시, 마쓰나가는 주종 사이, 그 사이에 불온한 기운이 가득 차 있는 것은 대불을 태운 불꽃에 흥분한 것인지, 아니면 천마[주3]에 홀린 것인지, 이 신자에몬은 판단도 할 수가 없지만, 만일 불측의 사태라도 일어난다면 이 화재보다도 큰일이다 싶어 서둘러 보고하러 온 것입니다."

마쓰나가 단조의 얼굴에 얼핏 푸른 기운이 슥 흘렀으나, 곧 불현 듯 만면에 핏기를 띠며 반골과 투지의 화신 같은 형상으로 변했다. 켕기는 데도 있는 단조다. 우쿄 다유가 요시오키의 곁으로 돌아간 것이 사실이라면, 신자에몬이 급히 알린 것과 같은 사태는 충분히 일어날 수 있는 일이라고 각오하지 않을 수 없다.

지금 야규 신자에몬은 미요시, 마쓰나가를 주종 사이라고 말했다. 그것은 틀림없지만, 현재 실질상의 권력을 장악하고 있는 것은 교토에 있는 미요시가가 아니라 야마토에서 위세를 떨치고 있는 마

주3) 天魔(천마), 불도를 방해하는 제6천 마왕.

쓰나가인 것, 작은 지방인 야규가 간신히 존재를 유지하고 있는 것은 미요시 덕분이 아니라 오로지 이 단조 덕분이라는 사실을 신자에몬은 이미 잘 알고 있을 테니, 그가 이러한 급보를 알려온 것은 당연하다고 할 수 있다.

"……그런가, 그럼 역시 그건 미요시의 부하였나. ──좋아, 기왕이렇게 된 것."

단조는 고개를 끄덕이고, 곁에 있는 시종들에게 괴조처럼 빠른 말투로 지시했다. 순식간에 시종들은 사방으로 흩어져, 이쪽도 진형을 짜기 시작한다. 척후병이 가게키요문 쪽으로 달려간다.

곧 아스카노 들판 일대에 가득 차기 시작한 전쟁의 기운에 잠시어안이 벙벙해 있던 네고로 법사들은 겨우 제정신으로 돌아와,

"영주님, 이자를 싸움의 제물로 삼을까요?"

"그대들이 시기산성으로 끌고 가라."

하고 이사리비가 말했다.

"지금은 그런 애송이에게 신경 쓰고 있을 때가 아니다. ──게다가 그 남자, 한 번에 쉽게 죽이기는 아까워. 내게 생각하는 바가 있으니 먼저 시기산성으로 끌고 가서 우리가 돌아갈 때까지 살려두어라."

"이사리비, 그대도 시기산성으로 돌아가라."

하고 단조가 말했다. 이사리비는 기분 나쁘게 얼굴을 경련시키며 웃었다.

"아니요, 저는 영주님을 버리고 이 자리를 떠날 마음은 없어요. 만

일 미요시가와의 사이에 일이 일어난다면 어찌 될지, ——영주님이 우쿄 다유 님을 무사히 손에 넣으실지, 그것을 지켜보지 않고는 이 이사리비는 돌아갈 수 없어요."

이사리비의 말을 있는 그대로 들을 수 없는 것은 알고 있지만, 이렇게 말하면 단조로서는 반박할 수가 없다. ——이사리비는 아랑곳하지 않고 얼굴을 옆으로 향했다.

"네고로 무리는 무엇을 하고 있느냐."

"하지만."

"성으로 돌아가면 돌 감옥에 넣어라, ……땅 밑의 그 돌 감옥에."

그 돌 감옥이라는 것은 분명히 시기산성의 석실에 만든 우리를 가리키는 것이다. 그곳에는 그 음석을 제조하기 위해 육욕의 광인이 된 여자들이 동물처럼 던져 넣어져 있었다.

"그곳에, 이놈을."

하고 법사들은 신음했다.

"나의 전신(前身)인 여자가 사랑했던 남자, 그자가 그곳에서 어떻게 괴로워하는지, 나는 보고 싶다."

이사리비는 오싹할 정도로 음탕하고 잔혹한 웃음을 입술 끝에 지었다.

"괴롭히고 괴롭히다, 그 끝에 갖고 놀다 죽여도 늦지는 않지 않겠느냐."

"알겠습니다!"

비로소 네고로 승려들은 본성을 되찾은 듯이 눈을 빛내며 일어섰다.

여전히 무사들에게 무언가 고함치려 명령하고 있던 단조는 이윽고 다섯 명의 법사가 안장을 얹지 않은 말에 비끄러매인 후에후키 조타로와 함께 마풍(魔風)처럼 서쪽으로 달려가는 것을 얼핏 보았으나 거기에는 말도 걸지 않고,

"잠깐, 신자에몬."

하고 떠나려고 하는 다른 그림자를 불렀다.

"무슨 일이십니까, 단조 님."

"이가는 그대의 이웃 지방이지."

"그렇습니다."

"핫토리 일당을 알고 있나."

"알고 있습니다만, 이웃에 살고 있을 뿐 남이라."

신자에몬이 이렇게 말한 데에는 이유가 있다. 야마토 지방의 동부에서 이가에 걸쳐서는 본래 호족 쓰쓰이 가문의 세력 범위로, 한때 야규도 이 쓰쓰이 가문 때문에 망국의 아픔을 겪은 적이 있다. 그 쓰쓰이 가문도 지금은 마쓰나가 단조의 압박을 받아 모습을 감추고 틀어박혀 있지만, 원래 핫토리도 이 쓰쓰이 가에 속한 일족이었기 때문이다. 야규와 핫토리가 따로 직접 싸웠다는 역사는 없지만, 서먹서먹한 사이인 것은 분명하다.

"지금은 서로의 영지를 통과할 때 인사를 나눌 뿐인 사이입니다."

"그럼 핫토리 한조가 지금 나라에 와 있는 것은 아는가?"

"아니, 모릅니다. 한조는 요전에 사카이에서 돌아올 때 야규를 지

났지만, 그 후로 이쪽에 온 흔적은 없습니다."

"그게——와 있는 듯하네."

"그럴 리는 없습니다."

단호하게 말하는 야규 신자에몬을 보고 단조의 표정은 동요했다. 그는 아직도 우쿄 다유를 납치한 복면의 기마대가 미요시의 부하가 아닐까 하는 일말의 의혹을 씻을 수가 없었다. 어쩌면 미요시와 이가가 한 패일지도 모른다, 그 가능성은 없다고 할 수는 없다——고 생각했지만, 야규 신자에몬이 신뢰할 수 있는 사람인 만큼 새로운 혼돈이 검은 구름처럼 뇌리에 소용돌이치지 않을 수 없었다.

그는 신자에몬의 알림을 받기 전까지는 직접 말을 달려 그 얄미운 복면의 기마대를 쫓아 이가 가도로 달려갈 결심을 했을 정도였기 때문에 지금 신자에몬의 말을 듣고 또 망설였지만, 곧 한 가지 생각을 가슴에 떠올렸다.

"야규, 부탁이 있네."

"무엇인지요."

"그대, 이제 나라에는 볼일이 없을 테지. 당장 야규로 돌아가게. 그리고 이가와의 경계를 굳게 다지고, 서쪽에서 돌아오는 이가 사람이 있으면 통과시키지 말게. 그리고 한 발짝도 서쪽으로는 가지 말게."

"예?"

의아한 얼굴을 하는 야규 신자에몬에게 단조는 말했다.

"경우에 따라서는 이가 일대를 단조가 짓밟아 주겠네. 그렇게 되면 이가는 그대에게 주지."

만약을 위해 손을 써둘 마음이 든 것이다.

"당장 가게."

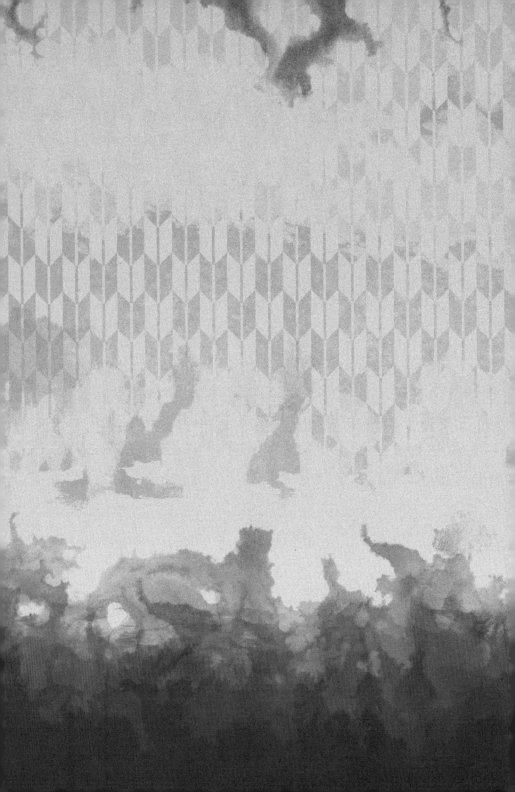

달은 동쪽으로
해는 서쪽으로

1

──우쿄 다유는 남편에게 돌아가 있었다.

그녀에게는 모든 것이 악몽 속의 일이었다. 대불전에서 불꽃에 둘러싸여 실신했다가 정신이 들어보니 어디인지도 알 수 없는 흙담의 그늘에 눕혀져 있고, 젊은 야마부시가 걱정스러운 듯이 들여다보고 있었다. 그리고 아직도 꿈꾸는 기분 속에 있는 사이에 그는 그곳을 떠났다. 떠날 때 그는, "이곳을 나가서는 안 됩니다"라고 다짐했지만, 그러나 그녀는 휘청휘청 뒤를 쫓아 나갔다.

그의 뒤를 쫓았다는 것은 아니다. 그녀는 물론 남편에게 돌아가려고 한 것이다.

하지만 길로 나가자마자 질풍처럼 달려온 말을 탄 남자에게 납치되었다.

"걱정하지 마십시오, 당신을 요시오키 님의 곁으로 모셔 가려는 것입니다."

하고 남자는 말했다.

그 말대로 그는 우쿄 다유를 안장 앞으로 가볍게 안아 올리고, 부드럽게 받친 채 말을 몰았다. 다만 그는 우쿄 다유의 머리에 쓰개를 씌우고, 가능한 한 사람이 적은 길을 달려갔다. 하기야 동대사 화재를 둘러싼 소동으로 다치거나 정신을 잃은 여자는 제법 있었기 때문에, 이 두 사람이 탄 말을 보고도 특별히 기괴하게 생각하는 사람도 없었다.

"당신은 누구인가요?"

그제야 그 남자가 자신을 해칠 뜻이 없다는 것을 느끼고, 우쿄 다유는 물었다.

"사정이 있어 이름을 밝힐 수 없지만, 당신의 적은 아닙니다."

착 가라앉은 목소리가 대답했다.

안장 앞에 있는 우쿄 다유는 돌아볼 수도 없었지만, 그는 복면을 쓰고 있는 것 같았다. 달리면서,

"당신을 대불전의 불꽃 속에서 구해드린 것은, 젊은 야마부시일 텐데요."

하고 이번에는 상대 쪽에서 말했다.

"그 야마부시가 저를 불꽃 속에서? ……그자는 누구입니까?"

"더는 만나실 일도 없겠지만, 이름만은 기억해두십시오. 이가의 닌자, 후에후키 조타로라는 사내입니다."

"……이가의 닌자가 어째서 저를?"

"그 남자는 아내를 빼앗겼고, 그 아내는 죽임을 당했습니다. 그 아내가 당신을 꼭 닮았기 때문이겠지요."

"아내를? 누구에게 아내를 빼앗겼나요?"

"우쿄 다유 님."

복면을 쓴 남자는 그 물음에는 대답하지 않고 고삐를 당겨 말을 세웠다.

"저기에 요시오키 님이 계십니다. 가십시오. ……그 남자에 대해서는 잊고, 오늘의 불꽃도 잊고, 교토에서 조용히, 행복하게 사십

시오."

그렇게 말하더니 그는 우쿄 다유를 말에서 조심스럽게 안아 내려 주었다. 우쿄 다유가 맞은편에 있는 가게키요문 아래에 북적거리는 병사들을 쳐다보았을 때 말발굽 소리는 떠나고, 돌아보니 복면의 남자는 끝내 얼굴도 보이지 않고 그대로 남쪽으로 질풍처럼 달려갔다.

이렇게 해서 우쿄 다유는 남편 요시오키의 곁으로 돌아왔다.

아내를 불꽃 속에서 잃어버려 미칠 듯이 괴로워하고 절망하고 있던 요시오키는 몹시 기뻐했다.

어떻게 해서 아내가 돌아왔는지 조급하게 물었으나 잘 알 수 없었다. 대답하는 우쿄 다유조차 잘 모르니, 여우에 홀린 듯한 기분이 든 것은 당연하다. 그러나 요시오키는 어쨌거나 아내가 돌아온 것만으로 환희했다.

"여봐라, 누구 있느냐, 흥복사에 가서 오늘 방화의 범인이 분명히 흥복사의 승려인지, 확실하게 확인하고 오너라."

하고 요시오키는 말했다. 또한——

"단조의 행방을 찾고, 찾아내면 요시오키가 여기에 있다고 전하고 오너라."

라고도 명령했다. 그제야 정신을 차린 것이다.

그러나 그는 이때까지도 그 방화의 범인이 마쓰나가 단조라는 사실은 아직 몰랐다. 설마 자신의 아내를 빼앗기 위해 단조가 동대사를 불태울 거라고는 상상하지 못했고, 단조가 방심할 수 없는 남자라는 것은 알고는 있지만 만일 자신에게 반역의 뜻이 있다면 그럴 기회는 있었을 텐데 자신에게는 손을 댈 기미도 없었으니, 요시오키가 단조에게 의심을 갖지 않은 것도 당연하다.

불타는 대불전 앞에서 어지러이 춤추던 기괴한 법사는 똑똑히 보았으나 그 흉악한 칼날은 미요시, 마쓰나가 양쪽의 무사를 모두 향했으니 특별히 자신을 노리고 적대한 것으로는 보이지 않았다. ─ 이 가게키요몬까지 피난해온 후에도 시시각각 들어오는 정보는 아무래도 흥복사 승려의 방화인 것 같다는 소문뿐이었기 때문에, 요시오키는 흥복사에 규명의 사자(使者)를 보낸 것이다.

대불전은 모두 타서 무너지고, 불꽃의 들판이 된 동대사 터에 지금 머리를 잃은 대불은 검은 대마상(大魔像)처럼 우뚝 솟아 있었다.

그것을 보자 미요시 요시오키는 단조의 역심을 몰랐음에도 불구하고 새삼 불길한 열풍이 불어오는 기분이 들었다.

"좋다, 흥복사는 나중에 조사한다. 단조는 만나지 않아도 좋다. ─ 교토로 돌아간다!"

그러나 이때 단조를 찾아낸 근신(近臣)이 달려 돌아와,

"마쓰나가 님은 아스카노 들판에 무사히 계셨습니다. 영주님의 분부를 전했더니 곧 갈 테니 잠시 기다려 달라──고 하셨습니다."

하고 보고했다. 그리고──

"영주님, 오늘 방화의 범인을 보았습니다."

하고 말했다.

"뭣이?"

"저는 마쓰나가 님을 찾아 서쪽에서 아스카노 들판으로 갔는데, 도중에 말 위에 포박되어 서쪽으로 달려가는 죄인인 듯한 남자와 스쳐 지났습니다. 마을 사람에게 물어보니, 아무래도 그것이 방화의 범인이고, 마쓰나가의 부하에게 붙잡혀 시기산성으로 보내지는 듯하다, 는 것이었습니다."

"그것은 법사인가?"

"아니요, 야마부시 차림이었습니다. ——제가 본 바로는 그 죄인을 지키고 있는 자들이 법사 무리였습니다."

——라는 말을 듣고 요시오키는 고개를 갸웃거렸으나, 그 이상 뭐라고도 판단이 되지 않았다. 다만 야마부시, 라는 말을 듣고 갑자기 우쿄 다유를 돌아보며,

"부인, 당신을 구해준 것은 야마부시라고 했지요."

"예."

"시기산으로 끌려간 것은 그 남자가 아닐까?"

"……글쎄요."

"이상한 이야기로군. 그자를 호송한 것이 법사라니——불을 지른 것은 분명히 법사들이었는데."

요시오키는 생각에 잠겼다. 본 것과 들은 것이 반대다. 세상에 야마부시도 법사도 한두 명은 아닐 테니 뭐라고도 말할 수가 없지만, 요시오키는 왠지 가슴이 술렁거렸다. 이곳에 오래 머무는 것에 대해 본능적인 불안을 느낀 것이다. 글자 그대로 탄내가 나는 느낌^{주1)},

---

주1) '탄내가 난다'는 말에는 전투나 소란이 시작될 듯한 분위기라는 뜻도 있다.

이란 이것을 말하는 것이리라.

미요시 세력의 선두는 이미 북쪽으로 움직이기 시작했다.

"가마를 가져오너라."

하고 그는 말했다. 아내를 태우기 위한 가마다. 그는 단조의 인사를 기다리지 않고 서둘러 교토로 돌아갈 결심을 한 것이다. 가마가 왔다.

가마에 타려고 하는 우쿄 다유를 보고,

"아, 부인. ……그것은 무엇이오?"

하고 요시오키가 물었다. 우쿄 다유가 소중히 안고 있는 화려한 비단 꾸러미를 본 것이다.

"다관입니다."

"다관?"

"저를 구해준 그 야마부시가 맡긴 다관입니다."

우쿄 다유는 멍한 상태로 말하고는 가마에 몸을 숨겼다.

가마는 일어나 북쪽으로 움직이기 시작했다.

그러나 발 안에서 우쿄 다유는 아연실색해 있었다. 그녀는 요시오키의 말을 듣고 비로소 자신이 이 다관을——그 복면을 쓴 무사에 의해 말 위로 납치되면서도——단단히 안고 놓지 않은 것을 깨달은 것이다.

가져온 것은 기억하고 있다. 그 남자는 "제가 돌아올 때까지 여기에 있으면서 그 다관을 지켜주십시오. 제 보물입니다"라고 말했다. 그렇게 부탁받은 것을 들고 가자니 양심에 가책이 느껴져, 도중에 그를 만나면 건네줄 생각으로 그 다관을 곁에 있던 화려한 비단에 싸서 가져왔다. 아연실색한 것은, 그렇다 해도 자신이 그 다관을 이렇게 소중하게 안고 있었다는 것이었다.

아니, 그녀는 방금 야마부시가 죄인으로서 시기산성에 끌려갔다는 말을 들었을 때 자신의 마음이 받은 충격을, 새삼 놀라움을 가지고 돌이켜 생각하고 있다.

그 야마부시가 자신을 구한 야마부시다. 그녀는 그렇게 직감했다.

그 야마부시가 동대사에 불을 질렀다고? 아니다. 그녀는 그것을 본능적으로 부정했다.

그 남자는 무엇 때문에 자신을 구한 것일까. 복면을 쓴 무사는 말했다. "그 남자는 아내를 빼앗겼고, 그 아내는 죽임을 당했습니다. 그 아내가 당신을 꼭 닮았기 때문이겠지요——."

잘 모르겠다. 그러나 알 것 같기도 하다. 아주 짧은, 거의 말다운 말도 나누지 않은 한때였지만 자신을 바라보던 그 남자의 눈은 뭐라고도 말할 수 없는 청아한 애정으로 불타는 것 같았다. ——그 눈이, 지금 우쿄 다유의 가슴에 무서운 빛줄기를 내뿜으며 되살아났다.

어떻게 해서 자신이 구조되었는지 우쿄 다유는 모르지만, 정신을 잃기 직전에 자신을 감싼 불꽃의 바다는 기억하고 있다. 그 남자는 그 불꽃 속에서 자신을 구해준 것이다. ——그리고 그는 환상처럼 떠나갔다.

이름도 복면을 쓴 무사에게서 들었다. 이가의 닌자, 후에후키 조타로.

"뭐? 마쓰나가가 쫓아왔다고?"

가마 옆의 말 위에서 요시오키의 목소리가 들렸다.

"그리고 마쓰나가 세력은 전쟁을 준비하는 진을 짜고 있다는 말이냐."

요시오키는 외쳤다.

"좋다, 가마는 먼저 보내라. 적은 인원으로 지키며 서둘러 가거라. 나는 마쓰나가의 진 배치를 보아주마."

열 명 남짓의 병사의 보호를 받으며 우쿄 다유의 가마는 나라 북쪽——한냐노 들판으로 달려갔다.

그러나 호위병들은 뒷일이 마음에 걸려 한냐노 들판의 여름 풀밭에 가마를 내려놓고 나라 쪽으로 발돋움을 했다.

그리고 잠시 후 마음을 다잡고 이래서는 안 된다 싶어 다시 가마를 들었을 때, 그들은 가마 안에 다관 하나가 남겨져 있고 우쿄 다유 님의 모습이 홀연히 사라진 것을 발견했던 것이다.

한냐노 들판의 여름 풀 속을 지나, 우쿄 다유는 달리고 있었다. 우회하면서 서쪽으로.

그녀는 자신을 구해준 젊은 야마부시의 안부를 살피러 시기산성에 가보지 않을 수 없게 된 것이다. 물론 이런 당치도 않은 것은 호위하는 무사들이나 요시오키에게 말할 수 있는 일이 아니다.

그러나 실로 아무도 상상할 수 없는, 무리에서 벗어난 새의 날갯짓이었다. 결코 그녀를 구해준 사람에 대한 걱정이라는 것만으로는 설명이 되지 않는다. 그것이 그녀의 마음에 남은 두 개의 눈동자의 마력이라고 말한다면, 그녀는 어떻게 대답했을까.

2

야규 신자에몬으로부터 미요시 세력에게서 자신에 대한 불온한 기척이 보인다는 말을 들은 단조는 자포자기하여, 여기서 모반하는 것도 어쩔 수 없다는 결의를 굳혔다.

애초에 그런 생각으로 시기산성을 나온 것이 아니었고 동대사에 불을 지른 후에도 아직 그런 것은 생각하지 않았기 때문에, 이것은 전혀 본의가 아닌 행동이었다. 병사의 수로 보아도 반드시 이길 수 있다는 자신은 없지만——그 미요시 세력이 급히 교토로 돌아가기 시작했다는 것을 듣고 순간 안도하였다가, 다음으로 미요시를 교토로 돌려보내면 나중에 더욱 꼼짝도 못 하게 되는 절체절명의 입장에 내몰릴 것이라고 생각을 바꾸었다. 그래서 미요시 세력을 좇아왔으나, 최선을 다해 태연한 것처럼 보이긴 했어도 역시 요시오키는 그것을 간파한 듯했다. 한냐사카(般若坂) 언덕에서 기다리는 미요시 세력에게서 심상치 않은 전의를 보고, 지금은 여기까지다, 하고 단조는 체념의 결심을 굳혔다.

산에 비가 내리려 할 때는 먼저 바람이 벗나무에 불어온다. [주2]

──고, 그때 미요시 세력에 갑자기 혼란의 구름이 소용돌이친 것을 그는 알아보았던 것이다.

"누구 있느냐, 미요시 쪽에 무슨 일이 일어났는지 살피고 오라."

하고 그는 명령했다.

순식간에 척후병이 늑대처럼 몸을 낮추고 풀 속을 달려갔다가, 잠시 후에 달려 돌아와 그 이변의 이유를 보고했다. 한냐노 들판에서 우쿄 다유가 사라져, 어떻게 해도 찾을 수가 없다는 것이다.

"우쿄 다유 님이?"

어지간한 단조도 이것은 뭐라고도 판단할 수가 없었다. ──돌아보며,

"알겠는가."

하고 묻는다.

거기에 쓰개를 뒤집어쓴 이사리비가 있었다.

"……모르겠어요."

하며 그녀는 고개를 저었다. 그녀도 정말로 모른다. 문득 일전의 복면을 쓰고 말을 탄 무사가 뇌리를 스쳤으나 그, 또는 그들의 정체가 확실치 않은 이상 지금 그것을 그렇게 연결지어도 될지 짐작이 가지 않는다.

"하지만 저 미요시 세력의 당황하는 기색은 덫이 아니다."

주2) 어떤 일이 일어날 때는 반드시 그 징조가 있다는 뜻.

단조가 중얼거렸을 때, 이사리비가 말했다.

"영주님."

"무엇이냐."

"영주님의 바람을 드디어 이룰 수 있는 때가 온 것 같지 않으신가
요."

"내 바람?"

"우쿄 다유 님이 아니에요."

쓰개 속에서 목소리가 웃었다.

"천하를 얻는 바람."

"지금 요시오키 님을 치라는 것이냐."

"지금 싸움을 걸어도 이길 수 있다는 보장은 없을 텐데요. ……하
물며 교토에는 아직 조케이 님도 계셔요."

"……으음, 실은 그래서 망설이고 있다."

"병사를 물리셔요. 뒤는 이 이사리비에게 맡기시고요."

"무슨 말이냐."

"제가 요시오키 님께 가겠어요."

"무, 무엇을 하려는 것이냐, 그대는."

"우쿄 다유 님으로 둔갑하여, 제가 미요시 안으로 들어가려는 것
입니다."

단조는 눈을 부릅떴다. 그러나 아름다운 쓰개에 가려져, 이사리
비가 어떤 표정으로 말하고 있는지 알 수가 없었다. 그녀는 냉정하
게 말했다.

"영주님, 우쿄 다유 님이 한 번이라도 요시오키 님의 곁으로 돌아가신 이상은, 십중팔구까지는 영주님의 계획은 저쪽에 알려진 것이 틀림없어요. 미요시 세력이 호저처럼 털을 세운 것은 그 때문이겠지요. 그렇다고 지금 요시오키 님과 싸워도 위험해요. 교토의 미요시가에 공공연히 반기를 드는 것은 더욱더 시기상조이고요. 이것은 영주님도 잘 아실 테지요. 그런 목표가 있다면, 오늘을 기다리지 않고 그렇게 하시지 않았을 영주님이 아니니까요."

이사리비는 단조의 속내를 손바닥 들여다보듯이 말했다. ──이전의 그저 백치미 덩어리 같던 이사리비와는 실로 다른 사람이라는 것을, 단조는 새삼 깨닫지 않을 수 없었다.

"제가 우쿄 다유 님이 되어 요시오키 님의 품에 들어가면, 미요시쪽의 마쓰나가에 대한 의심암귀를 풀 수 있을 거예요. 그 사이에 영주님──준비를 하시지요."

"우쿄 다유 님이 되어, 라니 이사리비, 그대는 참으로 우쿄 다유 님을 꼭 닮기는 하였지만 과연 요시오키 님이──."

"간파당할 이사리비가 아닙니다."

이사리비의 목소리는 자신감에 차 있었다.

"만일 진짜 우쿄 다유 님이 발견된다면?"

"그쪽을 가짜라고 쫓아내겠어요."

단조는 깜짝 놀랐다. 이사리비는 또 웃었다.

"설령 간파당한다 해도, 그때는 이미 요시오키 님은 제 수중에 있다고 해도 좋을 테지요. 그분을 아귀로 삼든──아니면 독약을 먹이든, 제 마음대로예요."

단조의 눈이 번쩍 빛났다.

"뭣이, 독약을 먹인다고?"

이때의 단조의 생각은 몹시 복잡했다.

미요시 요시오키에게 독약을 먹인다. 부친인 조케이가 중병에 걸려 있는 만큼, 그것은 미요시가의 붕괴를 의미한다. 몽상의 꽃이 피는 기분이었다.

그러나 그것을 이사리비가 할 수 있을까 하는 생각이 든다. 아니, 우쿄 다유로 둔갑할 수 있을까 싶다. 우쿄 다유로 둔갑한다는 것은 그녀가 요시오키에게 안긴다는 뜻이다. 그것이 견디기 어려울 정도로 질투가 나고, 또 한편으로 그녀가 자신의 곁에서 사라지는 것에 한숨이 나올 정도로 안도하는 기분도 들었다. 특히 우쿄 다유가 또 사라졌다는 말을 들은 지금은 더욱 그렇다. 형편에 따라서는 우쿄 다유를 지금 자신의 손으로 붙잡을 기회가 있는 것이 아닌가?

대체 우쿄 다유는 어디로 사라진 것일까? 빙글빙글 도는 사고의 불꽃놀이를 꾹 누르고, 단조는 고의로 만든 고민스러운 표정으로 말했다.

"이사리비, 가주겠는가?"

"예. ──우쿄 다유 님이 발견되면 이 묘안은 물거품이 되니 서두르시지요."

"언제 돌아올 텐가?"

"모르겠지만, 머지 않아──요시오키 님의 머리와 함께."

이사리비는 쓰개를 벗고, 심술궂고 요염하기 그지없는 웃는 얼굴을 보였다.

"하지만 영주님이 다른 여자를 이 이사리비보다도 더욱 총애하신다는 소문을 듣는다면, 당장 시기산성으로 돌아가겠어요."

——이사리비가 풀의 파도 사이로 사라지고 나서, 단조는 마쓰나가 세력에 몇 정 물러나라고 명령했다. 잠시 후, 미요시 세력의 혼란도 끝나고 대오를 갖추어 북쪽으로 움직이기 시작했다. 우지[주3]를 지나는 나라 가도로 향하기 시작한 것이다.

이사리비는 무사히 미요시의 품으로 들어갔다. ——도중까지 이사리비를 데려다준 병사가 그렇게 보고했다.

단조는 뭐라 형용하기 어려운 기분 나쁜 웃음을 띠며 고개를 끄덕이고 있다가 유유히 명령했다.

"풀뿌리를 뒤져서라도 우쿄 다유 님을 찾아라."

그리고 이날의 미요시와 마쓰나가의 진퇴——한쪽이 전의를 품으면 한쪽이 흐트러지고, 한쪽이 쫓으면 한쪽이 물러난다는 미묘한 어긋남이 있었으나, 쌍방의 의도를 쌍방 모두 파악하지 못하여, 일촉즉발의 기운을 풍기면서도 끝내 아무 일도 일어나지 않았다.

무엇보다도 먼저, 가게키요문에 있는 미요시 세력이 마쓰나가에 대하여 불온한 움직임을 보이고 있다——라는 정보가 잘못되어 있었던 것인데, 그 오보의 제공자인 야규 신자에몬은 무슨 생각으로

주3) 宇治(우지), 교토부 남부에 있는 지명. 우지카와(宇治川)강 입구에 있으며 차(茶)의 산지로 유명하다.

그런 말을 했던 것일까.

3

후에후키 조타로는 시기산성의 돌 감옥에 던져넣어졌다.

현재 시기산에 있는 환희원(歡喜院) 조호손자사(朝護孫子寺)는 고대의 쇼토쿠 태자가 창립한 그 절이 아니라 한 번 무너졌다가 그 후에 마쓰나가 단조가 시기산성을 짓고, 이것이 또 무너진 후 도요토미 히데요시가 재건한 것이다. 이곳을 찾는 사람은 깊은 산중에 홀연히 나타나는 용궁 같은 대사원에 눈을 크게 뜨고, 또한 단애와 기암과 거석이 이어져 있는 대가람의 기이한 경관에 놀라지 않을 수 없다.

하물며 이것은 성이다.

땅 밑에 있는 석실이란 일부러 돌을 날라 와서 쌓은 것이 아니라 처음부터 존재하던 거석(巨石)을 판 것이었다. 그런 만큼 인간의 건축물이 아닌, 엄청난 위압감이 있다.

이곳에 던져넣어져, 조타로는 전율했다.

그것은 돌 감옥 자체보다도 그곳에 있는 다른 더욱 무서운 것에 둘러싸였기 때문이었다.

여자다.

여자다.

여자, 여자, 여자, 여자, 여자, 여자, 여자…….

옷을 걸치고 있다기보다 갈기갈기 찢겨 있어 거의 반라다. 아니, 완전히 실오라기 하나 걸치지 않은 자가 절반은 된다. 이들이 벽을 메우고, 창살에 얽히고, 바닥을 메우며 나른한 듯이 꿈틀거리고 있다.

나른한 듯이──그렇지 않다. 조타로가 그곳에 던져넣어지자마자, 그들이 일제히 깨어난 듯이 파도치기 시작했다.

"남자."

"남자."

"남자, 남자, 남자, 남자, 남자, 남자, 남자……."

숨결인지 고함인지도 알 수 없는 술렁거림이었다. 그러나 이 경우, 수많은 입은 그렇게 헐떡이고 있는데 남자는 후에후키 조타로 단 한 명이었다.

"가까이 오지 마."

조타로는 절규했다.

"나한테 가까이 오면, 팔이든 다리든 부러뜨릴 것이다."

사실 그는 자신의 다리며 허리에 휘감긴 팔을──부러뜨리지는 않았지만 뼈의 관절을 뽑았다. 그의 손이 스치는 곳마다 여자의 팔은 모조리 탈구되어 하얀 뱀처럼 기분 나쁘게 몸부림치며 뒹굴었다.

그래도 도망치는 몸은 없다. 물러서는 다리는 없다. 공포의 목소리는 없다.

——모두 미친 여자인 것이다!

그것을 알고, 조타로는 눈을 부릅떴다. 어디를 둘러보아도 먹구렁이처럼 흐트러진 검은 머리카락, 욕정에 젖은 눈, 벌려진 붉은 입술, 헐떡이는 혀, 흐르는 침, 파도치는 유방, 구불거리는 허리, 몸부림치는 몸통, 그리고 활짝 벌려진 다리, 다리, 다리…….

이곳에 있는 것은 잔인한 파계승 네고로 법사들의 '음석 제조'에 희생되어 그저 육욕과 본능의 덩어리, 색정광이 된 여자뿐이었다.

"아, 하, 하, 하."

"어떠냐, 이가 놈."

"그 여자들을 상대로 어떤 닌자술을 쓸 테냐."

"소문으로 듣던 이가 닌자술인지 뭔지를 보여다오."

두꺼운 돌 창살 밖에서, 다섯 명의 닌자승은 목젖이 보일 정도로 몸을 젖히고 껄껄 웃었다. 웃음소리는 와아아앙, 하고 돌에 메아리치고 메아리쳐, 아득히 지상으로 사라져 간다.

종이 울리는 법륭사(法隆寺)

1

    ——그러나 그날 밤 네고로 법사들은 그대로 물러나 어디론가 가 버렸다.

    실은 어지간한 그들도 인간인 만큼 지칠 대로 지쳤던 것이다. 동 대사에 불을 지르고, 사루사와노이케 연못에서 피투성이 사투를 벌 이고, 나라에서 후에후키 조타로를 끌고 단숨에 시기산성까지 달 려 돌아오고, 게다가——아니, 그 이전부터 조타로를 찾아 나라 부 근을 뛰어다니고 있었으니, 어쨌거나 목표로 하던 조타로를 붙잡아 일단락이 되었다고 생각하고 시기산성으로 돌아오자 여기에서 피 로가 몰려온 듯, 성 안의 한 방에서 술을 마시고 그대로 깊이 잠들어 버린 것이다.

    하지만 후에후키 조타로는 잘 때가 아니었다.

    지금은 그도 이 여자들이 어떤 여자들이었는지 알고 있다. 저 네 고로 승려들이 이가 가도에서 갑자기 부조리하게 덮쳐들어 가가리 비를 빼앗아 간 것도 그렇고, 나라 와카쿠사야마산에서 유녀들을 범한 것도 그렇고, 또 동대사에서 우쿄 다유 님을 납치하려고 한 것 도 그렇고——이것은 마쓰나가 단조의 음욕의 제단에 바쳐지기 위 해, 네고로 법사들의 무서운 닌자술에 걸려 희생된 자들의 모습이 다.

    가엾다고 생각한다. 참혹하다고 생각한다.

    특히 이것으로부터 사랑하는 아내 가가리비의 죽음의 모습을 유추하면, 머리카락도 곤두서고 피도 역류하는 것을 느낀다.

그러나 눈물을 흘려야 할──상대는 광녀다. 그것도 육욕의 암컷이다.

이미 인간으로서의 대화는 없다. 그저 헐떡이고, 신음하고, 불어 닥치는 욕망의 열풍. ──조타로에게는 지금까지의 어떠한 사투도 이 정도는 아니라고 해도 과장이 아닌, 무서운 하룻밤이었다.

그녀들이 희생자라는 것을 알고──

"용서하시오."

그렇게 말하면서, 휘감기는 수많은 팔, 다리의 관절을 뽑고 몸을 부딪친 것도 잠시──이윽고 그는 말없이 여자들과 싸우기 시작했다.

그의 발치에 하얀 물고기처럼 여자들이 쓰러지고, 겹쳐 쌓인다. 그는 그것을 피해 도망쳤다. 동료가 어떤 꼴을 당하든, 미친 여자들에게 반응은 없다. 말이 없는 것은 조타로뿐이고 여자들의 헐떡임은 더욱 높아져, 사지의 관절이 빠져 꿈틀거리면서도 미친 듯이 웃고 있는 자도 있었다. 그렇지 않아도 석실에 가득 차 있던 여자들이었다. 그들이 여기저기 쓰러지니, 결국 조타로는 발을 둘 곳도 없어졌다.

조타로도 지칠 대로 지쳐 있다. 그것은 네고로 승려보다 훨씬 더 했을지도 모른다. 그의 망막에는 그저 하얀 난무가 달라붙고 그의 피부에는 뜨거운 점액이 미끈미끈하게 엉겨, 점차 조타로는 그 감각에 매몰되어가는 듯한 기분이 들었다.

물론 그는 이곳에서 죽을 생각은 없다. 어떻게든 도망쳐 나가, 반드시 그 법사들을 모조리 죽일 각오다. 가가리비를 생각하면──

"……가가리비."

그 복수의 의지와 탈주의 궁리를 북돋우기 위해 그렇게 부른 목소리는,

"나를 구해주시오!"

점차 오직 여자들을 막기 위한 비명 같은 주문으로 변했다.

거의 반쯤 잠들고 반쯤 깨어 있는 동안의 요사스러운 사투의 하룻밤이 지나고──땅 밑의 이 돌 감옥에도 어디에서인지도 모르게 희푸른 새벽빛이 비쳐들었다. 여전히 정신없이 여자들과 싸우고 있는 후에후키 조타로의 뺨은 마치 끌로 깎은 것처럼 변해 있었다.

2

그 새벽의 시기산성 정문에 한 여자가 섰다.

"이사리비예요."

하고 그녀는 말했다. ──문지기는 허둥지둥 문을 열었다.

우쿄 다유였다.

그녀는 아무것도 모른다. 미요시 요시오키의 아내이기는 하지만 완전히 구중심처의 꽃 같은 그녀는 가로(家老) 마쓰나가 단조의 은

밀한 역심이나 터무니없는 자신에 대한 연모 등은 아무것도 모른다.

다만 막연히, 단조라는 남자가 무서운 인물인 것은 느끼기 시작했다. 또한 남편 요시오키의 이야기로 보아 동대사에 불을 지른 것은 기괴한 법사들이고, 그 법사들을 부리고 있는 것이 단조인 것 같다는 것은 눈치챘다.

그러나 그런 관계나 의도를, 그녀는 정확하게 읽어낼 수가 없었다.

모르기 때문에, 그녀는 혼자 시기산성으로 왔다. ——자신을 구해준 후에후키 조타로라는 야마부시를 구하기 위해.

그가 동대사 방화의 범인이라는 혐의로 붙잡혀 시기산성에 보내졌다는 말을 듣고, 그녀는 그것은 틀렸다고 믿고 그 오해를 정정하기 위해 왔다. 자신이 미요시가의 가로인 마쓰나가의 성에 찾아가면 곧 그 오해는 풀릴 거라고 그녀는 순진하게 생각했던 것이다. 모른다는 것은 무섭다.

우쿄 다유는 이사리비라는 이름조차 몰랐다. 그녀가 누구인지도 몰랐다.

그것을 안 것은, ——시기산 아래의 성 외곽 문에서 보초병 쪽에서,

"……오오, 이사리비 님, 돌아오셨습니까."

하고 부르며 공손하게 인사를 했기 때문이다.

"혼자 오셨습니까?"

"…………."

"영주님은 어찌 되셨습니까?"

"…………."

우쿄 다유는 대답할 수가 없었다. 말없이, 조용히 문을 들어가 산을 올라갔다.

간신히 이사리비란 단조의 첩인 듯하다, 고 느꼈다. 그 여자는 단조와 함께 지금 나라에 가 있는 모양이다. ──그리고 그 여자는 다른 누가 보아도 구분할 수 없을 정도로 자신과 매우 닮은 여자인 듯하다.

그것을 알고도 우쿄 다유는 그런 오해는 굳이 풀려고 하지 않았다. 그것은 마쓰나가 단조에 대한 막연한 두려움에서 온 본능적인 지혜이고, 또한 자신이 이곳에 왔다는 행위가 얼마나 무모한지는 잘 알고 있었기 때문에──사실은 그녀는 그 무모함의 소름 돋을 듯한 의미를 몰랐지만──가능하다면 미요시 요시오키의 아내가 혼자서 시기산성에 왔다는 것을 우선 누구보다도 나중에 남편에게 알리고 싶지 않았기 때문이다. 그것으로 통한다면 그것이 좋다.

──사실 그녀는 그것으로 문을 통과했다.

"이사리비 님."

놀라며 맞이하는 얼굴에,

"그래."

하고 고개를 끄덕이며 지나친다. 산 아래에서 정문까지 오는 동안에, 그녀는 유유한 침착함마저 익히게 되었다.

이래도 아무 일도 없었던 것은 이유가 있다. 무엇보다 누가 이 세상에 이렇게 많이 닮은 여인이 있을 거라고 생각할까. 성의 병사들은 그때까지 우쿄 다유 님의 얼굴을 본 적이 없었던 것이다. 둘째로, 그 교토 미요시가의 작은 주군의 정실이 오직 혼자서 표연히 시기 산성에 찾아올 것이라고, 누가 상상할까. 셋째로──애초에 이사리비라는 주군의 애첩이 분방하기 짝이 없다고 할까, 방약무인한 행동이라고 할까, 가는 곳마다 요기(妖氣)의 바람을 끌고 다니고, 이쪽이야말로 혼자서 성에 돌아와 가볍게 목례하며 문들을 지나가도 아무도 특별히 이상하다고는 생각하지 않는 데가 있었던 것이다.

"이사리비다."

본성에 들어서자 우쿄 다유는 허둥지둥 맞이한 네다섯 명의 무사에게 말했다.

"나라에서 붙잡아온 야마부시는 어디에 있느냐."

완전히 솔직하게 이렇게 물었는데, 이 무사들은 다섯 명의 네고로 승려로부터 "이사리비 님이 돌아오실 때까지, 이놈은 천수각 아래의 돌 감옥에 넣어둘 것이다"라는 말을 들은 터였다.

"그 돌 감옥에 넣어 두었습니다만…… 법사님들은 아직 주무시고 계십니다. 깨워 올까요?"

"아니, 됐다. 그보다 우선 보고 싶구나. 안내해라."

그리고 우쿄 다유는 무사들과 함께 그 땅 밑의 돌 감옥으로 내려갔다.

들어온 몇 개의 그림자에 창살 저편에서 후에후키 조타로는 들러

붙을 듯한 눈꺼풀을 뜨고, 역시 눈을 부릅떴다.

우쿄 다유는 물끄러미 그를 바라보았다. 속으로 이 돌 감옥의 요사스러운 경관에 놀라고, 게다가 단 하룻밤 만에 다른 사람처럼 야월 대로 야윈 야마부시의 얼굴에 숨을 삼키고 있었다.

……자, 그를 어떻게 성에서 데리고 나가면 좋을까. 들어오기는 들어왔으나, 이 남자를 데리고 또 혼자서 성에서 나가면 이번에는 누구나 수상하게 생각할 것이다.

"저 남자를 묶어서 감옥 밖으로 내오너라."

그녀는 말했다.

무사들은 창을 들고 들어가, 조타로를 묶어 창살 밖으로 내보냈다.

지상으로 나가는 돌계단과 천수각 내부로 올라가는 돌계단, 둘로 나뉜 데에 오자,

"나는 이 남자에게 묻고 싶은 것이 좀 있다. 그대들은 물러나 있어라. 법사들은 내가 부르겠다."

하고 우쿄 다유는 말했다.

그리고 멍하니 지켜보고 있는 무사들의 시선을 등에 타들어갈 것처럼 느끼면서, 그녀는 조타로의 밧줄을 풀고 천수각으로 가는 돌계단을 올라갔다. 무사들의 모습이 보이지 않게 되자, 그녀는 돌아보았다.

"후에후키 조타로."

조타로는 충혈된 눈으로 노려보았다.

"동대사에서 구해주신 미요시 요시오키의 처입니다."

거의 판단력을 잃은 듯한 조타로의 얼굴에, 점차 경악이 균열처럼 퍼져 갔다.

"당신을 구하러 왔어요."

"——우쿄 다유 님!"

"자세히 이야기하고 있을 시간이 없습니다. 한시라도 빨리 이 성을 나가야 하는데, 둘이서 나가면 수상하게 여겨져 곧 추격이 붙겠지요. 어찌하면 좋을지."

"위로."

하고 조타로는 말했다.

——진흙 같은 잠에서 깨어난 다섯 명의 네고로 법사가 이 괴이한 일의 보고를 들은 것은 약 1각 후였다.

이윽고 천수각 맨 위층의 고란에서 눈앞도 어지러워질 듯한 단애 아래로, 기나긴 한 줄의 밧줄이 늘어뜨려져 있는 것이 발견되었다.

이 보고를 듣고, 이 밧줄을 보고도 순간 네고로 승려들은 판단이 서지 않았다.

그러나 어쨌거나 돌 감옥에서——아니, 시기산성에서 후에후키 조타로가 모습을 감춘 것만은 분명했다.

그들은 날 듯이 시기산성을 뛰쳐나갔다.

3

　시기산을 내려가면 이카루가 마을이다.

　이제 완전히 해가 뜬 평야의 길을 질풍처럼 정신없이 달려——다섯 명의 법사가 고리야마(郡山)산에 들어갔을 때, 나라 쪽에서 온 마쓰나가 단조의 행렬과 마주쳤다.

　어제 하루 낮 하루 밤 동안 우쿄 다유를 찾아 나라 일대를 뒤진 마쓰나가 단조는 끝내 수확을 얻지 못하고, 우선 시기산성으로 돌아가려고 아침 일찍 나라를 떠난 것이었다.

　우쿄 다유의 실종에 대해서는 그 행방뿐만 아니라 그 이유에 대해서도, 그는 전혀 짐작이 가지 않았다. 몹시 마음에는 걸리지만 교토로 돌아간 미요시 요시오키의 사후 행동도 예측할 수가 없고, 특히 그 내부에 이사리비를 들여보낸 이상 머잖아 그쪽에서든 이쪽에서든 무언가 일을 일으키지 않으면 안 될 듯한 예감이 있으니, 무엇보다도 우선 성으로 돌아가 여러 가지로 준비할 필요가 있었다.

　고리야마산에서 다섯 명의 네고로 승려를 만나, 단조는 시기산성에 일어난 괴이한 일을 들었다.

　“——우쿄 다유다!”

　후에후키 조타로를 놓친 것에 화를 내기보다도, 전광처럼 번득인 이 생각에 단조는 충격을 받았다.

　“이가의 닌자를 구해 도망친 그 여자는, 우쿄 다유다!”

　“아니, 그럼 그것은 이사리비 님이——.”

"이사리비는 교토로 갔다."

네고로 승려는 그 이야기를 처음 들었다.

"우, 우, 우쿄 다유 님이…… 혼자서…… 시기산성에…… 후에후키 조타로를 구하러……."

띄엄띄엄 말했으나, 그 말들이 순간 머릿속에서 연결되지 않는다. 그들은 바보처럼 입을 딱 벌리고 있었다.

"우쿄 다유는 미요시 세력에서 사라졌다. 나는 지금까지 그것을 찾고 있었단 말이다. 으음, 그럼 후에후키를 구하러 시기산성으로 달려간 것이로군, 무, 무, 무슨 이런 대담한——."

"왜 우쿄 다유 님이 그놈을 구하러——?"

"내가 그런 것을 어찌 알겠느냐!"

단조는 고함쳤다. 하지만 그의 뇌리에서 이때 이사리비가 말했다——"그 젊은이는 히라구모 다관으로 사루사와노이케 연못의 물을 길어 와, 우쿄 다유 님께 입으로 옮겨 먹여 주었어요."——라는 말이 스쳐 깜짝 놀랐다.

이사리비는 사루사와의 물이라고 말했지만, 그자가 우쿄 다유 님께 음석의 차를 먹인 것은 아닐까?

"두 사람을 잡아라, 그 두 사람이 시기산성에서 도망친 시각으로 보건대 후에후키는 몰라도 우쿄 다유의 걸음으로 이런 곳까지 왔을 리는 없다. ——분명히 아직 이카루가 마을 어딘가에 숨어 있을 것이다. 되돌아가서, 찾아라!"

다섯 명의 법사는 물론이고, 단조 휘하의 병사들은 미친 듯이 달리기 시작했다.

후에후키 조타로는 법륭사 오층탑의 지붕에 납작 엎드려, 천천히 상륜주1)을 돌면서 아래쪽의 사방을 둘러보고 있었다.

황혼이었다.

그 뺨의 처참함은 물론 시기산성을 벗어났을 때와 다름이 없지만 겨우 몇 각 사이에 눈이 이상한 정기(精氣)와 빛을 되찾은 것을 보면 어디에선가 음식을 먹은 것이리라. 아니면 겨우 몇 시간이라도 졸았을지도 모른다.

"아하."

하며 그는 미소를 지었다.

"저런 곳을 달려가고 있군."

빛나는 눈에 즐거운 듯한 기색마저 보이는 것은 우왕좌왕하는 적을 재미있어 하고 있는 것일까, 정기를 회복한 탓일까. ──아니, 그것은 나라를 둘러싼 몇 번의 사투 사이에는 볼 수 없었던 것이니, 따로 이유가 있을지도 모른다. 우쿄 다유는 어디에 숨어 있는 것일까, 물론 그런 곳에 있을 리가 없다.

정찰해보니 마쓰나가의 병사들은 이카루가 마을 일대를 이 잡듯이 수색하고 있었지만, 그것은 동시에 사분오열하고 있다는 뜻이기도 했다.

"아니……."

주1) 相輪(상륜), 불탑 꼭대기에 있는 장식.

조타로의 눈이 반짝반짝 빛났다.

중문을 지나, 한 법사가 매달리는 두 명의 승려를 뿌리치고 또 뿌리치며 경내로 들어온 것이다. 제지하려고 하는 것은 물론 법륭사의 승려다.

홀쭉하니 키가 큰 그 법사를 보고,

"풍천방이로군."

하고 조타로는 중얼거렸다.

풍천방은 오른손에 금강장, 왼손에 낫을 쥐고 있었다. 낫의 번쩍임보다도 그것을 쥐고 있는 왼손에, 조타로는 내심 신음하지 않을 수 없다. 그것은 예전에 조타로가 잘라낸 것이기 때문이다.

갑자기 무언가 괴조 같은 목소리로 풍천방이 소리쳤다.

그 왼손에서 낫이 날아가 오층탑과 마주한 금당의 문에 푹 꽂히려다가——그대로 공중에서 되돌아와, 부웅 하고 소리를 내며 원래대로 왼손에 들어갔다.

두 명의 승려는 이 환묘한 술법에 깜짝 놀란 듯이 눈을 부릅뜨고, 그러고 나서 구르다시피 중문을 통해 밖으로 도망쳐 나갔다.

승려를 쫓아낸 풍천방은 엷게 웃으며 다시 금당 쪽으로 다가가려고 했다. 그 안에는 이 절의 본존인 금당약사상(金堂藥師像)과 금강석가삼존(金剛釋迦三尊), 아미타삼존(阿弥陀三尊)이 안치되어 있고, 또 유명한 다마무시 주자[주2]가 들어 있다.

주2) 玉虫厨子(다마무시 주자), 주자(厨子)는 불상이나 사리 등을 안치하는 불교 기구이다. 다마무시 주자는 나라 법륭사가 소장하고 있는 아스카 시대의 주자로, 장식에 다마무시(비단벌레)의 날개를 사용하여 이런 이름이 붙었다.

문에 손을 댔을 때,

"풍천방."

하늘에서 목소리가 내려왔다.

풍천방은 기단(基壇) 위에서 번개처럼 돌아보고, 서서히 오층탑 위로 시선을 옮기더니,

"──오오!"

하고 소리쳤다. 네다섯 걸음 중문 쪽으로 달려가려는데──하늘에서,

"흐흠, 동료를 불러 오려는 거냐. 그럼 나는 갈 것이다."

라는 목소리를 듣자 다시 그곳에 못박혀, 다시 한 번 하늘을 올려다보았다. 그 눈이 점차 무시무시한 살기에 혈광(血光)을 내뿜기 시작했다.

"조타로, 일 대 일 승부를 바라고 그리 말하는 거냐. ……재미있군, 나 혼자서 승부해주지."

풍천방은 양손에 금강장과 낫을 날개처럼 펼치고는,

"되었느냐. ──간다!"

하고 외치더니 검게 물들인 소매를 펄럭이며 까마귀처럼 하늘을 날아 오층탑의 첫 층 지붕으로 날아올랐다. 그러는가 싶더니 팟 하고 다시 공중으로 튀어나가 이층 지붕에 서고, 또 바람 속을 회전하며 삼층에 다다르고, 숨쉴 새도 없이 사층 지붕에 올라섰다.

그가 자랑하는 닌자술 고엽 되돌리기. ──군이 후에후키 조타로의 도전에 응한 자신감도 당연한 것이, 그 육체는 보이지 않는 용수

철과 사슬로 연결되어 있는 듯, 실로 지상의 물리학으로는 다룰 수 없는 초인적인 기술이다.

"이가 놈."

사층의 지붕에 서서 맨 위층 지붕의 처마를 올려다보며, 풍천방은 씩 웃었다.

적에게는 도망칠 곳이 없는 오층의 지붕 위에, 자신에게는 무한한 공간을 배후에 둔 결투다. 게다가 이 지팡이, 이 낫에, 던져서 맞으면 적은 아득히 아래쪽의 대지로 굴러떨어지고, 맞지 않으면 다시 자신의 수중으로 튕겨 돌아온다.

──저놈, 뭘 흥분해서 이 지붕에 올라갔을까? 아니, 나를 불렀을까?

비웃으면서, 풍천방은 다시 한번 말했다.

"각오는 되었느냐!"

목소리는 이미 공중에 있었다.

커다란 까마귀처럼 날갯짓한 몸이 오층 지붕의 하늘로 날아오른 ──아니, 날아 올라가려고 한 순간, 위에서도 커다란 까마귀가 날아 내려왔다. 물론 풍천방은 그때까지 공중에 튕겨 나갈 때마다 하늘에서 던져질 표창, 수리검에 대비해 지팡이와 낫을 들고 있었다. 실제로 지금도 그것을 들고 날아오른 것이지만──덮쳐온 것은 적의 온몸 그 자체였다!

이 무슨 무모한 일인지, 후에후키 조타로는 150자의 허공으로 풍천방과 마찬가지로 몸을 던진 것이다.

챙강! 소리를 내며 조타로의 칼과 풍천방의 낫이 서로 맞물리고, 낫은 공중으로 날아갔다. 그러나 낫보다도 인간이 떨어지는 게 더 빨랐다.

"와앗."

풍천방은 절규했다.

그의 허리는 조타로의 두 다리에 감겨 있었다. 어지간한 닌자술 고엽 되돌리기도 2인분의 중력으로는 소용이 없어, 두 사람은 서로 얽힌 채 바람을 가르며 대지로 떨어져 갔다.

그러나──대지에 떨어지지 않았다.

일층과 이층의 중간에서 멈추었다. 멈춘 찰나, 조타로는 풍천방의 목을 베었다.

피투성이 칼날을 입에 물고, 오른손으로 그물을 움켜쥔다. 그의 오른쪽 발목에는 그물이 묶여 있고, 오층탑 꼭대기의 상륜에 연결되어 있었던 것이다.

다리를 떼자 머리 없는 풍천방의 시체는 혼자 대지로 떨어져 갔다. 여전히 오른손에 금강장을 단단히 쥔 채.

머리의 덥수룩한 머리털을 움켜쥐고 띠에 꽂더니, 조타로는 밧줄을 타고 다시 한번 원숭이처럼 오층탑 위로 올라갔다.

──처음에 대지를 박차고 풍천방이 날아오른 후로 이때까지 1분이 될까 말까 한 사이의 일이었겠지만, 이카루가 일대를 혈안이 되어 수색하면서도 저녁 하늘의 이 사투를 눈치챈 자는 마쓰나가의

병사 중 한 명도 없었다. 법륭사의 승려가 오층탑의 수연^{주3)}에 사람 머리 하나가 늘어뜨려져 있는 것을 알아챈 것은 그 이튿날 아침이다.

그날 새벽, 법륭사에서 몰래 빠져나와 나라로 달려간 두 개의 그림자가 있었다.

"우쿄 다유 님, 업어드릴까요?"

"아니요, 괜찮아요."

"업어드리는 편이 빠를 겁니다."

조타로는 사방을 둘러보며 말했다.

"아직 마쓰나가의 병사가 이 부근을 어슬렁거리고 있을 테니까요."

"――그렇다면."

우쿄 다유는 부끄러워하며 조타로의 등에 업혔다. 그의 힘으로는 매미 날개인가 하는 생각이 들 정도로 우쿄 다유의 몸은 가벼웠다.

그 어깨에서 새벽 어둠에도 금녹색으로 번쩍 빛나는 것이 땅에 떨어졌다.

"이런."

"세상에, 비단벌레의 날개예요. ……다마무시 주자에서 언제 떨어진 걸까요."

조타로의 어깨 위에서 들여다본 우쿄 다유가 놀라 말하자, 향기로운 숨결이 조타로의 뺨에 닿았다. 그는 자신이 업은 것이 가냘픈 비

주3) 水煙(수연), 불탑의 구륜(九輪) 상부에 있는 불꽃 모양의 장식.

단벌레의 정령인 듯한 기분이 들었다.

조타로는 우쿄 다유를 업은 채 질주했다. 아직 날이 밝기 전인 나라의 거리로 들어서자, 다행히 사람의 눈길이 없어 두 사람은 동대사의 불탄 자리에 가보았다. 단순한 호기심은 아니다. ──그 불꽃 속의 기억을 확인하기 위해, 두 사람은 그곳에 이끌린 것이다.

무시무시한 잿더미의 흔적이었다. 불탄 나무와 쇠붙이의 검은 광야라고도 할 수 있었다. 바람이 불 때마다 저 세상처럼 흰 재가 피어올랐다.

──그 끝에, 대불은 우뚝 서 있었다.

푸르스름한 여명의 하늘에 우뚝 서 있기는 하지만, 그 대불에는 머리가 없었다. 머리 없는 대불은 업화(業火)에 활활 탄 흔적을 종기처럼 부글거리는 거품으로 남긴 채, 뭐라고도 형용하기 어려운 무시무시한 괴물로 변해 있었다.

"……앗."

부르르 떨며 또 멍하니 그것을 올려다보고 있는 우쿄 다유를, 갑자기 조타로는 옆에서 끌어안고 그 머리 없는 대불의 뒤쪽으로 돌아갔다.

멀리서 네 개의 법사 그림자가 달려왔다.

"흐음, 지금 여기에 두 개의 그림자가 서 있는 것처럼 보였는데."

"바람에 피어오른 재가 그린 환상이 아닐까──."

"아니, 그럴 리는 없네. ──혹시 그놈들이 아닐까?"

"그 이가 놈이, 지금까지 이카루가 부근을 어정거리고 있을 리는 없네."

　조타로와 우쿄 다유는 그 목소리를 대불의 등 쪽 어깨 부근에서 듣고 있었다.

　풍천방의 머리 없는 시체는 숨겼기 때문에 어젯밤 동안에는 아직 누구에게도 들키지 않았지만, 그래도 점차 법륭사 부근에 수상함을 느끼기 시작했는지 마쓰나가의 병사들이 밤새도록 주위를 배회하며 새벽이 가까워질 때까지 그곳을 떠나지 않았는데——벌써 이 나라의 거리에 앞질러 와 있었다니 감이 좋은 것인지, 생각이 지나친 것인지, 어쨌든 집념이 깊은 놈들임에는 틀림없다.

　말할 것까지도 없이, 그것은 네 명의 닌자승이었다. 허공방, 공마방, 파군방, 금강방.

대불 공양

누구나 알다시피, 나라의 대불은 몇 번 불타거나 무너지거나 했다.

덴표 때 쇼무(聖武) 천황에 의해 건립되고 나서 약 백 년 후, 지진에 의해 대불의 머리가 떨어져 다시 주조하고 개안주1)의 의식을 하였으나, 또 삼백여 년이 지난 1180년, 다이라가(家)가 나라를 공격해 또 불타는 바람에 가마쿠라 시대에 세 번째 개안 공양을 했다.

그것이 이 에이로쿠주2) 시대, 마쓰나가 단조의 폭거에 의해 또다시 대불전은 소실되고 대불의 머리는 떨어져, 대불이 다시 만들어진 것은 1691년이고, 대불전이 재건된 것은 1709년이다.

즉 현대에 우리가 보는 나라의 대불은 에도 시대의 것이며, 존체(尊體)는 가마쿠라 시대의 것이고, 나라 시대의 것은 허리 부분 아래의 대좌(臺座)에 지나지 않는다.

다시 말해 에이로쿠 시대부터 겐로쿠주3) 시대까지 120여 년 동안 대불은 머리가 없었고, 게다가 넓은 하늘 아래에서 비를 맞고 바람을 맞으며 가엾은 모습으로 진좌해 있었던 것이었다.

머리 없는 대불.

말할 것도 없이 예배하는 사람도 없다. 예배는커녕 가까이 다가

주1) 開眼(개안), 불상이 완성되었을 때의 공양 의식. 깨달음의 눈을 뜨게 한다는 뜻이다.
주2) 永禄(에이로쿠), 전국 시대 오기마치(正親町) 천황 때의 연호. 1558~1570년.
주3) 元禄(겐로쿠), 에도 중기 히가시야마(東山) 천황일 때의 연호. 1688~1704년.

감에 따라 그 타고 문드러진 금동 피부의 참혹함에 모두 걸음을 멈추고, 그러고 나서 얼굴을 돌리고 도망쳐 버린다.

푸른 하늘에서 날아 내려와 머리가 없는 구멍으로 즐겁게 들어갔다가 또 즐겁게 날아가는 것은 오직 제비 떼뿐이었다.

사람들에게는 그렇게 보였다. 그러나 제비는 안에 들어갔다가 거기에 생각지도 못하게 사람이 있는 것에 깜짝 놀라 도망쳐 가는 것이었다.

후에후키 조타로와 우쿄 다유가 대불의 배 속에서 살고 있었다.

어쨌거나 머리를 빼도 5장 3자 5치[주4]라는 앉은키를 가진 대불이다. 그 배 속에는 수많은 재목이 가로세로로 짜여 지주(支柱)를 이루고 있었다. 맨 밑에는 빗물이 고여 오래된 거울처럼 흐릿하게 빛나고 있다. 비는 몇 번 내렸지만 타고 짓무른 금동의 균열 사이로 흘러나가고 그 나머지가 바닥에 차 있는 것이다.

그 물에 가까운 거대한 가로 재목 위에 침상을 만들고, 우쿄 다유는 누워 있었다. 이 대불이 불탔을 때의 충격과 그 후의 시기산성을 오간 피로 때문에, 구중심처의 꽃처럼 연약한 우쿄 다유는 병이 들어 며칠 이곳에 누워 있는 것이었다.

물론 네 명의 네고로 승려와 마쓰나가 단조의 가신들의 수색의 눈을 피하기 위해서다. 네고로 승려들은 한 번 새벽의 엷은 빛 속에서 조타로와 우쿄 다유를 발견한 것 같았는데, 그때는 그것을 착각이라 생각하여 떠났지만 아무래도 나라의 어딘가에 숨어 있을 것이라

주4) 약 16m 5cm.

는 추정을 버릴 수 없어, 그 후 나라에서 사방으로 나가는 길을 모두 막고 집요하게 온 거리를 수색하고 있었다.

침구도 음식도, 밤이 되고 나서 조타로만 밖으로 나가 구해왔다.

병든 우쿄 다유의 몸을 걱정하면서도, 조타로는 우쿄 다유의 회복을 두려워했다. 병이라고 할 정도는 아니다. 피로가 지나쳤다는 정도다.

두 사람은 서로 이야기하여 모든 일의 경위를 알았다.

그러나 질리지도 않고 또 이야기를 나누었다. 우쿄 다유는 이상하게도 대불전이 불탈 때의 공포나 시기산성의 돌 감옥에서 본 광경 등을 이야기하고 싶어하지 않고, 가가리비 이야기를 가장 듣고 싶어했다.

"당신의 아내는 무엇을 좋아했나요?"

라든가,

"가가리비는 어떤 노래를 불렀나요?"

라든가,

"가가리비와 어떤 이야기를 자주 했나요?"

라든가.

마치 현재의 자신의 처지도 잊은 듯한 물음을 질리지도 않고, 몇 번이나 조타로에게 던졌다. 거기에 대답하면서, 조타로는 즐거웠다. 괴로운 중에도 즐거웠다.

괴로운 것은 가가리비를 생각하기 때문이다. 가가리비의 사령의 절절한 호소는 아직도 귓전에 달라붙어 있다. "언젠가의 약속——

후에후키 조타로는 가가리비 외에 여자를 끊겠다는 맹세를 잊지 마세요——." 하물며 그는 그 가가리비의 원수를 치기 위해 앞으로도 몇 번 더 사지로 갈 운명을 안고 있는 것이다.

여자를 끊는다…….

나는 우쿄 다유 님을 사랑하는 것일까?

사랑하지는 않는다. 사랑 따위를 하기에는 너무 아깝다. 가가리비 같은 유녀와는 다르다. 우쿄 다유 님은 제2의 쇼군이라고도 할 수 있는 미요시가의 작은 주군의 정실이다. 신분뿐만 아니라 그 영롱한 모습, 마음, 그것은 실로 천상의 여인이었다. 그리고 무엇보다 무서운 것은 우쿄 다유 님에게 남편 요시오키 님이 있다는 것이었다. 아내를 빼앗긴 남편의 슬픔을, 나만큼 알고 있는 자는 없다.

그럼에도 불구하고 이 부정(否定)이나 자제나 번민 속에 담겨 있는 감미로움은 무엇일까?

어둑어둑한 대불의 배 속 밑바닥에서 물에 반사된 빛에 미소 짓는 우쿄 다유의 천진한 얼굴에서, 조타로는 몇 번이나 시선을 피하려고 했다. 그런데 피하려고 하면 할수록 눈은 어느새 황홀하게 그 웃는 얼굴에 빨려들어가는 것이었다.

——그때까지 조타로는 그 '음석'을 품 속에 숨기고 있었지만, 우쿄 다유를 보고 있는 사이에 그 물질이 갑자기 무섭고 더러운 것으로 의식되어, 몰래 불탄 자리의 재 속에 버리고 말았다.

천진한 웃는 얼굴로 조타로를 보면서, 우쿄 다유도 고뇌하고 있었다.

이 남자는 무엇일까, 하고 생각한다. 태생도 알 수 없는 이가의 향사가 아닌가. 그를 구한 것은 그가 자신을 구해주었기 때문이다. 이곳에 머무르고 있는 것은 자신이 아프기 때문이다. 그것뿐이다. 지금의 병만 나으면, 자신은 당장이라도 교토로 돌아가야 한다.

그렇게 생각하고 있는데도, 우쿄 다유는 왜인지 언제까지나 이 기괴한 거처 안에 병들어 있고 싶었다. 극진히 간병하는 조타로의 일심불란한 얼굴을 보고 있으면, 교토로 돌아간 남편 요시오키의 얼굴마저 흐릿해졌다. 아니, 그것은 대불의 배 속에서 이 이가의 닌자와 함께 살기 시작하고 나서의 일이 아니다. 그, 이 세상인지 저 세상인지 알 수 없는 담장의 그늘에서 불꽃의 먼 불빛을 받으며 환상 같은 이 남자의 얼굴을 처음 보았을 때부터의 일이다.

처음 본? ——그녀는 훨씬 이전부터 조타로를 알고 있었던 듯한 기분이 들었다. 그것은 운명이 끌어당긴 전생으로부터의 영혼끼리의 재회가 아니었을까. 자신은 그 가가리비인가 하는 여자의 환생이 아닐까. 그렇다면 이 남자와 함께 산과 구름뿐인 이가로 가도 당연한 일이다.

우쿄 다유는 전율했다. 그리고 조타로를 두려워하고, 미워하려고 했다. 그럼에도 불구하고 그를 보면 그녀는 녹을 듯한 웃는 얼굴이 되지 않을 수 없었다. 조타로가 괴로워하는 것은 잘 알았다. 그러면 그녀는 태어나서 처음이라고 해도 좋을 악마적인 마음이 되어 웃지 않을 수 없는 것이다. 게다가 정신을 차리고 보면 그런 전율이나 짓궂음을 다 잊고, 그저 봄바람을 맞는 꽃처럼 천진난만하게 웃고 있는 것이었다.

아침이 오고, 저녁이 왔다.

낮에는 작열하는 태양이 빛의 폭포가 되어 대불의 머리 구멍에서 내려왔다. 그러나 그 이외에는 두꺼운 금동과 굵은 목재에 가로막히고 바닥의 물에 열을 빼앗겨, 공기는 싸늘하니 시원했다. 거기에는 진짜 비의 폭포조차 떨어지지 않았다. 밤에는 높고 둥근 머리의 구멍에, 그 부분만 달이 지나가고 은하가 걸렸다.

두 사람의 눈에는 이 괴기한 대불의 배 속이 환상의 성처럼 보였다.

이 세상에 살아 있는 것은 두 사람 이외에는 존재하지 않는 환상의 성. ——아니, 제비만이 찾아왔다. 처음에는 놀라 도망치던 제비는, 그러다가 익숙해져 안심했는지 아무렇지도 않게 그런 아래까지 찾아오게 되었다. 그리고 두 사람 자체가 지금은 두 마리의 제비 같았다.

2

……이레가 지났을까. 열흘이 지났을까.

달이 서쪽으로 지기 시작한 새벽의 일이었다. 늘 그렇듯이 조타로는 어느 민가에서 주먹밥을 구해 대불로 돌아왔다.

부처의 머리가 떨어진 자리의 돌기에 그물을 걸고, 그는 소리도 없이 슬슬 태내의 밑바닥으로 내려왔다.

그 둥지에 우쿄 다유는 아직 잠들어 있다. 암흑 속에서였지만, 우쿄 다유의 아름다운 잠든 얼굴은 야광충처럼 흐릿하게 빛나며 떠 있었다. 어두워도 보이는 닌자 조타로의 눈 때문만은 아니었다.

그의 둥지는 우쿄 다유의 침상보다 한 단 아래의 재목 위에 만들어져 있었다. 우쿄 다유를 깨우지 않으려고 거기에 일단 드러누운 조타로는, 문득 대불의 머리 구멍으로 보이는 푸른 새벽하늘에서 하얀 종이 한 장이 팔랑팔랑 떨어져 내려오는 것을 보고 벌떡 몸을 일으켰다.

원숭이처럼 발소리도 내지 않고 재목을 살그머니 건너, 그는 그 종잇조각을 받았다.

"공마방이 그대의 뒤를 밟았네.

공마방은 그대의 행방을 알아내고, 달려 돌아갔네. 세 명의 권속을 부르기 위해서일세. 아마 우쿄 다유 님을 모시고 탈출할 시간은 없을 터.

나는 그대를 대신하여 그들의 눈을 끌겠네. 그대의 행자 의상을 이 그물에 묶게. 서두르게."

조타로는 깜짝 놀라 하늘을 올려다보았다. 높은 머리 구멍에는 누구의 그림자도 없다.

적의 꿍꿍이인가, 하고 일단 생각했다. 하지만 다시 종잇조각을 내려다본 그는 저도 모르게 마음속으로 신음했다. 본 적이 있는 글

씨다. 그것은 가가리비를 빼앗긴 후, 이가 가도에서 실신에서 깨어난 자신의 품에 있던 이상한 종잇조각과 같은 필적이었다.

그것은 누구일까, 하고 지금까지 가끔 그는 떠올릴 때가 있다. 알 수 없다. 그리고 또, 일전에 사루사와노이케 연못에서 네고로 승려들과 격투했을 때, 법사들을 사방으로 흩어지게 한 검은 옷의 기마대를 떠올린다. 그 종잇조각을 남긴 자는 그 검은 옷의 기마대와 관련이 있는 것이 아닐까? 또 우쿄 다유에게서 들은 바에 따르면, 그중 한 사람이 우쿄 다유를 미요시 요시오키에게 데려다주었다고 한다.

사루사와노이케 연못 때는 얼핏 핫토리 일당을 생각했지만, 우쿄 다유의 이야기를 들어보면 핫토리 일당이 그런 일을 할 리도 없고, 하물며 그 이가 가도의 충고서를 생각하면 그때 백부 한조가 단조의 심복인 네고로 승려에 대해 알고 있었을 리는 없으니, 이 의심은 더욱 부정된다.

그렇다고 해서 달리 생각나는 사람은 이 세상에 없지만——적어도 그것은 자신에게 악의가 있는 인간은 아닌 듯하다고, 조타로는 막연하게 느끼고 있었다.

조타로는 지금 이런 생각들을 찰나에 뇌리에 떠올렸다. 그는 일순 망설이고, 다음 일순에 그는 결의했다.

이 갑작스러운 경고에는 따라야 한다. 이곳에 있는 것은 자신만이 아니다. 망설이는 것은 빼도 박도 못할 위기에 빠지는 것이다. 일은 지연을 허락하지 않는다.

그는 속옷 하나 차림이 되어, 옷을 늘어진 그물에 묶었다. 시기산성을 도망칠 때 훔쳐 온 칼만은 재목 위에 두었다.

아무런 목소리도 없이, 그물은 머리 위로 끌어올려져 갔다.

곧 옷이 사라진 그물만이 다시 늘어뜨려졌다. 그리고 또 한 장의 종잇조각이. ——"틈을 보아 대불에서 도망치게."

새벽의 나라를 걷고 있던 공마방은 행자 차림의 후에후키 조타로의 모습을 발견하고 습격하려다가 우쿄 다유를 떠올렸다. 그래서 그를 미행했다.

조타로가 머리 없는 대불 안으로 사라진 것을, 과연 그도 입을 딱 벌리고 올려다보고 있었으나, 숨을 한 번 쉴 정도의 시간 동안 생각한 후 질풍처럼 달려갔다. 세 명의 동료를 부르기 위해서다.

그제야 네고로 승려도, 그 이가의 젊은 닌자가 처음에 생각했던 것만큼 손쉬운 놈이 아니라고 생각을 바꾸었다. 같은 편이지만 둘도 없는 마인(魔人)이라고 인정하고 있던 나찰방, 수주방, 풍천방이 차례차례 그 손에 죽은 것을 생각하면 그것도 당연하다.

공마방은 순식간에 금강방, 허공방, 파군방을 데리고 대불 앞으로 달려 돌아왔다.

어느 모로 보나——공마방이 조타로의 소굴을 찾아낸 것을 안 인간이 설령 동시에 조타로에게 탈출하라고 충고해도, 적어도 연약한 우쿄 다유를 데리고 있는 한 두 사람 모두 도망치는 것은 불가능했을 것이 틀림없을 정도로 짧은 시간이었다.

"……으—음."

대불을 올려다보며, 네 명의 닌자승은 신음했다. 그들은 대불의 오른쪽 어깨에 앉아 있는 하얀 행자 차림을 발견한 것이다. 그 위에 걸터앉아서 세운 한쪽 무릎에 뺨을 괴고 있는 모습은 아래 세계의 참담한 잿더미를 바라보며 수라의 세상을 한탄한 나머지 망아의 경지에 있는 것으로도 생각되었으나, 가까이 다가가는 네 사람을 눈치챈 기색도 없이 그 자세 그대로 움직이지 않은 것은 그들을 바보 취급하는 것처럼도 보였다.

"금강방!"

하고 파군방이 말했다.

"저놈을 저기에서 떨어뜨리게!"

"다시 머리의 구멍으로 도망쳐 들어갈지도 모르는데."

"그렇다면 더욱더 독 안에 든 쥐지."

"좋아!"

고함치고는, 금강방은 허리의 띠에 줄줄이 꽂혀 있는 천선궁을 한 움큼 움켜쥐고 하늘을 향해 휙 던졌다. 그것은 대불의 오른쪽 어깨의 하늘에서 확 펼쳐지더니, 그 바늘을 아래로 향하고 비처럼 쏟아지기 시작했다.

행자는 일어섰다. 그는 갑자기 네고로 승려를 눈치챈 듯한 당황한 모습이었다. 당황한 듯이, 그는 대불의 오른쪽 어깨에서 오른쪽 팔을 타고 타타타타 하고 오른쪽 손까지 달려 내려갔다.

"이놈!"

네 사람이 외친 것은 커다란 단애와 비슷한 금동의 벽을 미끄러지지도 않고 발에 흡반이 있는 것처럼 달려 내려간 그 체술과, 오른쪽 손바닥의 그늘에 숨어 모습을 감춘 그 교활함에 저도 모르게 속으로 발을 동동 구른 신음이었다.

대불의 오른쪽 손바닥은 수직에 가깝게 세워져 있다.

"타게."

하고 허공방이 말하며, 등에서 뽑은 장대한 우산을 확 펼쳤다.

그 위에 금강방, 공마방, 파군방이 가볍게 뛰어 올라탔다. 짧은 우산 자루가 허공방의 양손 사이에서 끼릭끼릭 돌려지자, 우산은 가볍게 하늘로 날아올라 비스듬히 위로——대불의 왼쪽 손바닥을 향해 흘러갔다.

왼쪽 손바닥 위에 다다르자 우산은 저절로 접히고, 그 손바닥 위에 세 사람을 떨어뜨리고는 대불의 오른쪽 소매에 가볍게 부딪혀 그대로 대좌(臺座)로 미끄러져 떨어져 간다.

"후에후키 조타로."

"오늘이야말로 이 대불과 마찬가지로 머리가 없게 만들어주마."

세 명의 닌자승은 왼쪽 손바닥 위에 나란히 서서 외쳤다. 대불의 왼쪽 손바닥은 수평으로, 그 넓이는 다다미 네 장 반 정도였다.

거기에 서면 오른쪽 손바닥의 그늘에 우뚝 서 있는 행자의 모습은 훤히 보인다. ——그러나 그 사이의 거리는 여전히 웬만한 협곡 정도 되고, 게다가 행자 두건의 천을 둘러 눈만 내놓은 후에후키 조타로가 어떤 표정을 하고 있는지는 잘 보이지 않는다.

파군방의 허리에서 한 줄기의 사슬이 튀어나왔다. 그것이 가로로 선회하는가 싶더니, 순식간에 2장 가까이 되는 강철 막대처럼 공중으로 올라갔다가 그대로 단숨에 오른쪽 손바닥의 그늘에 있는 조타로를 향해 떨어졌다.

야마부시는 날아서 피했다.

다섯 개의 손가락이 벽처럼 가로막아 앞으로는 나아갈 수 없다. 뒤로 뛴 그를 노리고, 그 머리 위로 수많은 천선궁이 흘러 날아왔다.

──그때 갑자기,

"오오!"

하고 공마방이 외치며 비틀거렸다. 그 오른쪽 어깨에 천선궁이 아닌 한 대의 화살이 꽂혀 있다.

그러더니 순식간에 그 주변 일대──거대한 금동의 피부에 싸락눈 같은 소리를 내며 화살이 맞고, 부러져 날아가는 것이 보였다.

"검은 옷의 기마대다!"

아래쪽에서 절규가 들렸다. 허공방의 목소리다.

왼쪽 손바닥 위의 세 사람은 대불 앞──여명의 잿더미 속에 10기 남짓 되는 검은 옷의 그림자가 새까만 말을 탄 채 또 활에 화살을 메기고 있는 것을 보았다.

"저놈들──또 나타났나?"

신음했을 때, 오른쪽 손바닥의 그늘에 있던 행자 두건은 백조처럼 단숨에 대불의 오른쪽 무릎으로 뛰어내리고, 다시 대좌로 도약했다. 천선궁을 베어 쳐냈으니, 그는 이미 도를 뽑은 상태다.

"잠깐!"

대좌 밑에 있던 허공방은 미끄러져 떨어진 그의 무기 '은신 우산'을 아직 줍지 못했다.

미친 듯한 고함 소리를 지르며, 대좌에서 날갯짓하여 내려오는 행자를 향해 커다란 언월도로 베어 들어간 허공방은──상대의 자세로 보아 확실히 몸통을 베었다고 생각했는데──그저 가벼워진 언월도 자루를 헛되이 휘두르며 스스로 뱅글뱅글 돌았을 뿐이다.

커다란 언월도를 센단마키[주5]에서부터 베어 떨어뜨린 야마부시는 그대로 잿더미의 흔적을 비스듬히 달려 도망친다. ──그 맞은편에는 여전히 화살을 메긴 검은 옷의 기마대가 얄미울 정도로 침착하게 둥글게 원을 그리며 기다리고 있었다.

"저놈들."

"놓치지 마라."

어깨의 화살을 뽑아낸 공마방과 파군방도 대불의 왼쪽 손바닥에서 굴러떨어졌다.

도망친 행자를 말 한 마리에 끌어올려 함께 타고는, 검은 옷의 기마대는 유유히 물러가기 시작했다.

아직도 높다랗게 남아 있는 재를 검은 연기처럼 걷어차며 허공방, 파군방, 공마방은 쫓아갔다. 지금 그들은 후에후키 조타로 자체보다도, 이 검은 옷의 기마대 중 한 명이라도 붙잡아 정체를 밝히지 않으면 속이 후련하지 않은 기분이었다.

주5) 千段卷き (센단마키), 칼이나 창 자루의 슴베가 들어가는 부분을 삼실로 감아 옻칠을 한 것.

3

——대불의 머리 구멍에서 가까운 재목 위에 엎드려 귀를 기울이고 있던 알몸의 후에후키 조타로는 바깥에서 울리던 싸움 소리가 사라진 것을 알았다. 그리고,

"——틈을 보아 대불에서 도망치게."

라는 아까의 충고장을 떠올렸다.

멀리 말발굽 소리가 멀어져 간다. 바깥의 사태는 잘 알 수 없지만——지금이다.

그는 그물을 타고 아래로 내려갔다.

"마님."

하고 그는 말했다. 물론 우쿄 다유는 잠에서 깨어 몸단장을 하고 있었지만,

"어디로 가나요, 조타로."

하고 슬픈 듯이 말했다.

"어디로?"

조타로는 우쿄 다유에게 상냥하게 웃음 지었다.

"어디로든."

그리고 그녀의 몸에 손을 둘렀다. 그녀를 안고 그물을 기어오르려고 한 것이다. 그때 그는 갑자기 우쿄 다유를 떠밀치다시피 하며 목재의 그늘로 함께 몸을 숙였다.

"보았다."

하늘에서 목소리가 내려왔다.

"아니, 보인다, 우쿄 다유 님. 숨으셔도 소용없습니다."

기억에 있다. 금강방의 목소리였다.

그리고 대불의 머리 구멍에 머리를 길게 늘어뜨린 검푸른 얼굴이 보였다. 그리고 순식간에 그 온몸이 나타나고, 그물을 타고 내려왔다. 그물을 움켜쥔 채, 가장 높은 가로로 걸쳐진 재목 위에 서서 아래를 들여다보며 또 말한다.

"후에후키 조타로는 도망쳤소. 아니, 놓치지는 않을 테지만——어쨌든 이 대불에서는 도망쳤지. 하지만 우쿄 다유 님이 뒤에 남아 계시는 것은 이 금강방, 알고 있소."

그 말대로였다. 아까 대불의 왼쪽 손바닥 위에서 다른 두 사람과 함께 뛰어내려와 도망치는 행자 두건을 쫓으려다가, 갑자기 그는 이 대불의 배 속에 우쿄 다유만은 남아 있는 것을 떠올린 것이다.

과연, 대불 바닥에 분명히 얼핏 화려한 색깔이 보였다.

"이리 오시지요, 우쿄 다유 님. 얌전히 구신다면 저도 거친 짓은 하지 않겠습니다."

또 그물을 타고 한 단 아래의 재목으로 내려온다.

조타로는 소리도 없이 재목의 그늘에서 그늘로 움직였다. 지금 일순 온몸에 배어 나온 식은땀 때문에 어리석게도 달라붙은 손발이 미끄러질 뻔했다.

식은땀은 발견되었다는 공포 때문만은 아니었다. 곧 그는 금강방이 발견한 것은 우쿄 다유 님뿐이라는 것을 알았다. 금강방은 행자의 옷을 걸친 '그 인물'을 자신이라고만 생각하고, 이곳에 있는 자신을 보지 못한 것이다. 지금이라면——이 칼을 던지면 저놈을 죽일수 있다! 한 번 그렇게 생각하고 칼자루에 손을 대다가——잠깐, 저놈 하나를 죽여도 뒤에 아직 세 명의 네고로 승려가 있지 않은가, 하고 생각을 바꾸었다. 땀은 이 살기의 충동을 억누른 혼신의 노력 때문에 배어 나온 것이다.

"우쿄 다유 님, 한번 시기산성에 가셨다지요."

금강방은 또 내려와, 재목에 멈추어 들여다본다. 눈길은 물끄러미 아래의 우쿄 다유에게 쏟아지고 있다. 그러나 서서히 재목의 그늘에서 그늘로 떠나간 후에후키 조타로는 알아차리지 못한 듯하다. 하지만 실로 주의 깊은 놈이라, 한쪽 손을 허리에 찬 천선궁에서 떼려고 하지는 않는다.

"어떠셨습니까. 꽤 좋은 성이지요."

그물을 타고 내려가는 금강방과 재목의 그늘을 기어가는 조타로는 공간적으로 위아래가 뒤바뀌었다.

"다시 한번 오시지요. 이번만은 단조 님이 정성껏 대접하실 것입니다."

이미 우쿄 다유와 1간의 거리까지 다가가 머리 위에서 씩 하고 입을 귀까지 찢으며 웃은 금강방이, 이때 무엇을 느꼈는지 채찍처럼 재목 위로 튀어 돌아가며,

"누구냐!"

하고 외치더니 그 손에서 실로 '부채'처럼 천선궁을 쏘았다.

하지만 그 대부분은 무수하게 얽힌 목재에 꽂히고 가로막혔다. 그리고 그는 그중 하나를 타고 달려오는 나체의 젊은이의 모습을 발견했다.

"앗, 후에후키!"

공포의 눈을 부릅뜨며 다시 한 번 허리의 천선궁을 던지려고 한다. ──이미 눈앞의 머리 위로 다가간 후에후키 조타로는,

"네 명째다!"

절규하며 그 머리카락을 늘어뜨린 머리에서부터 한일자로 베어내렸다.

──잠시 후, 머리 없는 대불의 왼쪽 손바닥에 놓인 법사의 머리가 대나무를 가른 듯 반으로 쪼개진 상처에서 피의 그물을 치며 여름 아침 햇빛에 빛나고 있었다.

우쿄 다유의 손을 끌며 나라 가도 쪽을 향해 달리던 알몸의 후에후키 조타로는 뒤에서 달려오는 말발굽의 울림에 깜짝 놀라 돌아보았다.

말은 두 마리, 안장에 사람 그림자는 보이지 않았다.

조타로는 그중 한 마리의 안장에 자신의 행자 옷이 한 뭉치가 되어 묶여 있는 것을 보았다. 그것을 잡아 옷을 풀어보니 한 장의 종잇조각이 땅에 팔랑거리며 떨어졌다.

"교토로 가게. 미요시 요시오키 님께 마성의 여인이 씌었네. 우쿄 다유 님을 돌려보내지 않으면, 요시오키 님뿐만 아니라 우쿄 다유

님도 지옥으로 떨어지게 될 것일세. 가련한 여인을 수라의 세계로 끌어들여서는 안 되네.

　교토로 가게, 후에후키 조타로."

무당거미

1

……미요시 요시오키는 침실에 누워 크게 가슴을 헐떡이고 있었다.

심야다. 비단으로 싼 촛대의 불빛이 천장에 커다란 원을 그리고 있다. 그 불빛의 원이 빙글빙글 돌기 시작했다. 그것이 무지개처럼 일곱 색깔로 변했다. ──요시오키의 온몸이 크게 경련했다.

그의 사타구니에서 여자가 얼굴을 들었다. 꿀꺽꿀꺽, 하얀 목이 움직였다.

요시오키의 눈에 천장의 무지개의 원은 스윽 한 번 사라졌지만, 그 대신 입술이 젖어 빛나는 요염한 꽃 같은 얼굴이 가까이 다가와 들여다보았다.

"맛있어요……."

웃는 입술에서 밤꽃의 꽃가루 같은 냄새가 나는 숨결이 뿜어진다. 매끄럽고 끈적끈적한 여자의 살은 무겁게 축 늘어져, 이미 요시오키의 피부에 겹쳐져 있었다.

"자게 해주시오. 졸려……."

하고 요시오키는 말했다.

졸리다기보다, 그는 뒤통수가 아프고 구역질까지 느끼고 있었다. 이 찰나는 정말로 이 사랑하는 아내가 꺼림칙했다.

"아니요, 주무시게 하지 않겠어요. 우리는 아직 젊은걸요. 젊은 날의 밤은 그리 길지는 않답니다."

고개를 돌리는 요시오키의 입술을 젖은 입술이 요염하게 빨고, 혀를 미묘하게 움직이면서 우아한 사지는 물론이고 뜨거운 유방도, 매끄러운 배도, 온몸의 근육을 음란하게 문지르고 꿈틀거리며 달라붙는다.

대체 아내는 어떻게 된 것일까. 교토로 돌아온 후, 몇 번이나 요시오키의 머리를 오가는 것은 이 놀라움이었다. 마치 사람이 변했다고밖에 생각되지 않는다. 그 얌전하고 사랑스러웠던 아내가, 나라에서 돌아온 후로 실로 무서운 음부(淫婦)로 변했다.

그 대불 화재의 충격이 그녀의 세포를 물들여 바꾼 것일까. 그 홍련의 불꽃이 그녀의 뇌수를 변질시켜버린 것일까. 그렇게라도 해석할 수밖에 없다.

한냐노 들판에서 그녀가 잠시 행방불명이 되었다. 나중에 물으니, 가마에 타고 있는데 갑자기 가마가 불타는 듯한 공포에 사로잡혀 정신없이 도망쳤고, 정처도 없이 휘청휘청 들판을 헤매고 있었다고 한다. ──그것도 대불전의 불꽃의 공포에서 온 후유증이 나타난 것이었다고 요시오키는 해석했다.

교토 니조^{주1)}에 있는 이 저택으로 돌아오고 나서도 그렇다. 당연히 그녀가 알고 있어야 하는 기억을 상실한 것이 있다. 그럴 때 그녀는 아름다운 눈동자를 멍하니 빛내며 넋이 나간 상태가 된다. 그런 아내를 보면, 요시오키는 형용할 수 없는 사랑스러움과 애처로움을 느끼는 것이었다.

주1) 二條(니조), 교토시를 동서로 가로지르는 주요 거리의 이름.

그러나 변질된 밤의 아내는 무서웠다. 처음에는 놀라고, 다음에는 기뻐하며 밤이 오기를 기다리던 요시오키도, 점차 밤이 우울해지기 시작했다. 게다가 우울한 요시오키를 점차 취하게 하고 끝내는 망아의 세계로 끌어들여 버릴 정도로, 그녀의 고혹은 무시무시했다.

하지만 마침내——.

"부인."

참다 못해, 요시오키는 외쳤다.

"나는 전의 그대가 더 좋았소. 어찌 된 것이오, 점점 싫어지오."

전에는 꿈에도 내뱉은 적이 없는 무정한 말을 내뱉으며, 그는 아내의 몸을 밀치고 몸을 돌리고 말았다.

역시 당황해서, 우쿄 다유는 밀쳐 떨어진 채 물끄러미 남편의 등을 보고 있었으나, 이윽고 그 얼굴에 형용하기 어려운 경멸의 엷은 웃음이 퍼졌다.

요시오키가 아내는 사람이 바뀐 것이 아닌가 하고 생각한 것도 과연 지당하다. 진실로 사람이 바뀌었다. 이사리비다.

이사리비는 우쿄 다유로 둔갑해 미요시 요시오키의 품으로 들어갔다.

——한냐노 들판에서 그녀는 단조에게 말했다. "마쓰나가가 역심을 품고 우쿄 다유를 유괴하려고 한 것은 이미 미요시 요시오키에게 알려졌다, 요시오키의 분노를 달래려면 지금 자신이 요시오키의 곁으로 가서 그 일을 둘러대고, 그의 마음을 누그러뜨릴 수밖에는

없다." 또한 "경우에 따라서는 기회를 보아 요시오키에게 독약을 먹이는 것도 가능하다. 그리하면, 단조 님의 오랜 야심이 이루어지지 않겠는가?"

그러나 그것보다 그녀의 마음을 사로잡은 것은, 단조를 그렇게 사랑하게 만드는 우쿄 다유라는 여자를 아내로 삼은 미요시 요시오키에 대한 흥미였다. 흥미라기보다 악마 같은 라이벌 의식이었다. 내가 요시오키에게 안긴다면, 그는 어떤 반응을 일으킬까. ──나는 지지 않는다. 결코 우쿄 다유 따위의 매력에 지지는 않는다. 반드시 요시오키를 무한한 육욕의 심연으로 끌어들이고 말리라!

그 생각대로, 이사리비는 요시오키를 애욕의 그물에 얽었다.

젊다. 아직 스물을 갓 넘은 젊은 나이다. 요시오키를 애욕의 그물에 얽으면서, 이사리비 자신이 가끔 이성을 잃었다. 젊은 요시오키의 육체는 쉰이 넘은 단조와는 전혀 비교도 되지 않는 신선한 샘을 갖고 있다. 이사리비는 단조와의 약속도, 아니 단조 자체마저 잊을 때가 있었다.

──차라리 이대로, 하고 그녀는 대담한 웃음마저 지었다.

굳이 그 늙은 단조의 곁으로 다시 돌아갈 필요는 없지 않을까. 이대로 끝까지 요시오키의 아내로 둔갑해, 요시오키에게 천하를 쥐게 해도 좋지 않을까. 물론 그러기 위해서는──단조를 친다, 그런 생각을 하며 심술궂은 웃음을 띤 이사리비를 보았다면 단조는 혼비백산했을 것이다.

그러나 이사리비는 곧 꿈에서 깨었다.

어차피 요시오키는 단조의 적이 아니다.

적이 아니라는 의미는 싸워서 진다는 뜻이 아니다. 지금으로서는 여전히 미요시의 군세 쪽이 약간 우세하고, 그리고 요시오키의 무용(武勇)은 단조도 두려워하고 있는 대로다. 그러나 단조의 노회함, 집요함, 깊은 악의에 비해 요시오키는 대나무를 쪼갠 것처럼 단순하고 지나치게 산뜻하다.

——여자를 상대해도 그렇다, 며 이사리비는 비웃었다. 스물이 지난 요시오키에 비해 쉰이 넘은 단조의 호색함과 느끼한 집요함을 떠올린 것이다. 나에게는 역시 그 남자 쪽이 성미에 맞는다.

요시오키에게 천하를 쥐게 할까. 하고 생각한 것은 요시오키를 사랑했기 때문이 아니었다. 이 세상의 패자(霸者)의 아내로서 자신도 지상에 군림하고 싶기 때문이었다. 그리고 자신이 바라는 모든 열락, 배덕의 마계를 이 하늘 아래 출현시키고 싶기 때문이었다.

그 목적을 위해서는 요시오키는 부적절하다. 그것은 역시 마쓰나가 단조 외에는 이루어줄 자가 없다.

이치로 질서를 세워 한 생각이 아니다. 어차피 그녀는 요시오키와 성미가 맞지 않았을 것이다. 그 사실을 이사리비는 깨닫게 되었다. 마찬가지로 요시오키도, 설마 아내가 이전의 아내가 아닌 줄은 모르는 채로도 막연하게 무언가 이질적인 것을 느끼기 시작한 듯하다.

"나는 전의 그대가 더 좋았소."

그는 그렇게 말했다. 그럴싸하게, 밉살스럽게도.

독약을 먹일까. 마군(魔軍)을 이끄는 단조를 부를까. 언제 단조와 만날까.

지칠 대로 지쳐 쿨쿨 잠들어 있는 미요시 요시오키의 등을 물끄러미 바라보고 있는 이사리비의 눈에는 증오만이 있었다.

2
_____

한 발짝, 한 발짝. 교토의 니조에 있는 미요시 저택에 가까워져 가는 후에후키 조타로와 우쿄 다유의 걸음은 납으로 잡아맨 듯 무거웠다.

이가로 가까이 감에 따라 걸음이 느려지던 자신과 가가리비의 그날 일이 문득 조타로의 머리를 스쳤다. 그것과 같은 일이다. 아니, 그 이상으로 괴롭다.

그때는 일족에게 무단으로 아내로 삼은 여자를 고향으로 데리고 돌아가는 두려움뿐이었다. 용서받을 수 있을까, 용서받지 못할까, 그 불안은 반반이었다. 그러나 이번에는──우쿄 다유 님을 돌려드리는 것이다. 우쿄 다유 님이 미요시 저택에 한 발짝 발을 들여놓으신다면, 그것이 영원한 이별이었다.

──바, 바보 같은!

하고 자신의 마음에 채찍을 휘두른다.

──가가리비와는 다르다. 우쿄 다유 님은 내 아내가 아니야.

그렇게 생각하기 때문에, 그들은 교토로 돌아왔다. 그런데도 이렇게 미요시 저택으로 걸어가면서 또 마음이 흐트러지고, 같은 괴로움이 실꾸리처럼 조타로의 가슴을 돈다.

"가련한 여인을 수라의 세계로 끌어들여서는 안 되네."

그 수수께끼의 종잇조각이 영혼을 찌른다.

그것을 쓴 자가 누구인지, 그 수수께끼를 쫓기보다도 이 한 구절이 조타로를 묶고 말았다. 참으로 그 말이 옳다.

그 통절한 생각 때문에, 그는 그 종잇조각에 적혀 있던 '미요시 요시오키 님께 마성의 여인이 씌었네'라는 한 줄의 의미를 알아내는 것조차 그다지 염두에 없었다.

미요시 요시오키의 저택은 성은 아니지만 성이나 마찬가지로 해자가 둘러싸고 있었다. 그곳에 도착할 때까지 점차 보초병이 많아져 가는 것을 알 수 있었다. 전국(戰國)의 세상이다.

"──그럼 여기서."

하며, 마침내 조타로는 어느 사거리에서 멈추어 섰다.

"우쿄 다유 님, 이만 가보겠습니다. 돌아가시지요."

우쿄 다유는 쓰개옷을 들고 물끄러미 조타로를 바라보았다. 아무 말도 하지 않지만 무한한 생각을 담은 눈동자였다.

"안녕히……."

조타로는 머리를 숙이고는 몸을 돌려 원래 왔던 방향으로 달려갔다.

수십 걸음 달리다가 문득 돌아보니, 우쿄 다유는 쓰개옷을 걷어 올린 채 같은 곳에 숙연히 서서 이쪽을 지켜보고 있었다. 조타로는 또 묵례를 하고는, 이번에는 뒤도 돌아보지 않고 질풍처럼 달려갔다.

나라로——.

머리 없는 대불에서 자신들이 도망친 것은, 세 명의 네고로 승려는 아직 모를 것이다. 게다가 그 대불의 손바닥에 올려놓은 금강방의 머리는 이미 발견되었을 테니, 세 명의 마승이 아직 나라 부근을 미친 듯이 뛰어다니고 있을 것은 충분히 생각할 수 있다.

——오오, 앞으로 세 명!

나머지 세 명의 네고로 승려의 머리, 반드시 베고 말겠다. ——어느 모로 보나 내 눈앞에는 그 수라의 세계만이 있다. 내 귀에는 그 가가리비의 사령의 목소리만이 있다.

그는 뒤로 흘러가는 바람에 우쿄 다유 님의 환상을 떨쳐 보냈다.

……오랫동안 사거리에 서 있다가, 우쿄 다유는 겨우 걷기 시작했다.

기운 없는 발걸음이었으나, 침착한 태도였기 때문에 곳곳에 도열한 보초병도 캐묻는 자는 없었다.

침착할 만도 하다. 그녀는 자신의 저택으로 돌아가는 것이니까. ——그러나 보초병들은 설마 그것이 주군의 정실일 거라고는 꿈에도 생각하지 않고, 볼일이 있어 저택에서 나온 시녀가 돌아가는 걸 거라고 보았다.

──그때, 교토 거리 쪽에서 작은 행렬이 돌아왔다. 한가운데에 짊어져져 있는 것은 여성용 가마다.

"……잠깐."

가마 안에서 목소리가 났다. 그러고 나서,

"내려다오. 나는 여기서부터 걸어가겠다."

라고 말하며 한 여자가 내려섰다. 이사리비다.

이사리비는 길가에 서서 멍하니 이쪽을 보고 있는 쓰개옷을 쓴 여자 쪽으로 조용히 걸어갔다. 이 또한 침착한 발걸음이었으나, 눈은 이상한 빛을 내뿜고 있었다. 그녀는 가마의 발 너머로 생각지 못한 사람의 그림자를 보고 깜짝 놀란 것이다.

그 사람의 실제 모습을, 그녀는 아직 한 번도 본 적은 없다. 그러나 한번 언뜻 보고 가슴에 희푸른 번개가 얼핏 지나가는 것을 느낀 것은, 그녀의 마성의 본능일까.

이사리비는 가까이 다가가 속삭였다.

"……우쿄 다유 님이시지요."

우쿄 다유의 눈이 크게 뜨였다. 그녀는 거기에서 자신과 너무나도 닮은──마치 거울에 비친 자신을 보는 듯한, 그러나 정체를 알 수 없는 웃음을 띤 여자의 얼굴을 본 것이다.

이렇게 자신을 닮은 여자라면.

"마쓰나가 단조를 모시는 이사리비라는 자입니다."

이사리비는 자신을 소개했다. 미요시 저택에 오고 나서 누구에게도 들려준 적이 없는 이름이었다.

그녀는 한냐노 들판에서 '정말로 우쿄 다유가 요시오키의 곁으로 돌아온다면 그쪽을 가짜로 몰아 쫓아내겠다'고 단조에게 큰소리쳤지만, 지금 그 방침을 변경했다.

"마님, 단조가 당신께 품고 있는 사심을 아십니까."

"단조의 사심?"

우쿄 다유는 고개를 갸웃거렸지만 지금은 모르는 일이 아니다.

"저는 그것에 대해 요시오키 님께 진언하러 온 것인데 마님, 요시오키 님을 뵙기 전에 잠시 제 이야기를 들어주시겠어요? 게다가 지금 영주님은 안 계십니다."

"어디에 가셨는가."

"저녁때까지는 돌아오시겠지요. 아버님이신 조케이 님께 가셨습니다."

"……그대의 이야기, 들어보지."

우쿄 다유는 고개를 끄덕였다. 그녀는 아직 이 이사리비의 무서움을 진정으로 모른다. 이사리비는 몸을 돌리더니 손을 들어 손짓해 불렀다. 빈 가마 옆에서 세 명의 젊은이가 달려왔다.

이사리비는 그쪽으로 걸어가, 우쿄 다유에게는 들리지 않도록 속삭였다.

"……저 여자에 대해서 부탁이 있다."

"저것은…… 마님이 아니십니까?"

세 젊은이의 눈이 경악으로 크게 떠져 있다. 헤이타와 한뉴, 스케주로라고 한다. 그러나 이 세 사람은 벌써 이사리비의 고혹과 돈의

포로가 되어, 각각 한 번은 몰래 시기산성에 가서 단조에게 연락한 적도 있는 남자들이었다.

"헤이타, 한뉴."

하고 이사리비는 안색도 바꾸지 않고 말했다.

"너희들은 우쿄 다유 님을 먼저 내 방으로 안내해드리고, 그 후에 어떻게든 구슬려서 향로 곳간에 넣어라, ——요시오키 님이 돌아오셔도 알려지지 않도록."

"언제까지입니까?"

"시기산성에서 마쓰나가 단조 님이 상경하실 때까지"

"단조 님이 오시는 것입니까?"

"스케주로는 당장 시기산성으로 달려가라. 교토의 미요시 저택에 우쿄 다유 님과 히라구모 다관이 확실히 있습니다. 단조 님께서는 서둘러 상경하십시오, 라고 전해라. 또한, 히라구모 다관은 있지만 음석은 없으니, 이것은 새로 만들 수밖에는 없습니다. 그러니 그 네 고로 승려들을 꼭 데려와 주십시오, 라고."

스케주로는 그대로 달려갔다.

"영주님께 알려지지 않도록, 마님을 향로 곳간에 넣으라고 하셨는데."

하고 한뉴가 말했다.

"마님이 나오시려고 하면 어찌합니까?"

이사리비는 한뉴의 귀에 차갑고 달콤한 숨을 불었다.

"망설이지 말고, 죽여라."

3

"……흐—음."

한냐노 들판을 넘어 한쪽은 북쪽의 교토로, 한쪽은 동쪽의 이가로 길이 나뉘는 곳에서, 등에 커다란 우산을 짊어진 허공방은 풀 속에서 몸을 일으키고 무언가 주워 든 것을 들여다보며 신음했다.

조타로의 상상대로 세 명의 닌자승은 아직 나라에 있었다. 후에후키 조타로와 우쿄 다유가 대불 안에서 살고 있었던 것을 안 이상, 그들을 놓쳤다고는 하나 아무래도 나라를 떠날 수가 없었던 것이다. 그래서 그 후로 마쓰나가의 병사를 독려하여 풀뿌리까지 헤치며 수색을 계속하고 있었다.

글자 그대로 풀뿌리까지 헤치며.

그리고 허공방은 바로 풀뿌리에서 탐색의 단서를 발견했다.

저녁 어스름 속에 둔하게 빛나는 한 개의 표창이었다.

그들이 혈안이 되어 그 행방을 쫓고 있던 자 중에, 후에후키 외에 그 검은 옷의 기마대가 있었다. 그자의 정체를 알아내면 조타로가 있는 곳도 알 수 있을 것이라고 생각했다.

그때, 검은 옷의 기마대는 반광란 상태로 추적하는 그들에게서 늘 그렇듯이 팔방으로 흩어져 달아났으나——쫓으면서, 허공방은 그 중 몇 기를 향해 표창을 던졌다.

물론 이 근처까지 쫓아왔던 것은 아니다. 대불 부근에서 던진 표창, 눈에 익은 그 자신의 표창이 이 한냐노 들판 북쪽에 있다.

"말 엉덩이에 꽂혔던 것이 여기서 떨어진 것 같군."

가사 두건 속에서 코를 벌름거렸지만, 유감스럽게도 이때는 패거리인 파군방도 공마방도 없었다. 모두 흩어져 찾아다니고 있는 것이다.

"여기에서 어느 쪽으로 갔지?"

허공방은 중얼거렸지만 망설임 없이 동쪽으로——이가 가도 쪽으로 걷기 시작했다.

열 발짝 걷고, 또 모래 먼지 속에서 또 한 개의 표창을 주워 들었다.

"이가다. 과연."

아니나 다를까, 라는 얼굴이 된 것은 애초에 처음부터 그 검은 옷의 기마대는 이가의 일당이 아닐까 하는 의심이 있었기 때문이다.

"이가 놈인가. 하지만——."

하고 또 혼잣말을 하며 고개를 갸웃거렸다.

"단조 님께 그것을 말씀드렸더니, 이가 놈은 야규가 감시하고 있다고 하셨는데."

그러나 그는 그대로 냉큼 이가 가도를 걷기 시작했다.

"어쨌든 내 손으로 알아내주마. 이가 일당이 참견한 것이 판명된다면 마쓰나가의 병사를 데려가 짓밟아 주지."

그 발이 점차 인간의 것이 아닌 것처럼 빨라졌다. 혼자라는 것 따위는 개의치 않는 기색이다.

거기에서 1정쯤 떨어져서——풀 속을 회색 새처럼 쫓아 나온 그림자가 있었다.

한 줄기 바람으로도 보이는 허공방을 쫓아 그 거리를 벌리지도 좁히지도 않고, 게다가 닌자인 허공방에게 그 추적을 느끼게 하지도 않는 그 그림자는 분명히 행자 두건을 쓰고 있었다.

한냐노 들판을 나왔을 때는 이미 저녁 어스름이 떠돌고 있었는데, 아직 해가 지기도 전에 허공방은 5리나 떨어진 야규노쇼 가까이에 모습을 나타냈다.

이곳의 주인 야규 신자에몬에게 들러 이가 놈들의 동태를 물을까, 아니면 이가로 직행할까, 하고 걸으면서 약간 망설이고 있던 허공방은 이때 문득 뒤에서 다가오는 달가닥거리는 말발굽 소리를 들었다. 보니 세 명의 무사다.

모두 어느 모로 보나 산간 지방의 무사다운 호쾌한 풍모였다.

"호오, 이세 태수님이?"

"후토노고쇼[주2]까지 오셨다고?"

"좋은 일일세, 좋은 일이야."

무언가 즐거운 듯이 담소하면서, 나무 그늘에 몸을 숨긴 허공방 따위는 눈치채지 못한 듯 안장을 나란히 하고 달려가, 오른쪽으로 꺾어서 야규 계곡으로 들어간다. 야규가의 가신인 듯하다.

허공방은 꼼짝도 않고 서 있었다.

그의 눈은 그 무사 중 한 명의 안장에 단단히 파고든 한 개의 표창

주2) 太の御所(후토노고쇼), 전국 시대의 영주인 기타바타케 도모노리(北畠具敎)의 저택. 고쇼(御所)란 주로 왕 등 특히 지위가 높은 귀인의 저택을 가리키는 칭호이다.

을 알아보았던 것이다.

야규노쇼는 어딘가 풍취와 정취가 있지만 강인하고 소복한 지붕이 늘어서 있는 가느다란 계곡 속의 마을이었다.

그 안에 약간 높게 돌담을 쌓은 영주 야규가 사는 곳이 있다. 결코 성이라고 할 만한 정도의 것은 아니다. 고작해야 저택이라고 불러 마땅한 것이다.

그 야규가 저택의 한쪽에, 갑자기 심상치 않은 비명이 인 것은 그 이튿날 밤이 밝아오는 시각의 일이었다.

"수상한 자다!"

"다들 나와라, 수상한 자다!"

목소리와 동시에 여기저기에서 수십 명의 무사가 도를 움켜쥐고 뛰어나왔다. 그 신속함은 그러나 어떤 큰 영주의 성에서도 볼 수 없을 정도의 것이었다.

"소란스럽게 굴지 말게, 소란스럽게 굴지 마."

마구간 앞에서 한 법사가 손을 흔들며 고함치고 있었다.

이미 무사들의 반원의 포위진 안에 있으면서——손을 흔들고는 있지만, 어딘가 사람을 우습게 여기는 몸짓이고 뺀들거리는 목소리였다.

"별로 악의가 있어서 들어온 것은 아닐세. 이 집의 말을 조사하러 온 것이지."

"네놈은——법사인 주제에 무엇 때문에 말을 조사하느냐."

"그게 평범한 법사가 아닐세."

그는 자기 입으로 말하며 거만하게 몸을 젖혔다.

"시기산성의 마쓰나가 단조 님이 부리시는 법사지."

"뭣이!"

라고 말했지만 야규가의 무사들은 역시 일순 깜짝 놀란 듯했다. 곧 몇 사람이,

"멍청한, 입에서 나오는 대로 지껄이는 것도 정도껏 해라!"

"설령 마쓰나가 님과 어떤 인연이 있다 해도, 무단으로 일국의 성에 숨어든 자를 그대로 돌려보낼 수는 없다. 얌전히 있어라."

"저항하면 이 자리에서 죽이겠다!"

하고 고함쳤다.

법사는 가사 두건 속에서 침착한 눈으로 둘러보고 있었으나 이윽고 성큼성큼 걷기 시작했다.

"흐흥, 네놈들의 손으로 당해낼 수 있는 내가 아니다. 내가 간 후에 주인 신자에몬에게 방문한 것은 마쓰나가가의 허공방이라는 법사였다고 전해두어라. 당해내지 못했다 해도 나무라지는 않을 테니."

너무나도 태연하고 게다가 인간 같지 않은 요기에, 어중간하게 무예를 익힌 만큼 본능적으로 심상치 않은 기색을 알아채고, 야규가의 무사들은 저도 모르게 길을 터주었다.

커다란 우산을 비스듬히 짊어진 허공방은 일직선으로 걸어갔다. 그 앞쪽은 수 장의 절벽이었다.

"허공방."

하고 뒤에서 누군가 불렀다.

허공방은 돌아보았다.

"호오, 신자에몬 님이십니까. ⋯⋯일찍 일어나시는군요."

"그대, 무엇 때문에 내 집의 말을 보러 왔는가."

야규 신자에몬은 물었다. 목소리는 조용하지만 눈은 형형한 빛을 내뿜고 있었다.

"말하지 않으면 돌려보내지 않겠네."

허공방은 잠시 물끄러미 신자에몬의 얼굴을 응시하고 있었지만, 갑자기 씩 웃었다.

"마구간에 나란히 걸려 있는 안장 중 두 개에 내 표창이 남아 있었소."

"뭣이?"

"세 마리의 말의 엉덩이에 표창이 꽂힌 흔적이 있었소. ──나라의 대불 근처에서, 내가 던진 표창이지."

갑자기 허공방은 외쳤다.

"검은 옷의 기마대! 이가 일당의 감시 역을 맡고 있는 야규가, 무엇 때문에 이가의 편을 들었는지. 묻고 싶은 것은 내 쪽이오. ──조만간 단조 님이 직접 물으시기를 기다리려고 생각하고 가려고 했지만, 굳이 묻는다면 말하지. 아니, 내 쪽이 듣고, 단조 님께 말씀드리지. 야규 신자에몬, 대답하시오!"

은신 우산

1

야규 신자에몬은 잠시 잠자코 있었다.

"말할 수 없나, 신자에몬."

허공방은 비웃었다.

"혹시 이 성에, 그 우쿄 다유 님과 후에후키 조타로를 숨겨주고 있나? 아니, 그게 틀림없다. 단조 님께 전하지. 곧 마쓰나가의 대군을 이 보잘것없는 작은 성에 맞이할 테냐, 아니면 그 운명을 기다리기 전에 우쿄 다유 님과 조타로——그 김에 울상을 한 자신의 머리를 바칠 테냐——."

단애를 등지고, 허공방은 서서 큰 소리로 말했다.

신자에몬은 무거운 입을 열었다.

"무사의 마음은 네놈 같은 외도(外道)의 덴구에게는 말해도 모를 것이다."

그리고 나서 결연하게,

"어찌 되었든, 네놈은 시기산성으로는 돌려보내지 않을 것이다."

한 번의 번득임이 그 허리에서 터져 나왔다.

동시에 절벽 위에서 팟 하고 이상한 소리가 났다. 허공방의 우산이 펴진 것이다. 그 등에 짊어진 6자 남짓의 커다란 우산을 어깨 너머로 뽑아 드는 것과 그것을 펼친 것은 일순의 속도였다.

"——앗."

야규가의 무사들은 일제히 외쳤다.

그들은 거기에서 엄청난 빛을 내뿜는 거대한 구체를 보았다. 그 것은 아침의 태양을 받은 거울이었다. 허공방의 우산 안쪽은 온통 거울로 되어 있었다. ──그러나 그 정체까지 알아본 자가, 야규의 무사들 중에 몇 명이나 있었을까.

그들은 거기에서 이를 드러내고 있는 한 무리의 무사의 모습을 보 았다. 그것이 자신들이라는 것을 깨달은 찰나, 그들은 일제히 자신 을 잃고 그 안으로 빨려들어가는 듯한 기분이 들었다. ──실제로 그들은 검을 뽑은 채 휘청휘청 그쪽으로 끌려 다가갔다.

최면술에는 종종 수정구를 이용한다. 광휘가 있는 이 구슬을 응 시하고 있는 동안에 관념은 한 점에 집중되고 대뇌의 금지 작용이 일어나, 사람은 최면 상태에 빠진다. ──허공방의 우산은 거대한 이 수정구였다. 따라서 그 작용은 강렬하기 짝이 없는 것이었다. 모 두가 실력에 자신이 있는 무사들이었을 텐데, 그들은 휘청휘청 끌 려 다가가더니 우산 속의 영상에 녹아들고 만다. 사라지고 만다.

번쩍, 번쩍, 번쩍 하고 거울은 무수한 빛의 파편처럼 반짝거렸다. 그때마다 야규의 무사들의 모습이 세 명, 또 네 명 소멸했다. 사실은 그들은 우산 뒤로 허우적거리며 나아가고, 그리고 나뭇잎처럼 단애 에서 떨어져 가는 것이었다.

"신자에몬!"

허공방은 찢을 듯이 외쳤다.

"해볼 텐가! 상대가 되겠나!"

염력을 응집하기 위해 그 눈은 혈광(血光)을 내뿜고, 이미 승리의 웃음을 짓고 있었다.

야규 신자에몬은 그 앞에 우뚝 서 있다. 우뚝 서 있다기보다, 혼신의 금강력을 담아 두 다리를 버티고 있다. 두 다리를 버티고 서 있는 것은 그가 아니면 할 수 없는 일이다. 그러나 그것이 고작이었다. 예전에 검성(劍聖) 이세 태수 가미이즈미에게 '그 칼 쓰는 법에 가능성이 있다'는 말을 들었던 신자에몬이 거의 속수무책으로 그저 허공방을 노려볼 뿐, 식은땀을 뚝뚝 떨어뜨리며 우두커니 서 있다.

"세상에 이름 높은 네놈의 검법과는 한번 겨루어보고 싶다고 생각하고 있었다. 가소롭군! 허수아비가 된 야규 신자에몬, 가신의 직제자인 네고로류의 닌자술을 보았느냐!"

마침내 실이 끊어진 것처럼 야규 신자에몬은 비틀거리며 나아가려고 했다.

갑자기 거울이 사라지고 피안개가 일었다.

정수리에서 피보라를 뿜으며, 허공방은 우산을 둘러메고 2간이나 단애의 가장자리를 날아갔다.

그가 있던 곳에 한 행자가 홀연히 나타났다. 손에 든 계도는 피와 지방으로 젖어 있었다.

"허공방!"

하고 그는 외쳤다.

"그 우산을 이쪽으로 향하고 나를 비추어라. 후에후키 조타로다!"

――어지간한 허공방도 우산 뒤에서 덮쳐 오는 자가 있을 거라고는 예상도 하지 못했다. 오직 눈앞의 야규 신자에몬 일행과 마주하

며 이를 희롱하고 있는 사이에, 어느 사이엔가 등 뒤의 단애를 올라온 후에후키 조타로가 갑자기 우산과 함께 허공방의 가사 두건을 가른 것이다.

우산은 한 번 번득인 칼날에 찢어졌을 뿐이었지만, 은신 우산의 닌자술은 깨졌다.

"으―음, 후, 후, 후에후키――."

신음하는 허공방의 입 언저리에서부터 피거품이 가사 두건을 물들인다.

"나는 죽지 않는다, 살아서 단조 님께 알릴 것이다. 기, 기, 기다려라――."

고개를 끄덕이더니, 우산을 쓴 허공방의 몸이 발에서부터 튀어올랐다. 놀랍게도, 그는 자신이 쓴 우산 위로 털썩 올라탄 것이다.

"앗, 이놈――."

후에후키 조타로와 야규 신자에몬이 칼을 든 채 쇄도했을 때, 허공방을 태운 우산은 그대로 단애의 공간으로 스윽 흘러가기 시작했다.

"기다려, 놓치지 않겠다."

조타로의 도신(刀身)이 던져져 하늘을 달렸다. 칼은 비스듬히 아래에서 우산을 꿰뚫고 허공방을 꿰뚫었다. 허공방은 우산 위에서 또 한 번 튀어오르고 주르륵 미끄러져 두 다리를 우산 가장자리에 늘어뜨렸지만, 필사적으로 매달려 떨어지지 않는다.

아니, 우산이 아래로 떨어지지 않는 것이야말로 기괴하다. 이 무슨 환요(幻妖)한 일인지, 그것은 마치 계곡 밑바닥에서 부는 바람에 불려 올라간 것처럼, 허공방을 실은 채 빙글빙글 돌며 하늘을 날아간다.

"──오오."

"──떨어졌다!"

절벽 가장자리에 서서, 두 사람은 절규했다.

마침내 힘이 다했는지, 높이 날아오른 우산에서 피의 실을 끌며 법사의 모습이 계곡 바닥으로 돌처럼 떨어져 가는 것이 보였다. 하지만 그 중량을 버린 괴이한 우산은 거기에서 한층 더 높이 불려 올라, 순식간에 서쪽 하늘로 사라져 갔다.

"무서운 놈."

하고 야규 신자에몬이 신음했으나, 곧 중후한 미소를 조타로에게 향하며,

"몇 명째인가."

하고 물었다.

"다섯 명째입니다."

하고 후에후키 조타로는 대답했다.

2

그것이 첫 대면이었다.

정확하게 말하면 양쪽 다 제정신으로, 양쪽 다 복면을 벗고 서로 1자의 거리에서 마주한 것은 처음이었다.

조타로는 자신을 종종 도와준 복면 기마대의 수령이 야규 신자에 몬이라는 사실을 처음으로 알았다.

이가의 이웃 지방의 성주, 야규 신자에몬의 이름은 조타로도 알고 있다. 그러나 이가는 호족 쓰쓰이가(家)의 은혜를 입고 있고, 야규는 그 쓰쓰이가를 압박하고 있는 마쓰나가 단조의 비호 아래에 있는 일족이다. 적어도 조타로가 아는 한, 이가와 야규가 친하게 교류를 나눈 적은 없다. 만나는 것도 물론 처음이다.

아니, 그렇지 않다. 나와 이 사람은 지금까지 몇 번이나 만났다. 애초에 가가리비를 빼앗긴 이가 가도에서, 이 사람은 내 품 속에 충고장을 남기고 가주었다.

하지만 무엇 때문에?

그것을 알 수가 없다. ——조타로는 신자에몬의 얼굴을 보았다.

"——무엇 때문에? 라는 건가, 이가의 젊은이."

조타로의 마음을 꿰뚫어본 듯이, 야규 신자에몬은 말했다.

"무엇 때문인지, 나도 잘 모르겠네."

중후한 얼굴에는 엷은 쓴웃음의 그림자가 있었다.

그리고 그는 말하기 시작했다. ——시기산성에서 마쓰나가 단조의 우쿄 다유 님에 대한 분수에 넘치는 소망을 듣고, 그것을 위해 일곱 명의 법사 승려가 이용될 것을 안 것, 그 일곱 명의 네고로 법사들의 이 세상 것이라고도 생각되지 않는 닌자술을 본 것, 어두운 마음으로 야규로 돌아오던 도중 뜻하지 않게 그들의 습격을 받은 조타로를 보았으나, 어떻게 하지도 못하고 그저 충고의 글 한 장만을 남기고 떠난 것.

"정말로, 그때는 그렇게 생각했네. 그자들과 싸우는 것은 실로 임금의 수레에 덤비는 사마귀의 낫이라고. 게다가——."

쓴웃음의 그림자가 슬픔의 그림자로 바뀌었다.

"그뿐만이 아닐세. ——웃어도 좋네, 후에후키. 우리 야규는 마쓰나가의 비호 아래에 있네. 단조 님은 참으로 무서운 대악인, 이라고 해도 좋을 분이지만 어쨌거나 뭐라고 해도 현재 천하를 두렵게 만들고 있는 제일인자일세. 그에 얼굴을 맞대고 칼을 겨눈다면, 야규야말로 바로 임금의 수레에 덤비는 사마귀의 운명을 피할 수 없어. 나는 그런 일로 야규가를 멸망시킬 정도의 용기는 없네——."

당연하다. 그러나 그렇다면 왜, 그 야규 신자에몬이 복면의 기마대를 이끌고 자신이 위급할 때 구해주어, 단조와 일곱 명의 법사를 고민하게 만든 것일까.

"그래서 나는 일단 야규로 돌아갔네. ——하지만 이곳에 앉아 곰곰이 생각하니, 그 단조 님의 악행을 못 본 척하고 있어서는 야규 무사의 체면이 서지 않아. 이를 묵시하고 있는데 무슨 야규인가, 라는 생각이 들기 시작해서——그 후 사람을 보내 시기산, 나라 부근에서 여러 가지로 소문을 모으고, 힘이 닿는 한 자네의 뒤를 쫓게 했네. 결국에는 나 자신도 끝내 나선 것이지."

……어느새 조타로는 땅바닥에 두 팔을 짚고 있었다.

"아니, 그렇게 고마워해줄 정도는 아닐세. 나 자신의 피가 용납지 않아 멋대로 나선 거야. 말하자면 신자에몬의 도락일세."

"그렇다 해도 그 법사들을 상대로 하셨으니 몇 번인가 위험한 일을 당하셨을 텐데, 그것을 무릅쓰고."

"아니, 참견을 해놓고도 한편으로는 마쓰나가에 들키면 큰일이라고 생각하고 그 검은 옷에 복면을 쓴 걸세. 나도 꽤나 못됐지."

신자에몬은 처음으로 차분하게, 싱긋 웃었다.

"그런데 후에후키, 우쿄 다유 님은 교토로 돌려보냈나?"

"……모셔다 드렸습니다."

……뺨을 붉히며 낮게 말하는 조타로를 신자에몬은 물끄러미 내려다보고 있었다

하지만 이윽고 중얼거렸다.

"그거 다행이군. 미요시 요시오키 님과 우쿄 다유 님은 천하의 원앙이라는 말을 들을 정도로 사이가 좋은 부부라고 들었네. 우쿄 다유 님을 돌려보내지 않는 것은 요시오키 님뿐만 아니라 우쿄 다유 님도 지옥으로 떨어뜨리는 일이 될 거야…… 그러면."

"예! 잘 알고 있습니다."

"게다가 우쿄 다유 님을 모시고 다니면 자네에게 거치적거리지 않는가. 자네에게는 적어도 앞으로 두 명 더 없애야 할 마승이 남아

있을 터."

"그 말씀이 옳습니다."

조타로가 날카롭게 서쪽 하늘을 보자 야규 신자에몬도 같은 방향으로 눈길을 향하고 있었지만,

"약간 마음에 걸리는 일이 있네."

하고 중얼거렸다.

"무엇이 말입니까?"

"그 우산 말일세."

"네고로 법사의 우산?"

"그래, 그것이 떨어지지 않고 생명이 있는 것처럼 서쪽으로 날아갔어."

"──하지만 그것을 부리는 허공방 놈은 떨어졌습니다. 저 계곡 밑으로 떨어졌으니, 아무리 닌자승이라도 목숨은 건지지 못했을 것입니다. 우산만 어디로 날아가든, 걱정할 일은 없을 것입니다."

"그렇겠지. 아니, 놈들 같은 괴물을 상대하고 있으니 나도 겁쟁이가 되었군. 하하하하하."

신자에몬은 일소했으나 곧 다시 조타로에게 시선을 돌리며,

"그런데 후에후키, 우쿄 다유 님을 미요시가에 돌려보내 드리고, 미요시가에서는 큰 소동이 일어났겠지."

"──예?"

"아니, 정실이 돌아오신 데 대한 환호만이 아닐세. 그곳에 둔갑해 있는 암여우가 쫓겨나는 소동 말이야."

"——암여우."

"미요시가에는 이사리비라는 단조의 애첩이 우쿄 다유 님으로 둔갑해 들어가 있을 터. 아무래도 그다지 좋지 못한 일을 꾸미고 있는 것 같은데——나는 지금으로서는 마쓰나가가 망하는 것을 바라지 않지만, 미요시가가 단조 때문에 망가(亡家)가 되는 것을 원치도 않네. 다만, 때가 오기를 기다리고 있지. ——그것을 위해서도 그 암여우를 미요시가에서 쫓아내려고, 그래서 우쿄 다유 님을 돌려보내라고 권한 것이네만……."

조타로는 그제야, 나라 가도의 빈 말의 안장에 묶여 있던 종잇조각 속의 '미요시 요시오키 님께 마성의 여인이 씌었네'라는 한 구절의 의미를 이해했다.

"그럼 그 여자가!"

하고 외친 것은 흥복사 토담 그늘에서 멋지게 자신을 속인 그 여자, 그리고 나중에 자신을 사지(死地)의 덫에 떨어뜨린 그 여자를 떠올린 것이다. 오오, 가가리비의 머리를 가진 여자, 우쿄 다유 님을 꼭 닮은 얼굴을 가진 여자, 그자가 우쿄 다유 님이 돌아간 미요시가에서 기다리고 있었다는 것인가?

"우쿄 다유 님으로 둔갑할 정도로 많이 닮은 여자, 하지만 그자에게는 범상치 않은 마성이 있네. 악의 그림자가 있어. 우쿄 다유 님조차 계시지 않는다면 모두 속겠지만, 두 사람을 비교해서 보면 어느 쪽이 달인지 태양인지, 힐끗 보기만 해도 명백하지. 미요시가에 큰 소동이 일어날 것이 분명하네——."

"야규 님."

조타로는 갑자기 외쳤다.

"저는 마음에 걸립니다."

"무슨 일이 있었나?"

"아니, 아무것도 모릅니다. 저는 다만——미요시가 앞 저 멀리에서 우쿄 다유 님과 헤어졌을 뿐입니다. 그 이상은 뒷모습을 지켜보지도 않고, 그저 헤어지는 것이 슬퍼서."

하고 저도 모르게 솔직하게 말했지만 곧 깜짝 놀란 듯 한쪽 무릎을 세우며,

"그 여자가 있다면, 왠지 저는 가슴이 술렁거립니다."

하고 입술을 깨물며 불안한 듯이 북쪽을 바라보았다. 천천히, 머뭇머뭇 야규 신자에몬의 얼굴을 올려다보며,

"다시 한번 교토로 달려가 상황을 살피고 오고 싶은데…… 안 되겠습니까?"

그 고뇌하는 소년 같은 표정에 야규 신자에몬은 강한 감동을 느낀 것 같았다.

잠시 묵묵히 그 얼굴을 바라보고 있다가 갑자기,

"아니, 안 되는 것은 아닐세. 꼭 보고 와주었으면 하네."

하고 말했다.

"야규 님, 인사는 조만간, 다시 한번 제가 이곳으로 돌아와 드리도록 하겠습니다."

"그래, 만일…… 우쿄 다유 님이 곤란에 처해, 다시 한번 자네가

구해야 하는 일이 일어났다면…… 후에후키, 우쿄 다유 님을 이곳으로 모시고 오게. 일이 끝날 때까지 이 야규 신자에몬, 몰래 숨겨드리지."

조타로는 절을 하고, 등을 돌려 벌써 열 발짝이나 달려갔다.

"아, 잠깐."

하고 신자에몬이 불렀다.

"그대의 행자 차림은 마쓰나가 일당에게 너무 잘 알려져 있네. 놈들의 손길은 나라 부근뿐만 아니라 이제 교토에도 미치고 있을지 몰라. 옷을 갈아입는 게 좋겠네."

"──어떤."

조타로는 걸음을 멈추고 돌아보았다.

야규 신자에몬은 잠시 생각에 잠겨 있다가 갑자기 웃었다.

"차라리 법사로 둔갑하게. 그게 마쓰나가의 눈을 속이고──활개를 치며 다닐 수 있는 마법의 옷일지도 몰라."

"오오, 그 네고로 법사로."

"그것도 지금의 법사로 둔갑하는 것일세. 허공방이 죽은 것은 아직 저쪽에 알려지지는 않았네. 얼굴은 이만큼 다른 얼굴도 세상에 없겠다 싶을 정도지만 키와 체격은 자네와 허공방이 꼭 닮았군. 가사 두건을 쓰고 우산을 짊어지면, 마쓰나가 일당은 모르는 자도 없는 네고로의 허공방이라고 생각할 테지. 우산은──저렇게 커다란 우산은 없지만, 그건 뭐 적당히 얼버무려 두게. 제일 큰 우산을 빌려주겠네."

——이사리비는 향로 곳간의 문에 손을 댔다.

이것은 미요시 요시오키의 아버지 조케이가 옛날부터 향로에 흥미를 갖고 돈과 권력으로 수집한 천하의 명기를 넣어 둔 곳간이다. 하지만 그가 병에 걸린 후로는 거의 아무도 들어가는 자도 없어서, 그곳 선반에 늘어놓아져 있는 수많은 향로도 지금은 허무하게 먼지를 뒤집어쓰고 있을 뿐이었다.

——그곳에 지난 며칠 사람이 들었다. 어떤 명기 향로에도 뒤지지 않는 여인 향로, 우쿄 다유 님이었다. 그 사실은 감시하는 남자들을 제외하면 오직 이사리비만이 알고 있다.

우쿄 다유를 요시오키와 만나게 해서는 안 된다, 이것은 그녀에게 절대적인 명제다. 그 명제를 이루는 가장 간단하고 무서운 방법은 우쿄 다유를 이 세상에서 없애버리는 것이지만. ——그러나 이사리비는 그렇게 하지 않았다. 뿐만 아니라 그녀는 살아 있는 우쿄 다유를 요시오키에게 보여줄 생각을 하고 있다. 단 우쿄 다유를 특별한 상태에 두고서.

이사리비는 우쿄 다유에게 형용하기 어려운 증오를 느끼고 있었다. 예전에 단조는 자신이라는 존재가 있는데도 우쿄 다유에 대한 동경을 결코 버리지 않았다. 우쿄 다유가 대불에 참배를 간다는 이야기를 듣자마자 혼이 날아간 듯 나라로 달려갔고, 대불을 불태운다는 터무니없는 폭거를 저지르면서까지 그녀를 수중에 넣으려고 했다. 한편, 미요시 요시오키는 지금으로서는 자신을 우쿄 다유라고 믿어 의심치 않는데도 '전의 그대가 더 좋았다'고 한다.

지금은 단순히 단조, 요시오키에 대한 질투가 아니다. 그런 것을 뛰어넘은, 여자가 여자를 대하는 전(全)존재적인 증오다. 그것은 대마녀가 천녀에 대해 품는 불구대천의 깊은 원한이었다.

그렇게 쉽게는 죽이지 않겠다. 우쿄 다유를 타천녀(墮天女)로 만들어주마. 저 여자를, 이 세상의 어떤 천박한 여자도 미치지 못할 만큼의 짐승으로 바꾸어줄 것이다. 그리고 그 모습을 요시오키와 단조에게 보여주는 것이다.

그것을 위해 이사리비는 스케주로라는 사내를 시기산성으로 보내, 단조와 네고로 법사들을 불러오도록 했다.

히라구모 다관과 우쿄 다유는 수중에 있다. 히라구모 다관으로 차를 끓여 우쿄 다유에게 마시게 하자, 그리고 단조를 사랑하는 암컷으로 만들자. ──그렇게 해석할 수 있는 전언을 스케주로에게 맡겼다. 단, 또 하나 필요한 음석은 없다. 그것을 만들게 하기 위해 네고로 법사를 동행하게 하라고.

그러나 이사리비가 생각한 것은 단조가 아니라 네고로 법사를 사랑하는 우쿄 다유였다. 가신 거사는 말했다. "──이것을 마신 여인은 처음 눈이 마주친 사내에 대해 제정신을 잃고 한 마리의 음탕한 짐승이 됩니다." 그 말대로다, 그것은 시기산성에서의 엄청난 실험으로 틀림없이 보아온 일이다.

어떻게든 손을 써서, 음석의 차를 마신 우쿄 다유의 '처음 눈이 마주친 사내'를 그 네고로 법사로 만들 것이다.

허공방도 좋다. 공마방도 좋다. 파군방도 좋다. 모두 막상막하로 지상에 동류가 없는 괴물이다. 그 잔인하고 추한 면모도 그렇고, 또한 흉포하고 처절한 성질도 그렇고——그 괴물들에게 마음을 빼앗겨 암캐처럼 쫓아다니며 헐떡이고 몸부림치는 천박한 우쿄 다유를, 그 요시오키와 단조의 눈에 보여줄 것이다. 똑똑히, 눈앞의 모습으로 보여주고 말리라.

그것이 이사리비가 꾸민 일이었다.

시기산성으로 달려간 스케주로가 돌아와 단조의 답을 복명했다. 알았다. 우선 네고로 법사를 불러들여 곧 교토로 보내겠다. 그곳에서 음석을 만들게 하며 기다리고 있어라. 곧 나도 준비를 갖추고 상경할 것이다.

그 대답대로, 우선 공마방과 파군방이 왔다. 그래서 비로소 이사리비는, 법륜사에서 풍천방이 죽고, 대불에서 금강방이 죽은 것을 알았다. 살아남은 것은 그 외에 허공방이 있을 테지만, 이자는 어찌 되었는지 나라 부근을 수색하던 중에 따로 떨어져 아직 연락이 없다고 한다. ——그리고 또 며칠 후, 드디어 단조가 상경한다는 통보가 있었다. 주군인 미요시 조케이의 병문안이라는 명목이다.

교토에서의 공마방과 파군방의 노력으로 작으나마 '음석'의 하얀 결정은 만들어져 있었다.

"——오늘이야말로."

향로 곳간 앞에 서서 문에 손을 댄 이사리비의 뺨에 엷은 웃음이 푸른 불꽃처럼 흔들린다.

그녀는 미닫이를 열고 안으로 들어갔다.

곳간의 벽 사면에 달려 있는 선반에는 엄청난 수의 향로가 쓸쓸하고 둔하게 빛나고 있었다. 그 안에 사람이 있는 것으로도 보이지 않았지만, 세 명의 인간이 있었다.

커다란 옷고리짝 앞에 단정하게 앉아 있는 우쿄 다유 님이다.

그 양쪽 옆에 책상다리를 하고 앉아 칼을 들이대고 있는 한뉴와 헤이타다.

우쿄 다유는 고개를 숙이고——그리고 칼을 들이댄 젊은이 한뉴와 헤이타는, 그런 자신의 자세와 의무를 잊은 듯한 넋 나간 얼굴로 황홀하게 우쿄 다유의 옆얼굴을 정신없이 바라보고 있었다.

멀리 바람 소리가 들렸다. 아침부터 기분 나쁜 구름이 스치고, 바람이 강한 날의 저녁때였다.

차(茶)

1

"우쿄 다유 님."

이사리비는 불렀다.

우쿄 다유는 여전히 고개를 숙인 채다. 단순히 기운이 없어 고개를 숙이고 있다기보다 그 모습에는 왠지 시든 꽃 같은 쇠약함이 있다. 영혼과 동시에 무언가 생리적인 고통을 견디고 있는 듯한 느낌이 있었다.

"오랫동안, 가엾으십니다."

이사리비는 앞에 앉았지만 우쿄 다유는 얼굴을 들려고도 하지 않았다.

"하지만 그것은 요시오키 님의 분부라, 저도 어쩔 수 없었어요. 마님이 저택에 돌아오신 것을 말씀드렸더니——지금까지 어디를 어슬렁거리고 있었느냐고 화를 내시며, 또 이미 마님이 시기산성에 그 천한 이가의 닌자를 구하러 가신 일, 그 후 그자와 계속 함께 사셨던 일을 알고 계셔서, 아무리 제가 용서를 청해도 마님을 이곳에 가두시고는 부르시려고 하지 않네요."

몇 번이나, 이 이사리비라는 여자에게서 들은 말이다. 우쿄 다유는 이사리비의 이 말에 본능적인 허위를 느꼈다.

대체 이 여자는 이 저택에서 어떤 위치를 차지하고 있는 것일까?

자신은 오직 이 향로 곳간에 갇혀 있을 뿐이라 상황은 전혀 알 수 없지만, 왠지 이 여자가 자신을 대신하여 이 저택에서 여주인처럼 행동하고 있는 분위기가 느껴진다.

하지만 우쿄 다유가 이에 굳이 저항하지 않고 이곳에 감금된 채 남편 요시오키를 부르려고도 하지 않은 것은 한뉴와 헤이타의 무례한 감시 때문이 아니라 이사리비의 말에——자신의 행동에 관한 한——사실이 뒷받침되어 있기 때문이다. 그것이 그녀의 마음을 꿰찔렀기 때문이다. 그녀에게는 분명히 남편을 배신했다는 가슴의 아픔이 있었다.

그러나——괴로워하면서도, 남편에게 사과하고 싶다는 충동을 느끼면서도, 한편으로는 남편을 만나고 싶지 않다, 이대로 여기서 죽어버리고 싶다는 마음도 있다.

"하지만 오늘이야말로."

하고 이사리비는 말했다.

"영주님을 뵈실 수 있을 것입니다."

"…………."

"곧——아니, 이제 당장이라도 마쓰나가 단조 님이 이 저택에 오실 것입니다. 요시오키 님과 화해가 이루어졌거든요. 단조 님은 먼저 아버님이신 조케이 님의 병문안을 가셨다가 거기에서 이리로 돌아올 거라고 합니다."

"…………."

"그 화해를 인연으로 마님도 용서를 받게 되시어, 그 연회 자리에 나와 주십사 하는 요시오키 님의 말씀이십니다. 축하드립니다."

"…………."

"그리고——오오, 그럼 꽃에 물을 주마, 부인에게 물을 마시게 해 주어라, 하고 말씀하시며."

우쿄 다유는 얼굴을 들었다.

무슨 말을 들어도 기쁨의 빛도 없던 우쿄 다유의 얼굴에 처음으로 전율에 가까운 이상한 떨림이 스친 것이다.

지난 사흘간 그녀는 한 방울의 물도 마시지 못했다. 식사는 나왔지만 국물도 탕도 없었다. 그것은 그녀의 행위에 화가 난 요시오키가 벌로 생각하고 그리 명령한 것이라고 한다. ——그런 짓을 할 요시오키라고는 믿을 수 없었지만, 우쿄 다유는 이 벌을 달게 받았다. 받기는 했지만, 그러나 그것은 무서운 벌이었다.

마음으로는 아무리 자기 자신을 벌해도 육체는 모든 세포가 물을 갈망한다. ——물이라는 말을 듣고 그녀의 뺨에 반사적인 떨림이 스친 것은 당연했다.

"차를 드리지요."

희미한, 그러나 악마적인 웃음을 띠고 이사리비는 말했다.

"저도 기쁩니다."

그리고 나서 옆을 보며 말했다.

"한뉴, 헤이타, 이제 되었다. ……파군과 공마에게 다도 도구를 가져오라고 전해라."

두 젊은이는 나갔다.

그때 멀리서 "마쓰나가 단조 님 드십니다——!" 하고 외치는 목소리가 나고, 분명히 수십 명 이상의 인간이 저택 안으로 들어오는 발소리의 땅울림이 들려왔다. ——이사리비가 때를 헤아리고 있던 대로 일은 진행된다.

곧 곳간 문이 열리고 두 명의 법사가 들어왔다. 가사 두건을 쓴 한 법사는 다관을 들고, 머리를 뒤로 길게 늘어뜨린 또 다른 법사는 가루차 도구 일식(一式)이 놓인 받침대를 들고 있다.

우쿄 다유는 눈을 크게 떴다. 그것은 이 법사들이——본 적은 없지만, 분명히 마쓰나가 단조 휘하의 그 마승들임을 직감했기 때문이고, 또 그중 한 사람이 들고 있는 것이 전에 자신이 안고 달렸던 히라구모 다관이고, 또한 그 다관이 희미하게 김을 피워 올리고 있는 것을 보았기 때문이었다. 법사는 그 뜨거운 것을 마치 식은 다관이라도 드는 것처럼 맨손으로 받쳐 들고 있다.

그러나 두 법사는 거들먹거리는 얼굴로 이 차와 다도 도구를 우쿄 다유와 이사리비 사이에 두고, 입구로 물러나 공손하게 엎드렸다.

"……어차피 다회(茶會)는 저쪽에서 있을 테니."

하고 이사리비는 말했다.

"여기에서는 그저 마님의 입을 축이는 것뿐이에요."

예절대로 차를 끓인다는 귀찮은 일은 전혀 필요하지 않다. 요컨대 이 음석을 달인 차를 우쿄 다유에게 먹이면 되는 것이다.

그것을 우쿄 다유가 마실까, 마시지 않을까.

히라구모 다관에 대해 우쿄 다유가 어디까지 알고 있을까. 소중히 안고 도망친 적이 있는 것으로 판단하건대 전혀 모른다고는 단정할 수 없는 구석도 있고, 그렇기 때문에 사흘간 한 방울의 물도 주지 않은 것이다. 하기야 끝까지 거부한다면 억지로 누르고 입을 벌려서라도 마시게 하면 된다고 이사리비는 생각하고 있다.

일단 여자가 이 차를 마시고 사내를 한 번 보고 나서는 완전히 사람이 바뀌어 음탕한 짐승으로 변하니, 뒷일은 걱정할 필요는 없다.

그런 무참한 생각을 하고 있으리라고는 상상도 가지 않는 깨끗한 웃는 얼굴로, 이사리비는 차를 담은 찻종을 우쿄 다유 앞에 놓았다.

"드셔요, 우쿄 다유 님."

우쿄 다유는 물끄러미 찻종에 시선을 떨어뜨렸다.

그러나 우쿄 다유는 음석에 대해서는 몰랐다. 이것만은 조타로가 입에 올려 그녀에게 이야기하기 어려운 일이었기 때문이다. 음석에 대해서는 몰랐지만, 그러나 우쿄 다유는 이 차가 평범한 차가 아닌 것은 깨달았다.

평범한 차가 아님을 깨달은 것이, 우쿄 다유에게 오히려 이 차를 마실 결의를 하게 했다. 그녀는 어쩌면 이것은 독이 들어 있는 것이 아닐까 하고 생각한 것이다.

설령 독차라 해도 그것을 마시지 않을 수 없을 정도로, 그녀의 몸은 목말라 있었다.

그리고 그것을 눌러야 할 이성은, 오히려 '독차라면 그것도 좋다'는 어두운 자기 파멸의 각오를 재촉했다. 우쿄 다유의 영혼은 육체와 마찬가지로 지난 며칠 사이에——아니, 후에후키 조타로와 헤어진 후로 금이 가고 있었던 것이다.

그녀는 조용히 찻종에 손을 내밀었다. 갈증으로 떨리는 손을 억누르는 것이 그녀의 그나마의 극기였다. 찻종을 들어 올렸다.

　이사리비는 빛나는 눈으로 그것을 응시하고 있다. 소리도 없이 무릎에서 하얀 손바닥이 미끄러졌다. 바닥을 가볍게 두드릴 준비였다.

　——음석의 차를 마신 우쿄 다유가 공마방을 볼까, 파군방을 볼까. 둘 중 하나를 볼 것이 틀림없지만 처음으로 눈이 마주치는 것이 어느 쪽일지, 이것이 문제다. 그래서 두 법사 사이에 싸움이 일어났다. 그래서 불공평이 없도록, 두 사람은 미리 엎드려 있다가 이사리비의 신호와 동시에 얼굴을 들기로 약속이 되어 있었던 것이다.

　우쿄 다유를 응시하고 있는 이사리비도, 입구에 엎드려 있는 공마방과 파군방도, 온 신경은 한 점에 쏟아졌다.

　우쿄 다유는 얼굴을 숙이고 입술에 찻종을 댔다.

　"잠깐!"

　목소리와 동시에 채찍처럼 몸을 일으키려 한 공마방과 파군방은, 그대로 바닥에 거대한 곤충처럼 꿰찔렸다. 히라구모(왜납거미)처럼 엎드려 있는 등을 한쪽은 언월도, 한쪽은 계도로 멋지게 바닥까지 꿰뚫린 것이다.

　입구에 한 법사가 서 있었다.

　차를 마셨는지, 마시지 않은 것인지, 우쿄 다유는 그 법사의 눈을 보았다.

　이사리비는 돌아보고 외쳤다.

　"허공방!"

2

가사 두건으로 감싸고 눈만 내놓은 얼굴, 검게 물들인 옷, 그 등에 짊어진 커다란 우산. 누가 보아도 허공방이다.

그 허공방이 그곳에 올 때까지 아무도 눈치채지 못한 것은 우쿄 다유가 음석 차를 마실지 마시지 않을지, 그 사실에만 혼신의 주의를 기울이고 있었던 탓이 틀림없지만, 그렇다 해도 공마방, 파군방 정도 되는 닌자승이 마치 벌레처럼 꿰찔릴 때까지 엎드려 있었던 것은 실수라고도 뭐라고도 말할 수가 없다.

아니, 허공방이 동료인 파군방, 공마방을 갑자기 꼬챙이 꿰듯 찌른다는 것이 있을 수 있는 일일까. 있을 수 있는 일이냐고 해도, 실제로 눈앞에서는 두 명의 법사는 꿰찔려 소리도 지르지 못하고 몸부림치고 있다. 이것이 현실의 일인 이상, 저것은, 저것은.

경악과 공포로 잔물결처럼 흔들리는 눈을 부릅뜨고 있는 이사리비 앞에, 그 법사는 공마방, 파군방 위를 뛰어넘어 우뚝 섰다.

"마님."

하고 그는 말했다.

"후에후키 조타로입니다."

"——아아!"

우쿄 다유는 무릎 앞에 찻잔을 두고 있었으나, 꼼짝도 하지 않았다. 너무 놀라 온몸이 마비되어버린 것이다. 그녀는 한 번 보았을 때부터 그것이 조타로라는 것을 알았다. 놀람은 그가 이곳에 왔다는 것을 알았기 때문이었다.

아무리 허공방으로 변장하고 있었다고는 해도, 조타로가 누구에게도 수상하게 여겨지지 않고——이 곳간으로 통하는 회랑 끝에는 한뉴, 헤이타라는 두 명의 파수꾼이 있었음에도 불구하고——이곳까지 들어올 수 있었던 데에는 이유가 있다.

나라에서 후에후키 조타로를 찾고 있던 공마방과 파군방은 마쓰나가 단조의 명령으로 서둘러 돌아갔지만, 혼자 떨어져 있던 허공방에게만은 연락이 닿지 않았다.

혹시 후에후키 조타로에게 당한 것은 아닐까, 하는 의심도 가슴을 스치지 않은 것은 아니었지만 공마방, 파군방이 교토로 와서 이사리비에게 들어보니 허공방이 혼자 떨어졌을 무렵, 조타로와 우쿄다유는 이미 교토에 와 있었던 모양이다. 그래서 허공방이 건재한 이상, 나중에 마쓰나가 휘하의 병사에게서 이야기를 들으면 반드시 교토로 올 거라고, 실은 은근히 기다리고 있었다.

그래서 미요시 저택의 문지기에게도, 그리고 한뉴와 헤이타에게도 우산을 짊어진 법사가 오면 그것은 허공방이라는 동료이니 캐묻지 말고 이사리비가 있는 곳으로 안내하라고 일부러 전해 두었던 것이다.

조타로는 아무도 없는 곳을 가듯이 저택 안을 통과해, 이 향로 곳간의 입구에 다다랐다. 미닫이는 열어젖혀져 있었다. 그는 안을 들여다보고 한눈에 사태를 알았다.

"잠깐!"

고함치면서 순식간에 공마방, 파군방을 꿰찌른 것은 우쿄 다유를 제지하기 위해서이고, 또한 그녀가 이 두 명의 법사와 눈을 마주치는 것을 막기 위해서였다.

"이사리비."

하고 조타로는 고함치며 우쿄 다유 앞에 놓인 찻종을 집어 들었다.

"너는 우쿄 다유 님께 무슨 짓을 하려고 했지?"

"……너는……."

이사리비는 헐떡이듯이 입을 반쯤 벌리고 조타로의 얼굴을 올려다보고 있었으나, 그 눈에 순식간에 타고난 바닥을 알 수 없는 고혹의 불길이 흔들리고,

"그립군요."

하며 씩 웃었다. ——동대사가 불타오르던 밤의 일을 말한 것일까, 아니면——.

후에후키 조타로의 살기에 불타던 눈이 문득 동요했다. 그는 가가리비를 떠올린 것이다.

거기에 있는 것은 가가리비의 얼굴 그 자체였다.

조타로의 눈에서 살기가 사라진 것을 민감하게 알아채고, 이사리비는 요염하게 몸을 꿈틀거렸다.

"세상에, 무서운 눈을 하고. ——우쿄 다유 님께 차를 드리려고 했을 뿐이잖아요."

조타로에게서 살기가 사라진 것은 이사리비에게 오히려 위험을

가져왔다. 무엇을 생각했는지, 그는 말없이 우쿄 다유 앞의 찻종을 집어 들었다. 의아한 눈으로 그 동작을 보고 있다가 갑자기 이사리 비가 흠칫했을 때, 조타로는 손을 뻗어 이사리비의 머리카락을 움 켜쥐고 힘껏 당겨 위를 향하게 했다.

"무슨 짓이냐."

"차를 드리지."

하고 그는 말했다.

그러고 나서 오른손에 찻종, 왼손에 이사리비의 머리카락을 휘감 은 채 두 명의 법사 쪽으로 걸어갔다.

"후, 후, 후에후키!"

"자, 자, 잘도 나를——."

공마방과 파군방은 아직 살아 있었다. 살아 있는 정도가 아니라 고통으로 경련하고 있던 기관에 간신히 숨이 통하기 시작한 듯,

"다, 단조 님!"

"후에후키 조타로가 왔습니다——."

하고 찢어질 듯한 포효를 지르기 시작했다.

멀리서 바닥을 타닷 하며 밟는 소리가 났다. 회랑 끝에 앉아 있던 두 명의 젊은이인 듯하다는 것을 알았지만, 조타로는 그대로 이사 리비의 입에 찻종을 댔다.

"그대의 악업은 알았지만."

그는 말했다. 어딘가 슬픈 듯한 목소리였다.

"죽이지 않겠다."

그는 떨리는 이사리비의 입술로 차를 흘려 넣었다.

"적어도 이자들의 극락왕생을 비는 선녀가 되어라."

그리고 일그러진 두 법사의 얼굴 앞에 이사리비의 얼굴을 들이댔다.

"잘 보았느냐?"

떼어내고 밀어젖히자, 이사리비는 천장을 향해 털썩 쓰러졌지만 그대로 양손으로 얼굴을 덮고 가슴으로 크게 숨을 쉬고 있었다.

"여섯 명째, 일곱 명째!"

하고 조타로는 외쳤다.

처음부터 이것은 이 세상에서 사라진 가가리비의 원수의 수였다. 공마방과 파군방은 아직 살아 있었지만, 당연히 여기에서 죽일 생각으로 이사리비에게 극락왕생을 빌라고 말한 것이다. 가가리비를 닮은 이사리비는 아무래도 죽일 수 없었다. 그렇다면 이 추괴하기 짝이 없는 마승을 사랑하게 만들고, 거기다 그 죽음을 보여주는 것이 최소한의 복수라고 그는 생각한 것이다. 조타로는 공마방을 꿰찌른 계도 자루로 손을 뻗었다.

"으아아아."

그 찰나, 두 명의 법사는 몸을 뒤로 젖히다시피 하며 튀어올랐다. 지금까지 버둥거리다가, 이때 공마방과 파군방은 놀랍게도 등에서부터 꿰뚫은 계도와 언월도를 바닥에서 뽑아낸 것이다.

타타타타 하고 두 사람은 그대로 입구에서 바깥으로 몸을 젖힌 채 달려가다가——한 번 걸음을 멈추고 충혈된 눈으로 조타로를 응시

했지만,

"단조 님…… 마쓰나가의 병사들이여!"

"후에후키다. 놓치지 마라!"

다시 한 번 절규하고 다급하게 도망쳤다. 등에서 배로, 거대한 생선 두름처럼 계도와 언월도를 꽂은 채.

——그러자 이사리비가 벌떡 몸을 일으켰다. 검은 머리카락은 흐트러지고, 가만히 곳간 입구 쪽을 바라보고 있다. 평소에도 요염하기 그지없는 얼굴을 하고 있었지만 이때 이사리비는 눈은 젖고, 입술은 반쯤 벌려 혀를 살짝 내보이고, 어깨로 숨을 쉬며 육욕의 극치에 있는 듯한 표정으로 변해 있었다.

"잠깐! 공마방."

헐떡이며, 입술에서 하얀 턱으로 타액이 타고 떨어졌다.

"파군방, 나를 안아라——."

그리고 허우적거리는 듯한 자세로 휘청휘청 곳간에서 밖으로 나갔다.

음석 차의 효과를 잘 알고 있으면서 굳이 이사리비에게 먹이고 그 두 법사와 대면하게 한 후에후키 조타로였지만, 깜짝 놀라지 않을 수 없는 변모였다.

"저것은……."

하고 우쿄 다유가 말했다.

"방금 그 차를 마신 탓인가요?"

"그렇습니다. ……그것을 이사리비는 당신께 먹이려고 한 것입니다. 남을 저주하면 자신의 몸에 두 배로 돌아온다고 하지요."

조타로는 엄격하게 말했다.

"우쿄 다유 님, 가십시오."

"어디로?"

"요시오키 님께."

"조타로 당신은?"

"사람이 오는 것 같습니다. 저는 일단 도망치겠습니다. 방금 그 법사들이 아직 살아 있다면 다시 돌아오겠지만."

"당신의 아내를 죽인 장본인인 마쓰나가 단조는?"

"오오, 단조."

"단조는 지금 요시오키 님과 화해의 대면을 하고 있는 모양이더군요."

후에후키 조타로는 한 호흡이나 두 호흡을 할 동안 물끄러미 응시하고 있었지만 이윽고 결연하게,

"우쿄 다유 님, 단조가 있다면 잠시 이곳에 숨어 계십시오. 단조가 이 집을 찾아온 것은 반드시 무언가 꿍꿍이가 있어서일 것입니다. 제가 단조를 처치할 때까지, 이곳에서 기다리고 계십시오."

그렇게 말하고 성큼성큼 걷기 시작했다.

곳간 밖으로 나가 돌아보았다. 우쿄 다유가 바로 뒤를 따라온다.

"오시면 안 됩니다. 우쿄 다유 님."

우쿄 다유는 조타로를 물끄러미 바라보며 말했다.

"저는 그 차를 마셨어요."

후에후키 조타로는 깜짝 놀랐다.

3

조케이 님을 문병하러 교토에 올라온 김에, 꼭 작은 주군의 안부를 여쭙고 싶다. 그런 명목으로 반쯤 억지로 찾아온 마쓰나가 단조였다.

미요시 요시오키는 단조에 대해 무언가 정체를 알 수 없는 의혹을 품고 있다. 특히 그 나라 동대사의 화재 전후로 그의 행동에는 수상한 데가 있다.

그러나 그 후 몰래 시기산에 세작(첩자)을 보내 살피게 해보아도 그가 모반을 꾸미고 있다는 뚜렷한 징후는 없고, 오늘 교토에 올라온 군세도 군세라고 부르기에는 맞지 않을 정도로 적은 인원이다.

만일 이참에 단조를 들여다볼 생각이라면 지금이 좋은 기회일 것이다. ──라고 요시오키는 생각했다. 하지만 그렇게 생각하니 오히려 그는 자신의 저택에 들어온 단조에게 손을 댈 수가 없었다. 젊은 결벽함이 스스로 자신을 용서하지 않는 것이다.

"전에는 어쩔 수 없는 소동에 휩쓸려 인사도 드리지 못한 채 헤어졌으니."

지금 서원에 마주하고 앉은 단조는 태연하게 요시오키에게 말하고 있다. 태연하다고 해도 결코 요시오키를 바보 취급하고 있는 기색이 아니라 은근하고 온화하고, 그런 주제에 종잡을 수 없는 두꺼운 얼굴이었다.

"하루라도 빨리 사과를 드리러 가야겠다고 생각하면서도, 그 소동으로 부끄럽게도 다리를 삐고 말아서요. 아니, 나이를 먹었습니다. 점점 몸의 움직임이 뜻대로 되지 않아, 우선 급하게 찾아뵌 참입니다."

느긋하게 말하면서, 실은 단조는 초조해하고 있었다.

요컨대 이곳에 온 목적은 우쿄 다유 님에게 그 차를 먹이고, 그리고 마신 후에 이 단조를 보게 하는 것뿐이다.

그 일은 잘 해낼 것이고, 그리고 뒷일도 자신의 기지를 믿으시라는 이사리비의 연락을 받았다. 그래서 오늘 온 것인데, 우쿄 다유 님은 물론이고 이사리비도 좀처럼 모습을 나타내지 않는다.

왠지 모르게 뒤숭숭한 표정으로 그다지 대답도 하지 않는 미요시 요시오키를 상대로, 단조도 점차 답답해지기 시작했다. 내가 왔다는데, 이사리비는 어디에 있는가?

하기야 요시오키는 아직도 이사리비를 우쿄 다유라고 믿고 있는 듯하니, 두 사람 다 모습을 나타낸다는 것은 있을 수 없는 일일 것이다. 그 남편도 분간이 가지 않을 정도로 닮은 얼굴을 이용해서, 그 이사리비이니 혀를 내두를 만한 방법을 쓸 것이라고 생각되지만, 그것이 대체 어떤 방법인지 단조는 모른다. 몰래 미리 이사리비를 만난 공마방과 파군방을 통해 그 점을 몇 번이나 물어 확인하려고 했지만, 이사리비는 "제 기지를 믿으셔요"라고 대답할 뿐이었다고 한다.

요시오키는 이전과는 몰라볼 정도로 창백하고 야위어 있었다. 자신이 요괴의 원흉 같은 인간인 주제에, 단조는 점차 이 저택에 요기가 자욱이 끼는 듯한 기분이 들었다.

"영주님."

단조는 참다 못해, 머뭇머뭇 딱따구리처럼 물어보았다.

"마님은 잘 지내십니까?"

멀리, 이상한 고함 소리가 들려온 것은 그때였다.

"단조 님…… 마쓰나가의 병사들이여! ……후에후키 조타로가 왔다!"

미요시 요시오키 앞인 것도 잊고, 단조는 황급히 무릎을 세웠다.

"뭣이, 후에후키 조타로."

순식간에 그 서원의 정원에 공마방과 파군방이 뛰어들어왔다.

등에서 배로 언월도와 계도가 꽂힌, 인간이라고는 생각되지 않는 처참하기 그지없는 모습으로.

불새

1

"오오, 공마방, 파군방!"

저도 모르게 단조는 절규하며 우두커니 선 채, 두 법사의 너무나도 끔찍한 모습에 순간 다음 말도 행동도 잊었다.

"……아니, 저것은?"

요시오키가 경악한 것은 단순히 이 거대한 바늘에 꽂힌 두 마리의 곤충 같은 모습을 본 탓만은 아니다. 지금 그것을 본 찰나, 그의 뇌리에 불꽃과 함께 되살아나는 것이 있었던 것이다. 저것은 대불이 불타오를 때 어지러이 춤추고 있던 법사들의 일당이 아닌가?

그는 지난 며칠 동안 두 법사가 몰래, 그러나 유유히 이 저택에 드나들며 자신의 아내인 우쿄 다유와——실은 이사리비와 의논하고 있었던 것은 전혀 몰랐다.

"단조, 저것은 누구인가."

단조는 말문이 막혔다.

"저자를, 그대는 알고 있는 건가?"

그러나 미요시 요시오키는 그 이상 마쓰나가 단조에게 캐물을 수가 없었다.

왜냐하면 두 법사에 이어 서원의 정원에 또 한 명의 여자가 뛰어들어왔기 때문이다.

"앗, ——부인!"

"——이사리비!"

두 사람은 동시에 외쳤지만, 서로의 외침은 들리지 않았다. 들렸다 해도, 적어도 미요시 요시오키는 단조의 외침의 의미가 무엇인지 판단할 수 없었을 것이다.

이사리비의 띠는 길게 늘어져 땅에 끌리고, 가이도리[주1]는 벗겨져 어깨가 드러나 있었다. 아니, 뿐만 아니라 그녀는 스스로 나머지 옷을 벗어던져 가는 것이었다.

"부인, 왜 그러시오?"

툇마루까지 달려나간 요시오키를 돌아보지도 않고,

"파군방…… 공마방."

하고 그녀는 헐떡이며 몸부림쳤다.

"그 칼을 치워라! 그 언월도를 치워!"

그 몸에서 옷이 전부 미끄러져 떨어졌다. 그리고 전라인 채로 개처럼 혀를 내밀고, 끝내는 공마방과 파군방을 꿰뚫은 계도와 언월도도 보이지 않는 듯이 달려가려고 한다.

"그리고 나를 안아다오!"

이때, 아까 악귀처럼 뛰어들어온 공마방과 파군방은 어찌 된 일인지 갑자기 침묵하며 마치 얼음 조각상이 된 것처럼 꼼짝도 않고 우두커니 서 있었는데, 문득——파군방이 아무 말도 없이 처참하다고 형용할 수밖에 없는 웃음을 지었다.

"공마방."

"음."

주1) 搔取(가이도리), 여성의 예복으로 띠를 맨 위에 걸치는 통소매옷.

"아무리 뭐라 해도 이제 살 수는 없겠지. 이가의 애송이한테 당했어."

"하지만 그놈, 놓치지는 않을 걸세."

"우리가 죽어야 비로소 이루어지는 가신 직전(直傳), 원수 필살의 닌자술."

"그렇다 해도 파군방, 서둘러야 하네."

"그럼 이 세상에서 보는 마지막, 아니 안는 마지막으로, 이 여자를 안을까?"

"그래——."

고개를 끄덕이더니, 공마방과 파군방은 바싹 다가가 만자(卍) 모양으로 한 바퀴 돌았다. 서로의 가슴을 꿰뚫은 계도와 언월도 자루를 움켜쥐고 쑥 빼냈다. 그리고 두 사람은 떨어졌다.

일곱 걸음, 열세 걸음, 열다섯 걸음. ——각각 뽑아 든 계도와 언월도를 움켜쥔 주먹으로 가슴의 상처를 누르고, 다른 한쪽 팔을 뒤로 돌려 등의 상처를 누르며, 두 사람은 정원 위에 약 서른 걸음의 간격을 두고 섰다.

이때, 아까 그 절규로 미요시가의 무사, 마쓰나가의 무사들이 우르르 달려와 모여들고 정원 주위까지 밀어닥쳤지만, 그들은 물론이고 미요시 요시오키도 마쓰나가 단조도, 아니, 육욕의 암컷으로 변한 듯한 이사리비조차도 이 두 법사의 기분 나쁜 '의식'에 시선을 빼앗겼다.

음울한 하늘이었다. 바람이 휘잉 하고 허공에서 으르릉거렸다.

"그럼 하겠네."

"알겠네."

두 법사는 칼과 언월도를 땅에 탁 꽂았다. 그리고 걷기 시작했다.

공마방은 남쪽으로 일곱 보, 그러고 나서 서쪽으로 열네 보, 또 남쪽으로 일곱 보.

파군방은 서쪽으로 일곱 보, 그러고 나서 북쪽으로 열네 보, 또 서쪽으로 일곱 보.

물론 보통 같으면 두 사람이 어떻게 걸었는지 짐작도 가지 않겠지만, 두 사람이 언월도와 칼을 땅에 꽂은 순간부터 피가 왈칵 떨어지기 시작해, 그것이 그들이 걸은 행적을 붉은색으로 그려 나간 것이다.

만자(卍). ──사람들은 거기에서 거대한 붉은 만자를 보았다.

"불타라. ──닌자술 불 만자!"

그러자 만자의 중심의, 두 사람의 피가 교차한 지점에서부터 푸른 불꽃이 활활 피어올랐다.

그러는가 싶더니 그 불꽃이 휙 날아갔다. 거기에 있던 핏자국이 또 불타올랐다. 숨쉴 새도 없이 불꽃은 또 날아간다. ──그것이 그들이 달려온 뒤에 점점이 떨어뜨리고 온 피를 따라가고 있다──는 것을 눈치챈 자가 얼마나 있었을까.

눈 깜짝할 사이에 그것은 정원을 나가 어딘가로 이어지는 한 줄기의 시라누이[주2]가 되었다.

주2) 不知火(시라누이), 규슈 야시로카이(八代海)에서 주로 가을(음력 7월 말경) 밤에 보이는 수많은 불빛. 먼 바다에 떠 있는 오징어잡이배에 켜는 등불이 수면 부근의 찬 공기에 의해 굴절되어 여러 가지 모양으로 변화하여 보이는 것.

그 불꽃의 기괴함도 그렇지만, 더욱 일동을 꼼짝도 못 하게 만든 것은 불꽃이 타오른 순간 두 법사가 보인 기괴하다는 말조차 나오지 않는 행위였다.

"여자——이리 와라."

붉은 만자 끝에 드러누운 공마방이 고함쳤다.

순식간에, 검은 식충(食蟲) 꽃에 빨려들어가는 하얀 나비처럼 이사리비가 날아가, 그의 몸 위를 덮쳤다. 그리고——수십 명이라는 중인환시 속에서 빈사의 공마방과 미친 여자 같은 이사리비는 처절할 정도의 치태를 드러내기 시작했다.

그것은 치태라기보다 사투에 가까운 성(性)의 경관이었다.

"파군방. 받게."

공마방이 외치자, 이사리비는 허공을 날았다. 그 하얀 몸은 역시 피로 쓰인 만자 끝에 드러누운 파군방 위로 떨어졌다.

"와하하하하하하하, 불의 만자여, 타올라라, 적을 쫓아라."

지옥의 불가마도 울릴 듯한 공마방의 웃음소리가 갑자기 사라지고, 그것을 마지막으로 그가 눈을 부릅뜨고 숨이 끊어지고 만 것은 아무도 몰랐다.

사람들은, 이번에는 파군방과 이사리비의 무참하다고나 해야 할 부끄러운 모습에 시선을 빼앗겼다. ——간신히 제정신으로 돌아온 것은 미요시 요시오키였다. 제정신으로 돌아와서도, 여전히 그는 악몽을 꾸고 있는 듯한 기분이었다.

"부인!"

그는 절규하며 정원으로 뛰어내렸다.

"와하하하하, 불의 만자여, 타올라라, 이가의 애송이를 태워 죽여라!"

파군방이 홍소하고, 홍소가 그치자 그는 피와 점액투성이가 된 방약무인의 시체가 되었다. 이사리비는 여전히 그 시체에 맹렬한 기세로 달라붙어,

"죽지 마라, 파군방! 다시 한 번, 다시 한 번!"

하얀 몸이 뱀처럼 파도쳤지만, 등 뒤로 달려오는 발소리에는 역시 벌떡 몸을 일으켰다.

돌아보고, 이사리비는 순간적이지만 실로 기분 나쁜 웃음을 지었다. 미소(媚笑)라고도 조소라고도 할 수 없는──그것은 이 세상의 존재가 아닌 마녀의 웃음이었다.

요시오키의 도가 그 목을 베었다.

이사리비의 머리는 마녀의 웃음을 새긴 채 땅에 떨어졌다.

미요시 요시오키에게는 바깥 세계의 모든 것이 악몽으로밖에 생각되지 않는 데다, 자기 자신까지 악몽 속에 있는 인간처럼 느껴지고 있었지만, 더욱 믿을 수 없는 광경은 이어서 그 눈앞에 펼쳐졌다.

"저기, 저기."

"지붕 위에."

사람들이 술렁거렸다.

요시오키는 피 묻은 도를 든 채 가위눌린 듯이 높은 지붕 위를 보고──온몸이 얼어붙은 듯이 되고 말았다.

지붕의 용마루에 푸른 불이 달렸다. 그 불에 쫓기듯이 달리는 두 개의 그림자. 한 사람은 가사 두건을 쓰고 커다란 우산을 짊어진 법사이지만 또 한 사람, 그것에 매달리다시피 하고 있는 여자는.

미요시 요시오키는 눈을 부릅뜨며 절규했다.

"부인!"

2

후에후키 조타로는 우쿄 다유를 데리고 향로 곳간에서 나왔다.

데리고 나온 것이 아니다. 우쿄 다유가——따라온 것이다. 그녀는 음석 차를 마셨다고 말했다. 그녀는 음석 차를 마시고, 우선 조타로를 보았다.

그는 우쿄 다유를 어떻게 해야 좋을지 알 수가 없었다.

단조를 칠까, 그녀를 데리고 설마 단조를 치러 갈 수는 없다. 우선 이 저택에서 도망칠까, 미요시 요시오키라는 남편이 있는데 그녀를 데리고 도망칠 수는 없다. ——그렇다고 물론 언제까지나 향로 곳간에 앉아 있을 수는 없다.

조타로는 흐트러진 마음으로 곳간을 나왔다. 그리고 이상한 사실을 깨달았다.

아까 파군방과 공마방이 "단조 님, 마쓰나가의 병사들이여! 후에후키 조타로가 왔다!" 하고 고함치며 도망쳤다. 같은 목소리는 그들이 도망쳐 간 안쪽에서 또 들렸다.

그런데 아무도 이 향로 곳간 쪽으로 달려오는 자가 없다. 아까까지 곳간으로 통하는 회랑 끝에는 두 명의 젊은이가 앉아 있었을 텐데, 그들까지 어디로 달려갔는지 그림자도 없다.

아니, 저택 안에는 소란스러운 소리가 일어나기 시작했다. 사람들은 달려간다. 그 모습까지 조타로에게는 보인다. 그러나 아무도 그가 있는 쪽을 돌아보려고는 하지 않는다.

"——대체, 무슨 일이 일어난 것일까?"

어느 모로 보나 이가 사람다운 대담함과 조타로다운 무모함으로, 그는 뚜벅, 뚜벅, 뚜벅 하고 사람들이 달려가는 방향으로 걸어갔다.

그러자 갑자기 그 앞쪽에서,

"불타라, 닌자술 불 만자!"

라는 괴조 같은 목소리가 들리는가 싶더니, 그를 향해 한 줄기의 푸른 불꽃의 띠가 흘러왔다.

"앗!"

조타로는 걸음을 멈추고, 우쿄 다유를 안은 채 크게 뒤로 뛰어 피했다.

푸른 불꽃은 쫓아왔다. 타타타타 하고 그는 뒤로 도망쳤다. 불꽃은 쫓아왔다.

처음에는 자신이 흘린 핏자국을 더듬으며 타닥 타닥 점선 모양으로 타오르고 있던 파군방과 공마방의 닌자술 불은, 이제 뱀처럼—

―살아 있는 불꽃의 뱀처럼 조타로를 쫓아왔다.

"웃."

어지간한 조타로도 비명을 질렀다.

이상한 불꽃이었다. 그것은 활활 한 줄기로 불타면서, 그 한 줄기 이외에는 불꽃을 퍼뜨리려고 하지 않는다. 게다가 닿으면 피부를 태운다. 아니, 피부도 태우지는 않는다. 무언가 화상은 일으키지 않는데, 그런데도 닿은 인간에게는 화상과 같은 뜨거움을 주는 것이었다.

"떨어지십시오, 우쿄 다유 님, 떨어지십시오!"

불꽃에 쫓겨 달리면서 조타로는 외쳤다.

"아니요, 후에후키, 나는 떨어지지 않을 거예요."

우쿄 다유는 그에게 매달리다시피 하며 대답했다. ――조타로는 마침내 다시 그녀를 한 팔로 안았다.

"괜찮으시겠습니까. 그럼 저를 꼭 붙잡고 계십시오."

그녀를 안은 채, 그는 회랑 기둥 중 하나를 기어올라 손이 난간에 닿자 극락조처럼 지붕으로 날아올랐다.

날아오르고는 깜짝 놀랐다.

푸른 불꽃은 기둥을 타고 처마를 돌아 지붕의 기와를 기어 쫓아온다. 그것은 그가 찌른 두 닌자승의 집념의 불꽃 같았다.

지붕에서 지붕으로 올라간다.

미요시 요시오키의 저택은 성은 아니었지만 해자를 둘러치고 지붕을 겹쳐, 건물이 낮은 교토의 거리에서는 거의 성으로 보일 정도의 위용을 가지고 있었다.

후에후키 조타로는 그 높은 지붕의 용마루를 달렸다. 불꽃에 쫓겨, 그는 자신이 도망칠 장소를 고를 여유를 잃고 있었다. ——그와 우쿄 다유를 쫓아 푸른 불꽃이 처마를 달리고, 바람에 활활 나부꼈다.

——미요시 요시오키가 올려다본 것은 이 두 사람의 모습이었다.

"부인!"

그는 절규하고, 잠시 판단력을 상실했다.

갑자기 그의 혼란스럽던 뇌리에 한 줄기의 맥락이 스쳤다. 지금 두 명의 법사와 미친 짓을 벌여 자신의 손으로 죽인 여자는 아내가 아니었다. 아니, 교토로 돌아온 후로 자신의 아내라고 생각하고 있던 여자는 우쿄 다유가 아니었다. 저것은 단조가 보낸 마성의 여자였다.

여전히 맥락이 끊긴 부분은 있지만 이것만을 직감하고,

"단조!"

요시오키는 일단 돌아보며,

"날 속였겠다?"

하고 말했지만 곧 발을 동동 구르며,

"저자를 쫓아라, 지붕에 올라가, 저 기괴한 법사에게서 부인을 되찾아 와라!"

하고 소리쳤다.

그리고 번들거리는 눈으로 지붕 위를 응시하고 있다가 갑자기,

"누구 있느냐. 활을 가져오너라!"

하고 목을 쥐어짰다.

먹색 비구름은 화살처럼 교토의 하늘을 달리고 있었다. 그 아래에서, 후에후키 조타로는 우쿄 다유를 안고 우뚝 서서 거리 쪽을 내려다보았다.

해자 맞은편에서, 이때 그는 생각지 못한 것을 보았다. 그것은 12, 3기의 말이었다. 타고 있는 사람은 모두 삿갓을 쓰고 있지만 옷은 검은색이다. ——검은 옷의 기마대는 천천히 미요시 저택을 돌고 있다. 아니, 지붕 위에 선 조타로를 알아차렸는지 갑자기 채찍질을 하여 이쪽으로 달려오는 것 같다.

——야규 님이다.

하고 조타로의 눈은 반짝였다.

——야규 님이다. 교토에 온 나를 걱정하여, 늘 그렇듯이 저 모습으로 몰래 쫓아와 주신 거야!

그러나 그 사이에는 해자가 있었다. 성의 해자만큼의 폭은 아니지만, 새가 아니면 날아서 넘을 수 없는 거리이고 또한 높이였다. 그 사이에도 푸른 불꽃은 끝내 그를 따라잡아, 그의 발에서 옷으로 활활 타오르고 있다. 다리도 옷도 불타고 있지는 않지만, 그러나 가만히 서 있을 수는 없는 초조함의 지옥이었다.

후에후키 조타로의 머리에 벼락처럼 어떤 착상이 번득였다.

할 수 있을까? 나는 할 수 없다. ……아니, 할 수 있다. 저 허공방이 할 수 있었던 일을 내가 못 할 리는 없지? 망설임과 결단이 한순간의 일이었다. 아니, 그가 지붕에 날아오르고 나서 이때까지, 겨우 2분도 지나지 않았을 것이다.

다만 이 모험에 우쿄 다유 님을 길동무로 삼아야 할까?

이때에 이르러서도 망설이며 고개를 돌려 정원을 내려다보는 조타로의 뺨을 스치고 무언가가 부웅 소리를 내며 지나갔다.

조타로는 정원에서 힘껏 당긴 화살을 쏘고, 또 시종에게서 다음 화살을 받아 들고 있는 미요시 요시오키의 모습을 보았다.

이어서 두 번째 화살이, 이번에는 우쿄 다유의 어깨를 스치고 지나간다.

──어쩔 수 없다!

조타로의 마음은 정해졌다. 그는 등에 짊어진 커다란 우산을 어깨 너머로 뽑아 들었다.

"우쿄 다유 님."

하고 그는 말했다.

"될지 안 될지, 저도 모르겠습니다. 이 우산에 바람을 머금고, 해자 너머로 뛸 겁니다. 저를 꼭 붙잡고 계십시오!"

우산을 확 펴고, 거기에 세찬 바람을 머금었다. 동시에 그는 커다란 지붕의 기와를 걷어찼다.

될지 안 될지──그때까지라면, 아무리 이가의 닌자 후에후키 조타로라도 절대로 불가능하다고밖에 볼 수 없는 재주였다. 저 놀라운 마승 허공방이 아니면 할 수 없는 일이었다. 게다가 우산은 허공방 특유의 닌자술 우산이 아니라 야규성에서 빌려온 우산이다. 하지만——그 네고로의 닌자승이 할 수 있는 일을 이가의 닌자가 할 수 없다는 법이 있을까.

이 투지와, 그리고 절체절명의 필사적인 염력이 조타로를 넓은 하늘로 날갯짓하게 했다. 엄청난 도약력이었다. 놀라운 부양력이었다.

하지만——기와를 걷어찬 찰나, 그는 오른손에 단단히 안은 우쿄 다유의 몸이 움찔 하고 한 번 경련하는 것을 느꼈다.

동시에 바람을 타고 아득한 목소리를 하나 들었다.

"조타로 님, 나는 당신을 용서하겠어요."

조타로와 우쿄 다유를 매단 우산은 하늘을 날았다. ——고 말하고 싶지만, 허공방의 은신 우산과는 다르다. 그것은 비스듬히 대지를 향해 흘러가 떨어졌다.

발밑에 순식간에 해자의 물이 닥쳐왔다.

날아 내려가면서 조타로는, 그 공포보다 방금 전에 들은 이상한 목소리로 머리가 가득 차 있었다. 그것은 누구의 목소리였을까? 가가리비다! 가가리비의 목소리다. 가가리비가 말한 것이다.

"나는 당신을 용서하겠어요."

무엇을 용서하는 것일까. 가가리비는——자신이 우쿄 다유를 데리고 도망치는 것을, 사랑하는 것을 용서하겠다고 말한 것이 아닐까?

조타로의 발은 대지에 닿았다. 해자를 약간 넘은 위치에서, 무시무시한 충격에서 우쿄 다유를 지탱한 것은 초인적인 그의 다리의 탄력이었다.

"후에후키."

달려오는 말발굽 소리를 들으면서, 조타로는 우쿄 다유를 땅에 내려놓았다.

"우쿄 다유 님, 산 것 같습니다."

그 찰나, 그는 뻣뻣해졌다.

우쿄 다유의 등에는 한 자루의 화살이 깊이 꽂혀 있었다.

3

화살을 쏜 것은 미요시 요시오키였다. 그는 물론 아내를 납치하려는 가사 두건의 괴이한 법사를 향해 활줄을 당길 생각이었다.

그 화살이 빗나간 것은 그 찰나, 그의 등에 비수가 꽂혔기 때문이다. 비수를 꽂은 것은 마쓰나가 단조였다.

그때까지 저택의 툇마루까지 나와 가만히 정원에 전개되는 광경을 보고 있던 단조는 최초의 경악, 낭패의 파도가 지나가자 순식간에 오래된 늪처럼 가라앉은 무서운 안색으로 변해 있었다.

툇마루 근처에 멍하니 서 있던 무사들 사이에서 이사리비의 비밀 전령이 된 미요시가의 젊은이 스케주로를 보고, 그는 소리도 없이 손짓해 불러 귀에 입을 대고 무언가 속삭였다.

그리고 직접 툇마루를 내려가 정원을 걸어와서, 미요시 요시오키 곁으로 다가간 것이다.

요시오키는 세 번째 화살을 활에 메기고 있었다. 그의 모든 신경은 물론 지붕 위로 쏠려 있었다. 그 화살을 쏘려고 한 순간, 단조는 요시오키의 등을 찔렀다.

"앗."

요시오키는 쿵 하고 쓰러져, 충혈된 눈으로 단조를 노려보았다.

"단조——네놈은 주군을 찔렀군. 이 역신(逆臣) 같으니."

일어서려고 하는 팔 하나를 걸어차고, 단조는 그 위에 기세 좋게 발을 올려놓았다.

"지금 찌르지 않았으면 내가 찔렸을 것이다."

하고 그는 말했다.

정원 주위에서 혼란이 일어났다. 물론 미요시가의 무사들이 이 광경에 깜짝 놀란 것이다. 그것을 물리치듯이 한 무리의 무사가 전차처럼 창을 나란히 하고 돌입해왔다.

"요시오키 님, 이 단조는 지금 분명히 반기를 들겠소. 미요시가에 대한 반기는 곧 천하에 대한 단조의 패기(覇旗)요."

돌입해온 무사들은 물론 단조의 하타모토[주3]다. 아까부터 일이 되어가는 형편을 보니 이미 그냥 끝날 사태는 아니다, 어차피 무사히 이 저택을 나가 시기산성으로 돌아갈 수도 없겠지, 하고 각오를 한 단조는 독을 먹을 바에는 접시까지 핥겠다는 마음으로 일거에 이곳

주3) 旗本(하타모토), 본영을 지키는 직속 무사.

에서 미요시 요시오키를 죽여, 현재뿐만 아니라 장래의 화근을 끊으려고 무서운 행동으로 나온 것이다.

하지만——역시 주군의 후계자의 목에는 손을 대기 어려웠는지,

"여봐라. ——머리를 가져오너라."

이를 가는 듯한 목소리로 말하고는, 뒤의 희생자에게 달려드는 여러 명의 하타모토를 돌아보지도 않고 철통같은 호위에 둘러싸인 채 정원에서 나갔다.

지나친 흉변에 간이 오그라붙은 미요시가의 가신들은 주군의 머리를 벤 마쓰나가의 하타모토들이 뒤따라 검은 바람처럼 단조를 쫓아 달려 나가는 것을 악몽처럼 지켜보고만 있었다.

스케주로를 시켜 수하의 마쓰나가 세력을 불러 모으고 순식간에 진오를 갖춘 단조가 미요시 저택을 떠난 것은 눈 깜짝할 사이의 일이었다.

어떤 이상 사태가 있어도 순식간에 뱀 같은 차가움과 끈질김을 되찾아 위기를 벗어나고 형세를 역전시켜 자신이 생각하는 대로 만드는 것이 마쓰나가 단조의 수완이지만, 특히 이때, 향로 곳간에 있던 히라구모 다관까지 잊지 않고 찾아내어 가는 길의 삯으로 빼앗아 간 것은, 실로 간웅(奸雄) 단조가 아니면 할 수 없는 일이었다.

미요시 저택을 떠나면서,

"——후에후키 조타로와 우쿄 다유는 어찌 되었나?"

물론 그 일은 염두를 떠나지 않아 그들이 날아간 해자 맞은편을 수색하게 했으나, 두 사람의 행방은 알 수 없고 그저 남쪽을 향해 검

은 옷의 기마대가 달려갔다고 말하는 목격자를 얻었을 뿐이었다.

　──그러나 요시오키가 우쿄 다유의 등에 화살을 쏘아 넣은 찰나, 요시오키 옆의 땅 위에 우두커니 떨어져 있던 이사리비의 머리가 희미하게 입술을 움직인 것을 아무도 모른다.

"──조타로 님, 나는 당신을 용서하겠어요."

그리고 그 입술은 빙긋이 웃은 채 움직이지 않게 되었다. 그것은 엷지만 슬퍼 보이는, 무서운 웃음이었다.

대체 그것은 가가리비의 사령이 돌아와 부른 목소리였을까, 아니면 이사리비의 비아냥 섞인 조소였을까. ──머리가 웃은 것을 본 적도 없는 사람들은, 아무도 모른다.

마쓰나가 단조는 시기산성으로 돌아갔다.

그리고 그 성의 천수각에 한 개의 우산이 걸려 있는 것을 깨달았다. 천수각 지붕의 샤치^{주4)}가 꽉 문 이 사이에, 커다란 찢어진 우산의 자루를 물고 있었던 것이다.

우산에는 피로 쓴 글자로 이렇게 적혀 있었다.

"검은 옷의 기마대는 야규다."

주4) 鯱(샤치), 지붕의 용마루에 하는 장식의 일종. 머리는 용, 등에는 날카로운 가시가 있는 상상 속의 바닷물고기 모양으로, 성곽 건축에 흔히 보인다. 기와, 동, 돌, 나무 등으로 만든다.

야규성 초가(楚歌)

1

"우쿄 다유 님."

"…………."

"우쿄 다유 님!"

목소리가 산바람에 흘러갔다.

바람은 비의 기운을 머금고 있어 어둡다.

벌써 다이고^{주1)} 부근인지, 꽤 높은 산의 산길이었다. 격렬한 남풍을 뚫고 그 산길을 검은 물살처럼 달려 올라온 십여 기 중, 맨 뒤의 한 기가 순식간에 뒤처지기 시작한 것이다.

자세히 보니 그 한 기만 달랐다. 다른 기마는 모조리 검은 옷에 삿갓을 쓰고 있는데 그자만 법사 차림이고, 게다가 한 여자를 안고 있다. 그는 안장 위에서 여자를 양팔로 끌어안고, 고삐는 입에 물고 있었다.

"우쿄 다유 님, 정신 차리십시오!"

끝내 말을 세우고 절규하는 후에후키 조타로를 눈치채고, 다른 말도 멈추어 되돌아왔다. 조타로는 우쿄 다유를 안은 채 안장에서 내려와 죽림 그늘의 땅에 누였다.

"……조금만 더 가세."

"적어도 우지까지."

말을 돌리기는 했지만, 검은 옷의 무사들은 교토 쪽을 돌아보며

주1) 醍醐(다이고), 교토시(市) 후시미(伏見)의 지명. 다이고 천황의 왕릉이 있다.

초조해하고 있는 것 같았다.

"──기다리게."

부하를 질책하듯이 말하고 말에서 내려선 것은, 복면을 쓰고 있지만 야규 신자에몬이다.

교토 니조의 미요시 저택에서 도망쳐 나온 조타로를 구했을 때, 조타로가 우쿄 다유를 안고 있는 것을 보고 신자에몬은 얼핏 눈썹을 찌푸렸다. 또──라고 생각한 모양이다.

그러나 조타로가 어째서 우쿄 다유를 데리고 도망쳐 왔는지, 그것을 물을 시간은 없었다. 미요시, 마쓰나가의 추적을 피하기 위해서는 분초를 다투어 그 자리를 이탈할 필요가 있었고, 또한──그 우쿄 다유는 화살을 맞아 등에 깊은 상처를 입고 있었기 때문이다.

그 상처를 치료할 여유도 없었다. 준비해온 빈 말에 조타로와 우쿄 다유를 태우고, 일행은 무턱대고 교토를 떠나 남쪽으로, 다이고까지 도망쳐 왔다.

그리고 지금 야규 신자에몬은 묵묵히, 그리고 어둡게 우쿄 다유를 내려다보았다.

"우쿄 다유 님. ……우쿄 다유 님!"

자신이 놓여 있는 입장 따위는 완전히 잊어버린 듯이, 후에후키 조타로는 광란한 소리를 지르며 우쿄 다유를 무릎 위로 다시 안아 올려 흔들었다. 그 무릎에서 흙으로, 또 새로 피가 흘러 퍼져 간다.

──우쿄 다유는 하얀 턱을 힘없이 쳐들고, 흔드는 대로 흔들리고 있었다.

"아아!"

하며 조타로는 몸부림쳤다.

"내가 잘못했다. 내가 교토로 간 것이 오히려 잘못이었어. 내가 데리고 나오지만 않았다면, 화살에 맞을 일도 없었을 텐데!"

그리고 그는 야규 신자에몬에게 소년 같은 우는 얼굴을 쳐들었다.

"당신의 말씀이 옳았습니다. 저는 우쿄 다유 님을 수라의 세계에 끌어들여, 결국——."

"아니요, 그건 제가 바라서 한 일이에요."

조타로는 깜짝 놀라 팔 안의 여인에게 시선을 떨어뜨렸다. 우쿄 다유는 어느새 눈을 뜨고 그를 물끄러미 바라보고 있었다. 그 눈동자에는 빈사의 여자라고는 생각되지 않는 꿈꾸는 듯한 빛이 있었다.

"이걸로 되었어요. 제가 요시오키 님의 화살에 맞아 죽는 것도, 제가 바라던 일이었어요. 저는 남편을 배신했으니까요."

그것이 무엇을 의미하는지, 조타로는 알았다. 그리고 전율했다.

미요시 요시오키 님의 정실 우쿄 다유 님은 분명히 자신에 대한 사랑을 고백하고 있다. 그것은 그를 떨리게 만들었지만, 또한 그 사랑이 무엇에 의해 싹튼 것인지, 그것을 생각하면 심장이 비틀리는 것 같았다. 음석의 차. ——우쿄 다유 님은 그 차를 마셨다. 그 때문이다.

이 여인의 사랑을 감사해야 할지, 두려워해야 할지. 어느 쪽이든,

우쿄 다유 님은 지금 이곳에서 죽어가려고 하고 있다. 아까 말 위에서 한 번 우쿄 다유의 호흡이 끊긴 것을 알고, 그는 깜짝 놀라 말에서 뛰어내린 것이다. ——그리고 또, 지금 무서운 말을 내뱉은 후, 우쿄 다유는 다시 조타로의 팔 안에서 힘없이 눈을 감았다.

"우쿄 다유 님. ……우쿄 다유 님!"

그는 온 생명을 다해 끌어안았다. 그 외침은 넓은 죽림의 산들거림에 점차 사라져 갔다.

——그때, 완전히 숨이 끊겼다고 생각했던 우쿄 다유의 입술이 다시 희미하게 움직였다.

"조타로."

하고 그녀는 말하며 황홀하게 미소 지었다. 그리고 조타로에게, 그녀의 죽음보다도 무섭다고 여겨지기까지 한 마지막 말을 그녀는 흘렸다.

"나는 그 차는 마시지 않았어요. ……하지만……."

툭…… 하고, 신자에몬의 이마를 빗방울이 때렸다.

그러나 그는 그 사실을 깨닫지 못했다. 우쿄 다유의 말의 뜻은 모르지만 뭐라고도 형용하기 어려운 귀기에 휩쓸려, 그뿐만 아니라 야규의 무사 모두가, 이어서 순식간에 지상의 조타로와 우쿄 다유를 새하얀 물보라로 감싸 버린 산의 비조차 의식하지 못하고, 꼼짝도 않은 채 덤불의 그늘에 말을 세우고 있었다. 그러다 문득 높은 허공의 바람의 비명 속에서 여자의 웃음소리 같은 것을 듣고, 깜짝 놀라 얼굴을 쳐들었다.

2

마쓰나가 단조는 시기산성으로 돌아오자마자 사납게 전쟁 준비를 갖추었다.

교토에서 그 정도의 일을 저지른 이상, 당연히 미요시 조케이가 역모를 일으킨 신하를 벌하기 위해 전군을 몰고 습격해올 것으로 예상한 것이다.

그러나──이런 일은 없었다.

오랫동안 병을 앓고 있던 미요시 조케이는 적자(嫡子) 요시오키의 비명횡사로 치명적인 충격을 받고, 복수의 의지를 행동에 옮기지도 못할 정도의 폐인이 되고 만 것이다. 본래 긴키 일대의 실권이 이미 단조의 손에 넘어가 있었던 것은 모두가 인정하고 있던 일이다. 미요시 측에 있어서 유일한 희망의 별은 젊은 요시오키였다. 하지만 그 별이 떨어지고 보니, 원인이 무엇이든 냉철한 사실로서 다음 패자(霸者)가 누구인지는 누구의 눈에도 명백했다.

미요시 측의 병사들은 복수의 전쟁을 계획하기보다도 속속 단조의 밑으로 달려갔다. 그리고 곧 미요시 조케이도 등불이 꺼지듯이 죽었다. 미요시가는 자멸이라고 해도 좋을 상태로 멸망했다.

악이 한창일 때는 하늘도 이긴다고 한다.

이 말이 마쓰나가 단조라는 인간 위에 나타난 것만큼 적절한 예는 역사상으로도 드물다. 그 사납고 악한 성격과, 그럼에도 불구하고──라고 말하고 싶은 그 성공에 대해서는 작자도 몹시 흥미가 있지만, 그것은 이 글의 주제는 아니다.

어쨌거나 그 악의 불꽃이 활활 타오를 때——그는 마침내 당시의 쇼군 아시카가 요시테루마저 죽였다. 3년 후인 1565년 여름 장마의 어느 날이었다. 있으나 마나 한 존재인 아시카가 쇼군이기는 했지만 어쨌든 천하의 쇼군을 공공연히 습격해 살해하고, 나아가 그는 그 젊은 정실까지도 찾아내어 교토 교외에서 참살했다.

이처럼, 그로부터 십여 년에 걸쳐 명실공히 단조의 천하가 된다. 이것은 엄연한 역사적 사실이니 어쩔 수 없다.

그 사나움, 그 간악함. 거의 대악마도 삼사^{주2)}를 피해 갈 듯한 마쓰나가 단조의 맹위에 제동을 걸고 나아가 이를 지상에서 없애려면, 그와 일맥 비슷한 타입이며 또한 거대하고 맹렬한 오다 노부나가라는 인물의 등장을 기다려야만 했다.

이윽고 시간의 수레바퀴가 돌아, 노부나가가 당당하게 역사의 중앙 무대에 등장하게 되었을 때——어지간한 단조도 그 악의 본능으로 어차피 이 비할 데 없는 영웅아를 당해내기 어렵다는 것을 간파했을 것이다. 그는 현명하게도 노부나가 앞에 엎드리고 아첨하여, 그 철편을 교묘하게 피하려고 했다. 그 계획이 깨진 것은 노부나가의 노부나가다운, 어느 모로 보나 방약무인하고 전례 없는 악독함 때문이었다.

주2) 三舍(삼사), 옛날 중국에서, 군대가 3일간 행군하는 거리. 약 36.5킬로미터.

1577년 늦여름의 어느 날, 단조가 아즈치성[주3]에서 노부나가를 알현했을 때, 노부나가는 도쿠가와 이에야스에게 단조를 소개했다. 그 소개 방법이 실로 신랄했다. 노부나가는 이렇게 말했던 것이다.

"이에야스, 이 노인은 사람이 하기 어려운 일을 셋이나 해낸 자일세. 첫째로 이 사내는 나라의 대불전을 불태웠네. 둘째로 주군 미요시가를 멸망시켰네. 셋째로 아시카가 쇼군을 죽였네. 어느 것 하나도 보통 사람이 하기 어려운 일을 셋씩이나 해낸 이 사내의 얼굴을 잘 보게."

어지간한 단조도 만면에 피를 뿜을 듯 얼굴이 붉어져, 결국 노부나가에 대해 반기를 들 결심을 했다고 한다.

반기는 들었으나, 이번에는 상대가 나빴다. 그는 시기산성에 틀어박혔으나, 순식간에 노부나가의 맹습을 받고 불꽃 속에서 그 대마신(大魔身)을 잃어갔던 것이다.

──이것은 이 이야기의 1562년으로부터 15년 후인 1577년의 이야기다.

──그리고 미요시 요시오키를 살해하고 시기산성으로 달려간 마쓰나가 단조는, 무슨 일이든 실제로 해보면 의외로 쉽다더니, 미요시 무리의 반격도 없고 주위의 형세는 생각지도 못하게 자신에게

주3) 安土城(아즈치성), 오다 노부나가에 의해 비와코(琵琶湖) 호수 동쪽 기슭의 아즈치야마 산에 지어진 성. 지하 1층, 지상 6층으로 천수각의 높이는 약 32미터였다. 오다 노부나가의 천하통일 사업을 상징하는 성으로서 위용을 자랑했으나 1582년, 가신이었던 아케치 미쓰히데(明智光秀)의 모반(혼노지의 변) 이후 얼마 지나지 않아 소실(燒失)되었으며, 그 후 폐성이 되어 현재는 돌담 등 일부 흔적만 남아 있다.

유리하게 전개되기 시작한 것을 알았다. 물론 앉아서 그저 눈만 빛내고 있을 단조가 아니다. 소위 말하는 미요시 3인방이라고 불리는 미요시가의 중신, 아시카가 쇼군, 인근의 호족들을 이익을 들어 유혹하거나, 또는 협박하여 빈틈없이 손을 쓰고 나서, 우선 사태가 안전하다는 예상이 서자——그 눈은 심상치 않은 흉상을 띠고 동쪽으로 향했다.

야규노쇼로.

올해 봄 이후의 히라구모 다관을 둘러싼 수라의 와중에 생각지도 못하게 쉽게 미요시가를 가라앉혔지만, 그것으로 만족할 정도로 담백한 단조가 아니다. ——생각하면 그 소용돌이 중에 가신 거사가 맡긴 일곱 명의 네고로 닌자승을 잃고, 요염하기 그지없는 애첩 이사리비를 잃고, 남은 것은 히라구모 다관뿐이다. 가까스로 미요시가에서 건져오기는 했지만, 히라구모 다관은 본래 자신이 센노 소에키에게 선물받은 것이니 이것을 되찾았다고 해서 그것만으로 기뻐할 수는 없다.

무엇보다도, 가장 중요한 우쿄 다유를 손에 넣지 못한 것이다!

이 일에 관한 한, 천하의 패자(霸者)인 나도 이가의 일개 닌자에게 당했다고 할 수 있다. ——그놈은 어디에 있는가?

그것도, 따지고 보면 그놈을 종종 구해준 수수께끼의 검은 옷의 기마대 때문이다. 아니, 그것은 이제 수수께끼가 아니다. 야규 신자에몬인 것은 명백하다. 닌자승 허공방이 은신 우산의 피 글씨로 그 사실을 알린 것이다.

야규라면 이 전국의 세상에 하마터면 멸망할 뻔한 것을, 자신이 비호하여 가까스로 명맥을 유지하게 해준 산중의 작은 영주가 아닌가. 그런데 쓸데없는 참견을 해서 이가 애송이의 뒷배가 되어주고, 아무렇지도 않은 얼굴을 하고 이 단조를 고민하게 했다니, 불온하고 무엄하고 은혜를 모른다──그런 말로는 아직 부족하다. 어쨌든 미치기라도 했다고밖에는 생각할 수가 없다.

설령 야규가 미쳤다고 해도 이제 그냥 둘 수는 없다. ──하물며 그 후에후키 조타로와 우쿄 다유는 그 야규노쇼에 숨어 있을지도 모르지 않는가. 아니, 십중구까지는 지금 그곳에 숨어 있을 것이 틀림없다.

마쓰나가 단조가 수천의 병사를 이끌고 직접 진두에 서서 야규노쇼로 쳐들어간 것은 10월 10일 저녁때의 일이었다. 물론 야규 쪽에서는 깜짝 놀란 듯했다. ……창백해진 야규 무사 몇 명이 마쓰나가 세력을 찾아와, "이것은 무슨 일이오" 하고 힐문했다.

야규 계곡 입구에 본진을 둔 단조는 이를 맞이하여,

"신자에몬에게 이것을 보여주어라."

하며 부서진 우산 하나를 내던졌다. 그──'검은 옷의 기마대는 야규다'라고 쓴 피가 거무튀튀하게 변색된 우산이다.

"이것을 보이면 신자에몬도 두말은 하지 못할 것이다. 아니, 변명은 용납하지 않겠다, 고 못을 박아두지."

안색이 바뀐 야규 무사들이 그 우산을 주워 들고 떠나려고 하자,

"자, 잠깐."

하고 단조는 눈에 불꽃을 활활 태우며 불러 세웠다.

"야규 성에 이가 사람 후에후키 조타로라는 자와 미요시가의 정실 우쿄 다유 님이 있겠지. 아니, 숨겨도 이쪽은 잘 알고 있느니. 그들을 이쪽에 바치면, 신자에몬의 목숨도 어쩌면 생각해 주지 못할 것도 없다. 일각만 더 기다리겠다. 각오를 하고, 어떤 대답이든 해라!"

황급히 달려가는 야규 무사들의 발길을 쫓아, 수천의 마쓰나가 세력은 야규 계곡에 몰려들었다.

하늘은 피를 흘린 듯한 무시무시한 저녁놀이었다. 그리고 그 아래의 야규 계곡도 불꽃에 넘쳐났다. 아직 해 질 녘의 시간인데, 무엇 때문인지 단조 휘하의 병사들은 모두 불을 피운 횃불을 들고 있었던 것이다.

──일각 후, 야규성의 성문이 열리고 야규 신자에몬과 후에후키 조타로의 모습이 나타났다.

3

조타로는 여름 이후로 야규에 있었다.

그는 병들어 있었다. 육체의 병이라기보다 영혼이 병들어 있었던 것이다.

그는 오직 한 방에 앉아 꼼짝 않고 벽에 시선을 고정하고 있었다. 거기에서 보고 있었던 것은 두 여인의 환상이었다. 두 명의 여자—아니, 단 한 명의, 가가리비와 우쿄 다유, 그것은 이제 한 명의 여인이었다.

그 두 여자는 이제 없다. 그리고——두 여자의 영혼은 아마 지옥에 갔을 것이다. 엄청난 원한을 삼키고 죽은 가가리비뿐만 아니라 다른 의미로, 미소 지으며 죽은 우쿄 다유 님 또한——.

조타로는 자신도 같은 지옥에 가서 그녀들을 껴안아 주고 싶었다. 그가 죽지 않은 것은 오직 그런 자신을 묵묵히, 그것도 형 같은 자애로운 눈으로 물끄러미 바라보고 있는 야규 신자에몬 때문에, 또 하나, 어떤 의지 때문이었다.

그것은 마쓰나가 단조에 대한 복수였다.

한때 그 불꽃은 꺼질 뻔했다. 너무나도 어둠이 깊었기 때문이다. 신자에몬도 말했다.

"조타로, 마음은 알겠지만 일곱 명의 법사를 죽인 것으로 이제 복수의 바람은 이루었다고 해도 좋을 걸세. 마음이 편해지면 이가로 돌아가게. 내가 핫토리 한조를, ——아직 만난 적은 없지만——만나서 중재해주지."

그러나 조타로는 이가로 돌아갈 마음은 없었다.

가을바람이 불고, 병든 육체와 영혼이 이가 닌자 특유의 강철 같은 강함과 차가움을 되찾음과 함께 그 불꽃은 다시 타올랐다.

내일이라도 그는 이 야규노쇼를 떠나 시기산성으로 달려가자고 생각하고 있었다.

거기에——하늘의 뜻인지, 단조 쪽에서 이 야규로 쳐들어왔다. 그것도 분명히 조타로의 존재를 알고, 그 목을 노리고.

이것은 조타로에게 생각지도 못한 일이었다. 생각지도 못한 일이기는 했으나 놀라지는 않았다. ——만일 야규 신자에몬이라는 자가 없다면.

마쓰나가의 진지에서 달려 돌아온 가신의 보고를 듣고 그 찢어진 우산을 본 야규 신자에몬은 팔짱을 끼고 생각에 잠겼다. 그, 무엇에도 동요하지 않는 침착한 자세였으나 내심 깜짝 놀란 것은 분명했다. 아무리 조타로라도 그것은 알 수 있었다.

당연하다. 야규 일족이 아무리 밤낮으로 검법 단련을 되풀이하고 있다고 해도 천하의 패자인 마쓰나가의 대군을 맞이하여서는, 어차피 당해낼 수도 없다. ——야규는 나 한 사람을 구하기 위해 멸망하는 것이다.

후에후키 조타로의 결의는 단순하고 솔직했다.

나 한 사람 때문에 야규가를 멸망시킬 수는 없다. ——내가 가면 된다. 내가 스스로 원수 단조 앞에 몸을 던지고 목을 내놓으면 된다.

"후에후키, 어딜 가는가."

결연히——또한 숙연히 나가려고 하는 조타로를, 야규 신자에몬은 불러 세웠다.

"마쓰나가의 진지로 가려는 건가?"

"그렇습니다――."

"그대가 그렇게 머리를 원했던 단조에게, 스스로 머리를 바치러 가는 겐가?"

"저 때문에 가문을 멸망하게 할 수는 없습니다."

"그대가 머리를 바치면 야규가 살 수 있다는 보장이 있는가."

신자에몬은 무겁게 웃었다. 각오를 굳힌 남자다운 웃음이었다.

"우후후, 나도 장난이 조금 지나쳤네. 단조도 놀랐겠지. 그 복면의 기마대가 이 야규라니 말일세."

"송구합니다."

"아니, 그대가 사과할 것은 없네. 내 쓸데없는 호기심이었어. 하지만 단조는 화가 났겠지. 그대의 머리를 내놓는다고 해서 설마 야규를 무사히 두지는 않을 걸세."

"그렇다면."

"아니, 자포자기하기는 아직 이르네. 작은 지방인 야규에서 이런 일은 지금까지 몇 번이나 있었던 일일세. 그때마다 내 할아버지, 아버지, 그리고 나 또한 죽음 속에서 살 길을 찾고, 어떻게든 헤쳐왔네. 하기야 이번처럼 마쓰나가 같은 만만치 않은 인물을 상대로 이러한 처지에 빠진 것은 처음이지만, ……어쨌든 나도 함께 가세."

"함께 가서 무엇을 하시려고요?"

"가까이 접근해서 단조를 포로로 잡을 걸세."

"예?"

"단조를 인질로 마쓰나가 세력과 담판을 짓겠네."

신자에몬은 태연자약하게 말했다. 조타로는 눈을 빛내며 외쳤다.

"신자에몬 님과 제가 힘을 합치면, 그것은 가능합니다. 그리고 야규 님, 단조를 대신하여 천하의 주인이 되십시오."

"바보 같은."

신자에몬은 쓴웃음을 지었다.

"천하를 얻는 것은 그렇게 쉬운 일이 아닐세. 그게 쉽게 할 수 있는 일이라면 이 더운 여름에 일부러 내가 복면 같은 것을 하고 쥐처럼 뛰어다녔겠는가. ──마쓰나가 단조는 희대의 악인이지만, 또한 대마왕일세. 내가 보기에는 그 인물이 군림하는 것은, 적어도 앞으로 십 년은 움직이지 않는 사실일 거야. 곧 진정 천하를 얻을 사람이 도카이 부근에서 나올 때까지는."

"도카이의──누구입니까?"

"오다."

신자에몬은 눈을 반쯤 감고 중얼거렸다.

"그리고 도쿠가와일까……."

"그럼 단조를 죽여서는 안 되는 것입니까? 아니, 포로로 잡고도 죽이지 않을 생각이십니까?"

"내 생각으로는 단조를 포로로 잡아 이 성에 잠시 붙들어 두고, 그 사이에 차근차근 무사의 도를 들려주고 싶네. ──하지만 조타로, 그대는 아직 단조에 대한 원한을 버릴 수 없나?"

"원한."

조타로는 이를 악물고 대답했다.

"버릴 수는 없지만, 허나…… 신자에몬 님의 뜻대로 따르겠습니다."

"물론 일의 진행에 따라서는 단조의 목을 치게 될지도 모르네. 하지만…… 또 그대와 내 머리가 먼저 떨어질지도 모르지. 아마 후자일 걸세, 그 편의 가능성이 많아."

신자에몬은 웃는 눈으로 조타로를 가만히 바라보았다.

"어쨌든 조타로, 함께 단조의 진지로 가세."

그리고 나서 일각 가까이, 신자에몬은 야규가의 중신들을 불러 의논했다. 만일 단조를 멋지게 포로로 잡았을 경우, 또 신자에몬 자신이 죽임을 당했을 경우의 병사들의 조치에 대한 지시였다.

——그리고 야규 신자에몬과 후에후키 조타로는 야규성의 성문을 나온 것이다.

하늘의 저녁놀은 어딘가 오싹한 기분이 드는 아름다운 보라색으로 바뀌어 있었다. 돌계단 위에 서서 계곡에 있는 성하마을의 좁은 거리를 내려다보며, 신자에몬은 살짝 눈썹을 찌푸렸다.

길은 물론이고 집들의 처마 밑, 지붕 위까지 수많은 마쓰나가의 병사들이 넘치고 있다. 아마 영지민들은 각자의 집으로 쫓겨 들어가 갇혀 있을 것이다. 다른 영주라면 여기까지 침입을 허락할 리도 없지만, 상대가 마쓰나가이니 어쩔 수 없이 이렇게 될 때까지 못 본 척하지 않을 수 없었던 것이다.

하지만 신자에몬이 눈썹을 찌푸린 것은 단순히 그 광경만이 아니라, 그 마쓰나가의 병사들이 모두 타오르는 횃불을 들고 있었기 때문이었다.

"——대체 단조 놈, 무슨 짓을 하려는 생각일까?"

마음속으로 문득 고개를 갸웃거리고, 그러고 나서 신자에몬은 조타로를 재촉해 침착한 발걸음으로 돌계단을 내려가기 시작했다.

되풀이해서 말하지만, 정확하게는 성이라고 할 정도의 규모는 아니다. 저택은 높은 지대에 있지만 성문을 나가 돌계단을 내려가면 바로 성 바깥이 될 정도의 규모다.

——그때, 돌계단 아래의 광장에, 맞은편에서 마치 거대한 쇠로 된 거북 같은 것이 나아왔다. 그것은 몇 개의 원을 겹쳐 새까맣게 보일 정도로 밀집한 철갑 무사의 대집단이었다. 그것이 돌계단 아래에서 저 멀리에 멈추더니, 그 원 안에서 무서운 목소리가 흘러나왔다.

"야규. ——우쿄 다유 님은 어쨌느냐."

"오오, 단조 님——우쿄 다유 님은 지난 여름, 교토에서 이 야규로 오시던 도중 다이고에서 돌아가셨습니다."

"뭣이, 거짓말 마라."

"——거짓이 아닙니다. 그것에 대해서——."

"잠깐, 신자에몬, 거기에서 멈추어라."

일순 침묵하더니, 곧 목소리가 이어졌다.

"우쿄 다유 님에 대해서는 잠시 내버려 두지. 거기에 멈추어서, 거기 있는 이가 놈을 죽여라."

"——아니, 그것에 대해서 말씀드리고 싶은 것이 있습니다. 잠시 이야기를 들어주시지요."

"잠깐, 거기서 움직이지 말라고 했느니."

멀리 있는 철갑 집단 안에서 단조의 목소리만이 들렸다.

"우선 이가 놈 후에후키 조타로의 목을 베어라. 그것을 이리로 가져오고 나면 이야기를 듣지."

그러자 그 검은 원진 뒤에서 열 명 남짓 되는 병사가 우르르 나와 그 앞에 일렬횡대로 앉아쏴 자세를 하고 어깨에 검은 통을 대었다. 통의 어디에선가 푸르스름한 연기가 피어오르기 시작했다.

그것이 요즘 드문드문 소문에 들리는 남만^{주4)}에서 건너온 총포라는 무기라는 사실을, 야규 신자에몬도 알고 있다. 신자에몬과 조타로는 돌계단의 중간에서 꼼짝 못 하게 되었다.

시시각각 하늘의 보라색에는 푸른빛이 돌고, 별빛조차 깜박이기 시작했다. 그 아래에——야규 계곡은 이제 수많은 횃불의 불로 가득 차 있었다.

"핑계는 용납지 않겠다. 조금의 유예도 허락지 않겠다. 즉시 이가 놈을 베지 않으면 이 총포를 쏘고 또 횃불을 던져, 야규 계곡을 전부 불꽃으로 바꾸어주마."

단조의 목소리는 무자비하게, 거세게 흘러나왔다.

"신자에몬, 무엇을 망설이는 게냐!"

주4) 南蛮(남만), 샴, 루손, 자바 외 남양제도(南洋諸島)를 가리키는 말.

가신 화묘도(火描圖)

1

"……과연, 단조."

하고 야규 신자에몬은 신음했다.

말은 감탄과 비슷하지만 이것은 어느 모로 보나 신자에몬다운 말투이고, 그렇게 중얼거린 목소리에는 이를 가는 소리가 섞였다. 얼굴은 횃불의 먼 불빛을 받으면서도 납빛으로 바뀌어 있었다.

"신자에몬, 후에후키를 베어라."

광장에서는 단조가 또 고함쳤다. 절박한 목소리였다.

"야규 님, 저를 베십시오."

조타로가 말했다.

"그러지 않으면 야규노쇼의 주민 전체가 불타 죽습니다. 이 조타로는 더 이상 살아봐야 보람도 없는 사람입니다."

"그대를 베어도 어차피 마찬가지일세."

야규 신자에몬은 결연히 눈썹을 치켜올렸다.

"가세, 조타로, 단조가 무슨 말을 하든 듣지 못한 얼굴을 하고 천천히 걸어가는 걸세. 만일 우리가 총포에 맞고 적이 불을 지르기 시작하면, 야규의 무사들은 곧장 공격하러 나오게 되어 있네."

그리고 두 발짝, 세 발짝, 아무 일도 없었던 듯한 얼굴을 하고 조용히 돌계단을 내려가기 시작했다.

일순, 광장과 지붕에 타오르는 횃불의 불꽃이 붉은 얼음이 되어 얼어붙은 것 같았다. 아무렇지도 않은 얼굴로 돌계단을 내려오기 시작한 두 사람에게서 쏟아지는 엄청난 살기에, 저도 모르게 무사들의 온몸이 꼼짝도 못 하게 된 것이다.

숨기려 해도 숨길 수 없는 살기는 그러나, 오히려 신자에몬에게 돌이킬 수 없는 사태를 부르려고 했다. ——눈을 부릅뜨고 응시하고 있던 마쓰나가 단조는 갑자기 몸을 떨며 절규했다.

"총포를 쏘아라, 불을 던져라."

먼 등 뒤에서 이상한 술렁거림이 있었던 것은, 그 목소리의 여운이 사라지기도 전이었다.

"기다려라."

하고 단조는 고함치며 돌아보았다.

술렁거림의 파도는 점차 가까워진다. 단조가 기다리라고 외친 것은 그 술렁거림이 실로 기묘하게 들렸기 때문이다. 결코 그것은 아군이 생각지 못한 기습을 받았다는 것이 아니고, 극히 작은 범위의 혼란이 일었다가 나무들을 불어 지나가는 한 줄기 바람처럼 바로 그 후에 쥐 죽은 듯 조용해지는 것이 느껴졌기 때문이었다.

——대체 무슨 일일까?

단조뿐만 아니라 야규 신자에몬 또한 눈에 힘을 주었다. 그러자 ——

"오오, 이세 태수 가미이즈미 님."

그런 술렁거림이 귀를 때렸다.

"뭐, 가미이즈미가?"

어지간한 단조도 깜짝 놀라 표정을 바꾸었다.

이세 태수 가미이즈미라면 당대 제일의 검성(劍聖)이다. 그는 이전부터 여러 지방을 돌며 군웅들의 성에 자신이 만들어낸 신카게류의 씨앗을 뿌려 나갔다. 멀리 가이[주1]의 다케다 신겐과도 서로 속마음을 터놓고 지내는 사이라고 들었고, 지금의 쇼군 아시카가 요시테루도 그에게 가르침을 받았다. ——아니, 실제로 2, 3년 전, 이세 태수는 단조의 시기산성에도 왔었고, 그때 단조가 스승의 예를 취했을 정도의 인물이다.

"——앗, 이세 태수님!"

지금까지 총포대가 총구를 겨누어도 침착하던 야규 신자에몬이 이때, 마치 돌계단에서 굴러떨어질 듯이 뛰어내려와 광장을 달려왔다.

"쏘지 마라, 기다려!"

하고 단조는 당황하며 총포대를 제지했다. 물론 이세 태수 때문에 삼간 것이다.

이세 태수 가미이즈미는 이미 광장에 나타나 있었다. 삿갓 아래로 하얀 수염이 보일 뿐이지만, 자연목 지팡이를 짚은 모습은 언젠가 시기산성을 찾아왔을 때와 똑같다. 또 그때와 똑같이 두 명의 제자를 데리고 있었다. 분명히 그것이 진고 이즈, 히키타 고하쿠라는 명검사의 얼굴임을 알 수 있다.

"이세 태수님, 오랜만에 뵙습니다."

신자에몬은 그 앞에 엎드려 이마를 땅에 대었다.

주1) 甲斐(가이), 현재의 야마나시현을 가리키는 옛 지명.

"그럽군, 신자에몬."

단조 쪽을 돌아보지도 않고, 이세 태수는 고개를 끄덕였다.

"빨리 야규노쇼로 오려고 생각하면서도 후토노고쇼에서 붙들려서 말일세. 간신히 기타바타케 님의 손을 뿌리치고 겨우 여기로 왔지."

후토노고쇼란 이세의 영주 기타바타케 도모노리[주2]의 저택으로, 이 기타바타케 도모노리도 일찍부터 검의 길에 뜻이 있어 이세 태수에게 두텁게 스승의 예를 취하고 있는 인물이었다.

"그런데 단조 님, 오랜만이오."

하고 이세 태수가 삿갓을 벗으면서 이쪽을 돌아보았다.

"이 소동은 무엇이오?"

2, 3년 만에 만났는데도 천하의 패자에게 예를 갖춘 인사도 하지 않고, 지금까지 하던 이야기를 계속하는 듯한 말투다. 삿갓 밑에서 나타난 백발과 흰 수염의 얼굴은 학처럼 청아하고, 그러나 그 눈은 어린아이처럼 사심 없이 맑았다.

마쓰나가 단조는 이유도 없이 시선을 피하며,

"이세 태수!"

하고 무의미한 신음 소리를 냈다.

이세 태수 가미이즈미에게 스승의 예를 취했다고 해도, 단조는 기

주2) 北畠具教(기타바타케 도모노리), 1528~1576. 무라카미 겐지(62대 무라카미 천황의 왕자를 시조로 하는 씨족)의 일파로 명망 있는 가문인 기타바타케가(家)의 8대 당주. 검술을 좋아하여, 수행을 위해 여행하는 검객을 보호, 원조하였던 것으로 알려져 있다. 가시마신토류(鹿島新當流)를 창시한 쓰카하라 보쿠덴(塚原卜伝)에게 검과 병법을 배웠으며 가미이즈미 노부쓰나에게도 검을 배웠다. 오다 노부나가의 자객에게 습격을 받았을 때도 혼자서 열아홉 명을 베어 죽이고 백 명에게 부상을 입혔다는 전설이 남아 있다.

타바타케나 야규처럼 특별히 검법에 뜻이 있는 것은 아니다. 그러나 단조가 이세 태수에게 한 수고 두 수고 접어주는 것은 기타바타케나 야규 못지않다. ——대체로 마쓰나가 단조는, 가령 가신 거사라든가 센노 소에키를 대할 때도 마찬가지지만, 하나의 기예에 통달한 사람에게는 의외로 약한 데가 있다. 아니, 그것은 그의 약점이라기보다 유일한 장점이라고나 해야 할 것이다. 용모에도 뒤지지 않을 정도로 추괴한 성정을 가진 단조가, 어쨌든 한때 천하의 패자가 될 수 있었던 것은 어쩌면 이 특성 때문일지도 모른다. 그에 의해 어느 정도 유능한 이들을 휘하에 모을 수 있었기 때문이다.

하지만 그는 순식간에 사자처럼 머리를 흔들며,

"아무리 이세 태수가 빈다 해도 야규는 용서하지 않을 것이오."

하고 고함쳤다.

"야규는 이 단조에게 역심을 품었기 때문이오. 이세 태수, 잠시 거기서 비켜주시오. 지금 신자에몬을 참수할 테니."

"빌지는 않소."

이세 태수는 조용히 말했다.

"멋대로 하시오."

하얀 수염 속에서 미소 지었다.

"다만, 그 전에 이 노부쓰나의 부탁이 하나 있소."

"무엇이오?"

"언젠가 시기산의 성에서, 이 신자에몬과 약정한 것이 있소. 즉, 이 신자에몬은 일견 둔골로 보이지만 실은 당대에 보기 드문 검법의 재능을 타고난 자요. 다시 만나게 되었을 때 이 이세 태수가 직접 상대하여 그 검법을 닦는 데 게을리 하지 않은 흔적이 있다면, 한 지방에 한 명에게만 주는 신카게류의 인가장을 주겠다――그리 약정한 것을, 지금 지키고 싶소."

"지금 죽어야 할 놈에게 말이오?"

"아침에 도를 들으면 저녁에 죽어도 좋다[주3], 이것은 검의 도에서도 마찬가지요. ――이보게, 신자에몬, 그렇지 않은가."

"노사님, 그 말씀이 옳습니다."

신자에몬은 크게 고개를 끄덕였다. 영혼의 밑바닥에서 나오는 듯한 목소리였다.

"단조 님, 들어주실 수 있겠소!"

물끄러미 응시하는 이세 태수의 눈처럼 흰 눈썹 아래의 눈에, 왠지 단조는 저항할 수 없는 것을 느끼고 얼굴을 일그러뜨리며,

"반각만 기다려 드리겠소."

하고 신음하듯이 말했다.

"그럼."

하고 이세 태수는 손의 지팡이를 던졌다.

"신자에몬, 일어서게."

주3) 朝聞道, 夕死可矣. 공자의 말.

붉은 파도처럼 술렁거리던 수많은 횃불이 다시 얼어붙었다.

이세 태수 가미이즈미와 야규 신자에몬은 3간^{주4)}의 거리를 두고 마주했다.

이세 태수는 고요히 도(刀)를 상대방의 눈 높이에 겨누었다. 이 노사(老師)가 직접 칼을 드는 것을 지난 몇 년 동안 본 적이 없는 제자 진고 이즈와 히키타 고하쿠는 단정히 앉은 채 눈을 크게 떴다. 하지만 그 미동도 하지 않는 한 자루의 도신에서 퍼져나온 냉기는 숨을 한 번, 두 번 쉬는 동안에 모든 사물을 서리로 덮을 것만 같았다. 적어도 제자인 이즈와 고하쿠는 얼어붙고 말았다.

이에 비해 야규 신자에몬은——.

오오, 신자에몬은 아직 검자루에 손을 대지 않았다. 이 일대의 대검성에 대해, 도를 들지도 않은 채 이 또한 얼음 조각상처럼 서 있다. 역시 단정하게 앉은 후에후키 조타로는 신자에몬이 성에 대해서도, 단조에 대해서도, 그 염두에서 지운 것을 직감했다. 처음에 그 눈에는 오직 순수한 환희가 불꽃처럼 타오르고 있는 것처럼 보였지만, 이 또한 숨을 한 번, 두 번 쉬는 사이에 그 온몸이 무상(無想)의 철인이 된 것을 깨달았다. 조타로는 이때만큼 야규 신자에몬이라는 인물을 무섭다고 생각한 적은 없다. 그것은 이가 닌자술도 먹히지 않을 듯한, 압도적인 두려움이었다.

주4) 1간은 6척으로 약 1.818m. 3간은 약 5.4미터이다.

단조도, 그를 둘러싼 철갑의 무리도, 마치 반석에 짓눌린 것처럼 의지 없는 눈을 크게 뜨고 이것을 지켜보고 있었다. 한순간이 몇 각으로 여겨지는 시간이 지났다.

"야규."

이세 태수가 말했다.

"도(刀) 없이 이기는 길을 고안했나?"

깊이 스며드는 듯한 목소리였다.

"그 경지는?"

땅에서 솟아나듯이, 신자에몬은 대답했다.

"빈손으로 가래를 잡고

걸으면서 물소를 탄다

사람이 다리를 건널 때

다리는 흐르고 물은 흐르지 않는다."[주5]

이세 태수의 손에서 칼이 떨어졌다.

"해냈군!"

그 순간, 야규 신자에몬은 마치 썩은 나무처럼 땅바닥으로 무너지고 말았다. 털썩 앉아 양팔을 짚은 신자에몬의 곁으로 조용히 다가가, 이세 태수는 자애로운 눈으로 내려다보았다.

"나는 끝내 이르지 못했네. ──신자에몬, 한 지방에 한 명에게만 주는 인가를 주겠네."

주5) 空手把鋤頭步行騎水牛, 人從橋上過橋流水不流. 중국의 불교서 「벽암록(碧巖錄)」에 수록되어 있는 말. 「벽암록」은 송나라 때의 선승(禪僧) 설두중현(雪竇重顯)이 당나라 때의 선자(禪者)의 전기 중에서 백 개의 문답을 골라 실은 것으로, 선문학(禪文學)으로서의 가치가 높은 책이다.

"예. ……송구합니다."

신자에몬은 얼굴도 들지 않고 오열하며 어깨를 떨었다. 이세 태수는 쓴웃음을 지으며 말했다.

"하지만 그대는 내가 준——검술은 돌로 된 배와 같아 뜨지는 않으나 썩지도 않으니 이름을 후세에 남기리——라는 시의 마음은 저버린 듯하군."

"황공합니다. 아직, 심술(心術)이 미치지 못하여——."

"만일 이 시의 마음을 체득한다면 그대에게 세키슈사이(石舟斎)라는 이름을 줄 생각이었는데…… 자네는 여기에서 죽어야 하는가."

"야규 세키슈사이."

신자에몬은 자기 자신에게 들려주듯이 중얼거리고 싱긋 웃더니,

"그것 또한 좋은 이름이군요. 감사히 받겠습니다. 이 신자에몬, 이제는 더 이상 미련은 없습니다."

"죽게."

"예."

"인가장에 대해서는 고하쿠를 두고 가겠네. 나는 가네."

이세 태수는 등을 돌렸다. ——인사도 하지 않고 표연히 떠나는 이세 태수를 단조 쪽에서 당황하며 불러세웠다.

"이세 태수. ——신자에몬을 죽여도 되겠소?"

"마음대로 하시오."

이세 태수는 돌아보더니 수염 속에서 씩 웃었다.

"극락왕생은, 신카게류의 인가를 받은 여러 지방의 검사들이 곧

망국(亡國) 야규에 모여 빌어줄 거요."

단조는 입을 동굴처럼 딱 벌리고 있었다. 이세 태수가 한 말의 무언가 예언 같은 으스스함에 온몸에 한풍이 불어 지나가는 기분이 들었던 것이다.

"자, 잠깐, 이세 태수."

하고 저도 모르게 외쳤을 때, ——이 무슨 환요한 일인가, 그때까지 지상의 저녁놀처럼 타오르고 있던 수많은 횃불이 한 줄기 바람을 맞은 것처럼 순식간에 꺼지고 말았다.

일순, 시야는 암흑이 되었다. 그저 그때까지의 지나친 밝음이 사라졌기 때문에 그렇게 느껴진 것이 아니다. 사실 단조의 눈앞에는 흐릿한 검은 구름 같은 것이 퍼졌던 것이다.

지상의 검은 구름을 뚫고, 이윽고 반짝, 반짝, 반짝——하고 빛나는 것이 하늘에 보이기 시작했다. 그것이 하늘에 가득한 별이라는 것을 깨닫고 다시 땅으로 시선을 돌린 사람들은, 거기에서 생각지 못한 것을 발견하고 입 속으로 앗 하고 소리쳤다. 어느새 나타난 것인지, 거기에는 한 노인이 앉아 있었던 것이다.

머리카락을 뒤로 넘겨 묶었고, 학처럼 야위었고, 얼굴은 몹시 길고, 그 입 양끝에 미꾸라지 같은 수염 두 개가 축 늘어져 있다. 휘파람새 색깔의 도복을 입고 있었다.

"가, 가, 가신 거사!"

하고 단조는 외쳤다.

가신은 땅 위에 앉은 채,

"아니, 하늘에서 보니 쓰쿠시의 시라누이인가 싶은 엄청난 야마토의 횃불이더군요. 게다가 심상치 않은 요기가 보였습니다."

"가신, 그대, 어디에서 왔나——."

"명(明)."

하고 대답했지만, 단조는 무슨 말인지 의미도 알 수 없었다.

"가신, 그대가 맡긴 네고로의 일곱 덴구는 모두 거기 있는 이가 놈 후에후키 조타로라는 자에게 죽고, 우쿄 다유는 이 세상을 떠나 그대의 계획은 전부 물거품이 되었네! 더군다나 이 단조는 기르던 개에게 손을 물려, 거기 있는 야규에게 배신당했어. 야규 신자에몬을 알고 있겠지?"

가신 거사는 힐끗 야규 신자에몬과 후에후키 조타로를 보았다. 엄청난 살기로 빛나던 신자에몬과 조타로의 눈이 갑자기 저절로 공허해지고 기력이 사라져 흩어지는 것을 느꼈을 만큼, 그것은 이상한 힘을 가진 눈이었다.

단 한순간이다. 가신의 눈은 마치 그들 따위는 도외에 둔 듯, 빠르게 다른 한쪽을 향했다. 가신이 보기에는 딱 단조와 나란한 위치에 있는 이세 태수 가미이즈미에게.

지상의 구름은 사라졌다. ——그렇게 보였지만, 자세히 보니 가신 거사만은 흐릿한 안개 같은 것에 감싸여 있다. 그 안에서 목소리가 들렸다.

"그대는 모르겠지만, 근자의 세상의 흐트러짐은 내가 이루는 것이다. 마도(魔道)에 뜻을 기울여 하늘 아래 큰 어지러움을 일으키고,

이 나라에 재앙을 일으키리라. ——그렇게 염원해온 이 가신의 심화(心火)를, 지금 불가사의한 바람으로 끄려는 힘이 있다. 그것은 저기에서 불어온다."

가신의 목소리는 비가 부슬부슬 내리는 듯했다.

"단조 님, 거기 계시는 노인은 누구십니까."

"이자는 이세 태수 가미이즈미라는 병법가일세——."

"——오오, 그럼."

가신은 보기 드문 비명을 지르더니, 그것을 마지막으로 침묵했다.

이세 태수는 한 마디도 하지 않았다. 그 또한 대지에 앉아 가신을 가만히 바라보고 있었다.

검성 대(對) 대환술사 사이에 무슨 일이 일어난 것일까.

아무 일도 일어나지 않았다. 두 사람은 언제까지나 고요히 마주하고 앉아 있을 뿐이었다.

그러나 그곳에 있던 다른 사람들에게는 바깥 세계의 모든 것이 사라지고, 또한 자신 자체도 사라졌다. 그저 눈이 아닌 지각이 거기에 희푸른 거대한 빛의 흐름이 소용돌이치다가는 부서지는 것을 보고 있었을 뿐이었다. 한 찰나라고도 영겁이라고도 형용하기 어려운 시간이 흘렀다.

멀리서——이 세상 끝 같은 멀리서 괴조와 같은 목소리가 들렸다.

"가신——졌소."

3

그것은 가신 거사 자신의 목소리였다.

동시에 사람들은 가신에게 얽혀 있던 검은색의 안개가 스윽 개인 것을 보았다. 그것은 마치 기괴한 옷이 벗겨진 것 같았다. 그리고 사람들은 드러난 가신을 보았다.

야위고 쇠하여, 푹 꺼진 안와 안쪽에서 공포의 눈을 빛내며 이를 딱딱 부딪치고 있는 한 추한 노인의 모습을.

"내 환술…… 처음으로 통하지 않았군……."

가신은 헐떡이며 중얼거렸다.

"마쓰나가 님, 야규——."

이세 태수는 조용히 일어섰다.

"안녕히 계시오."

"자, 잠깐, 기다리십시오, 이세 태수님."

가신은 가느다란 한 팔을 뻗으며 외쳤다. 갑자기 그 온몸이 경직한 것처럼 움직이지 않게 되었다.

너무나도 이상한 변화에 이세 태수조차 그대로 걸음을 딱 멈추고 말았을 정도였다.

이세 태수는 미소 지으며 말했다.

"가신이라고 했나, 왜 그러시오."

"——잠시, 움직이지 마십시오."

하고 가신 거사는 말했다.

"이세 태수님의 별."

그는 푹 꺼진 눈을 얼핏 움직이며 얼어붙을 듯한 목소리로 또 말했다.

"단조 님의 별."

이세 태수와 단조는 돌아보았다. 뒤에 하늘 가득 흩뿌려진 은하 같은 가을 별자리가 있었다.

단조가 말했다.

"내 별?"

"지금 두 분의 별을 점쳤습니다."

가신 거사는 방금 전의 허탈에서 빠져나와, 왠지 몹시 흥분한 것 같았다. 이세 태수가 말했다.

"호오, 별점이 뭐라고 나왔는가?"

"말씀드려도 되겠습니까."

"꼭 듣고 싶군."

"당신이라면 놀라지 않으시겠지요. 당신의 목숨은 앞으로 십오 년이면 다할 것입니다. 게다가 별 아래 떠오른 지상의 상(相)으로 점쳐 보건대, 저기에 보이는 야규성——저 야규성에서, 이세 태수님은 편안하게 돌아가실 것입니다."

가신 거사의 눈은 더 이상 이세 태수를 보고 있지는 않았다. 깊은 무한의 하늘에 요사스럽기만 한 눈빛을 쏟으며 헛소리처럼 말했다.

"게다가 이 무슨 기이한 인연인지요. 십오 년 후인 같은 해, 단조 님의 목숨 또한 다할 것입니다. 아마 그것은 오늘과 같은 10월 10일

——십오 년 후에 목숨이 끝나는 두 분을 거기에 두고, 지금 제게는 십오 년 후의 별자리가 보입니다.”

“——가신, 십오 년 후에 어쩌면 두 사람이 죽을지도 모르지. 나이도 나이이니.”

하고 이세 태수는 말했다.

“하지만 나는 그런 별점은 믿지 않네.”

“검법과 환술의 싸움에서 진 가신입니다. 이세 태수님이 일소하신다 해도 그것은 어쩔 수 없지요.”

이때 가신은 실로 불가사의한, 비아냥인지 자조인지 모를 웃음을 띠고 있었다.

“하지만 이세 태수님을 제외하고——다른 사람들은 이 가신의 환술을 비웃어서는 안 될 것입니다, 잘 보십시오——.”

가신의 목소리가 겨울바람처럼 울려 퍼짐과 동시에 이때, 한 번 꺼졌던 수많은 횃불이 다시 일제히 활활 타올랐다.

그리고 순식간에 그 횃불은 무사들의 손에서, 지상에서, 저절로 떠나 떠오르더니 별이 뜬 밤하늘을 불화살처럼 흘러 날아갔다. 그 앞쪽에 야규성이 있었다.

“——앗, 성이 불탄다!”

어지간한 야규 신자에몬도 깜짝 놀라 엉거주춤 일어섰다. 하지만 곧 그것은,

“오오, 시기산성!”

“시기산성이 불타고 있다!”

하는 사람들의 놀란 듯한 술렁거림에 지워졌다.

사람들은 거기에 있을 수 없는 것을 보았다. 야규노쇼의 하늘에 타오르고 있는 것은 시기산성의 천수각이었다. 불꽃은 퍼졌다가 좁혀지고, 불타는 천수각은 순식간에 가까이 다가와 사람들을 그 안에 감쌌다.

"누구 없느냐. 누구 없느냐——."

화염 속에서 단조는 절규했다.

사람들은 바로 눈앞에 토막토막으로 베인 갑옷을 입고 검은 연기에 그을리며 도망쳐 다니는 단조의 모습을 보면서도, 꼼짝도 할 수 없었다. 그리고 그 불꽃을 따라 한 무사가 나타났다. 그는 칼을 들고 단조를 쫓았다. 단조는 돌아보고 이에 맞서 싸웠다. 불꽃 속의 지옥 같은 사투였다. 그 무사의 칼날이 마침내 단조를 비스듬히 베었을 때, 무사의 투구가 날아가고 그 얼굴이 나타났다. 불꽃의 빛으로 채색된 그 얼굴은 두 눈을 번득이며 입을 한껏 벌리고 절규하고 있었다.

단조, 기억났느냐. 후에후키 조타로, 십오 년 전 네놈 때문에 죽임을 당하고 괴롭힘을 당한 두 여자의 원수를 지금 죽일 것이다.

——이 광경을——자기 자신의 모습을, 후에후키 조타로와 마쓰나가 단조는 차가운 땅 위에 앉아 꼼짝 않고 바라보고 있었다.

그 사실을 깨달은 것은 이윽고 어떤 웃음소리와 함께 그 불꽃도 환영도 점점 사라져 가고 나서였다.

"후옷, 후옷, 후옷, 후옷."

모든 것이 사라진 뒤에, 어깨를 떨며 웃고 있는 가신 거사였다.

제정신으로 돌아온 마쓰나가 단조는 공포의 비지땀을 흘리며 벌떡 일어섰다.

"가신, 십오 년 후를 앉아서 기다리지 않겠네."

하고 외쳤다.

"후에후키 조타로라는 놈을, 지금 여기에서 베어 죽여야겠어."

"별자리가 그린 운명은 바꿀 수 없습니다."

하고 가신은 대답했다.

단조는 온몸이 마비되고 말았다.

"아무리 발버둥쳐도 단조 님, 지금 보신 미래의 모습은 바뀌지 않습니다. 굳이 바꾸려고 할 때는 이 가신, 말씀드려두겠는데, 단조 님은 지금 즉시 이곳에서 목숨을 잃으실 수밖에는 없습니다――."

가신의 목소리는 허공에서 내려왔다.

정신이 들어보니 그 모습은 눈앞에서 사라지고 없었다. 그리고 더욱 둘러보니, 후에후키 조타로의 모습도 홀연히 사라지고 없었다. 다만, 메피스토펠레스 같은 그 웃음소리만이 별자리 저편에서 내려왔다.

"그 증거로, 후에후키 조타로는 지금 내가 데려가겠소. 애제자인 일곱 명의 닌자승을 멋지게 해치운 이 이가의 젊은이, 밉다기보다는 귀엽군요. 내가 데려가서 좀 더 가르쳐주지요. ――후웃, 후웃, 후웃."

15년 후, 1577년, 이세 태수 가미이즈미 노부쓰나는 야규성에서 눈을 감았다.

같은 해 10월 10일, 오다의 대군에게 포위된 마쓰나가 단조는 시기산성의 천수각에서 불꽃과 함께 사라졌다.

이때——공격해 들어간 오다의 한 무장이 전부터 단조가 비장해 두고 있던 히라구모 다관은 천하의 명기이니 적어도 이것만은 후세를 위해 성 밖으로 내보내고 나서 할복하라, 고 제의한 것에 대해, 단조는 천수각의 고란에 나가 악귀처럼 웃으며 멍청한 놈, 후세고 내세고 그런 것이 어디 있느냐. 내 머리와 히라구모 다관, 이 둘은 끝까지 노부나가의 눈에는 띄지 않게 하겠다. 잘 봐두어라, 하고 고함치더니 오다의 군세 앞에서 히라구모 다관을 산산이 깨부수고, 몸을 돌려 불꽃 속으로 사라져 갔다고 한다.

후에후키 조타로가 기다리고 있었다면, 그 불꽃 속이었을 것이다.

그러나 진정한 원수라고도 할 수 있는 대환술사 가신 거사와 함께 야규성에서 사라진 후에후키 조타로, 목숨처럼 사랑했던 두 여인을 잃은 이 이가의 닌자가 그때까지 15년 동안 어디에서 어떻게 살았는지. 시기산성 멸망 후, 어디에서 어떤 생애를 마쳤는지는 아무도 모른다. 알고 있는 것은 오직 전국(戰國)의 메피스토펠레스 가신 거사뿐이었을 것이다.

이가인법첩

초판 1쇄 인쇄 2023년 8월 10일
초판 1쇄 발행 2023년 8월 15일

저자 : 야마다 후타로
번역 : 김소연

펴낸이 : 이동섭
편집 : 이민규
디자인 : 조세연
영업 · 마케팅 : 송정환, 조정훈
e-BOOK : 홍인표, 최정수, 서찬웅, 김은혜, 정희철
관리 : 이윤미

㈜에이케이커뮤니케이션즈
등록 1996년 7월 9일(제302-1996-00026호)
주소 : 04002 서울 마포구 동교로 17안길 28, 2층
TEL : 02-702-7963~5 FAX : 02-702-7988
http://www.amusementkorea.co.kr

ISBN 979-11-274-6235-2 04830
ISBN 979-11-274-6079-2 04830(세트)

IGA NIMPOCHO YAMADA FUTARO BEST COLLECTION
©Keiko Yamada 2010
First published in Japan in 2010 by KADOKAWA CORPORATION, Tokyo.
Korean translation rights arranged with KADOKAWA CORPORATION, Tokyo.